PRINCIPE DE PRÉCAUTION

Matthieu Jung a publié des chroniques et des nouvelles dans de nombreuses revues et sur Internet. Son premier roman, *La Vague à l'âme*, a paru aux éditions Scali en 2007. Né à Nancy, Matthieu Jung vit aujourd'hui à Paris.

MATTHIEU JUNG

Principe de précaution

ROMAN

STOCK

L'auteur remercie
le Centre national du livre

ISBN : 978-2-253-12980-6 – 1re publication LGF

I

Le Dow Jones plongeait quand j'ai décidé d'arrêter pour aujourd'hui. Il était 18 h 30, les yeux me brûlaient à force d'avoir trop longtemps scruté mon écran, la moindre initiative se serait révélée contre-productive. J'ai préféré naviguer un peu sur les sites du *Monde*, de *Libération* et du *Figaro*, la conscience d'autant plus tranquille que je venais de prêter 800 millions d'euros à la Banco do Brasil à un taux inespéré.

Je me sentais assez mal en attendant le RER, à Auber, une demi-heure plus tard. Je n'avais lu que trois articles, pourtant les nouvelles du jour m'avaient chamboulé. Une voix impersonnelle a soudain crachoté dans les haut-parleurs de la station :

« Attentifs ensemble. Pour notre sécurité à tous, signalez-nous tout colis abandonné. Merci pour votre vigilance. »

Machinalement, j'ai regardé sur le quai si je ne remarquais aucun bagage suspect. Je jugeai certains individus susceptibles de commettre un attentat, mais rien dans leur comportement ne me permit d'acquérir une certitude. Par malheur la rame était tellement bondée lorsque j'y suis monté qu'il ne m'a pas été possible de vérifier sous les sièges. J'ai chassé les images des cadavres déchiquetés sur le ballast de la gare d'Atocha qui m'ont assailli l'esprit.

Après le RER, j'ai abattu mes treize minutes de marche jusqu'à la résidence. En rentrant, j'ai dit coucou à Cécile, puis je suis passé embrasser Manon qui révisait ses leçons dans sa chambre. Elle a sauté de sa chaise pour se jeter dans mes bras en criant : « Papa ! » La répétition quotidienne de ces effusions me laissait chaque fois perplexe. Objectivement, rien dans ma personnalité ne justifiait cette adoration. Je n'avais, à juste titre, jamais suscité un tel enthousiasme chez aucun être humain. Je disposais d'une intelligence moyenne, ne possédais aucun don particulier, tant sur le plan artistique que dans le domaine sportif. Professionnellement parlant, ma carrière connaissait depuis trois ans une stagnation inquiétante, qui prouvait peut-être qu'à trente-neuf ans j'atteignais d'ores et déjà mon niveau d'incompétence. Chacun s'accordait unanimement à louer ma générosité proverbiale, alors que je la portais pour ma part au crédit d'un patrimoine congénital, à l'instar de mes cheveux bruns ou de mon mètre soixante-seize, de sorte que je n'en nourrissais pas la moindre fierté, puisqu'elle ne résultait nullement d'un effort d'amendement de ma personnalité, ainsi que doit l'être selon moi toute vertu.

Néanmoins, même si cet attachement pour moi ressemblait à celui d'un jeune animal pour son géniteur nourricier, ma fille me plaçait très haut dans son estime.

Il en allait différemment pour mon fils Julien, qui préférait assez clairement sa mère. J'ai dû toquer trois fois à sa porte, bardée d'autocollants « Stop », « Do Not Disturb » et « Frapper avant d'entrer », avant qu'il grommelle une onomatopée que j'ai interprétée comme un assentiment. À l'évidence, ma présence l'importunait. Ces derniers temps, je vivais douloureusement ces marques de défiance, dont je me sentais un peu responsable. Sans doute avais-je manqué de prévenance envers lui alors qu'il était bébé ? Je dois reconnaître que je donnais le biberon à mes enfants aussi rarement que je changeais leurs couches. En ce domaine, j'avais incontestablement fait preuve d'un égoïsme dont je subissais aujourd'hui l'effet boomerang. Pourtant, jusqu'à l'âge de douze ou treize ans, Julien ne m'en tenait pas grief. Nous entretenions lui et moi une relation assez forte. En septembre 2002, je l'avais inscrit au club de football du Pecq, sur les encouragements de Jean-François Lamour, dont j'étais enclin à écouter les conseils. « Le sport permet de créer du lien social », affirmait à l'envi le ministre qui, en tant que médaillé olympique, connaissait *a priori* son sujet. Toutefois quand j'assistais aux matchs chaque samedi après-midi, en fait de lien social je voyais parfois se former des hordes de barbares en miniature, ne pensant qu'à tricher, à tacler parderrière ou à incriminer l'arbitre. Il serait injuste de ne pas mentionner également les marques de générosité gratuite, voire de fraternité bouleversante, témoignées par certains enfants déshérités, issus des cités les plus dures de la région. Je m'abîmais dans la perplexité en songeant aux théories de Jean-Jacques Rousseau sur la bonté intrinsèque de l'être humain que j'avais étudiées en math sup.

Depuis son entrée au lycée, Julien devenait totalement ingérable. Il se montrait irascible, jour après jour son expression orale se relâchait de manière plus affligeante. Son lexique se cantonnait désormais à quelques formules accablantes, grâce auxquelles il exprimait des émotions encore inconnues en ma lointaine adolescence, telles que « kiffer sa race » ou « déchirer grave ».

Il ne mettait plus le nez dehors que la tête dissimulée sous une capuche qui lui donnait un peu l'allure du psychopathe dans le film *Scream*. À la rentrée, malgré l'insistance de son entraîneur, aussi admiratif de ses percées athlétiques sur le flanc gauche des défenses adverses que de son sang-froid dans la surface de réparation, de nature selon lui à rassurer une équipe entière, Julien avait catégoriquement refusé de réintégrer son poste d'arrière droit de l'équipe des 15-16 ans, sans motiver à aucun moment cette décision.

Pour l'instant, il se livrait à une activité hautement constructive qui consistait à massacrer un maximum de personnes grâce aux manettes d'un jeu vidéo.

– Salut toi. T'as passé une bonne journée ?

Ma manière de m'adresser à lui sonnait désespérément faux, je m'en rendais bien compte.

Au début, Cécile et moi, sur les recommandations de plusieurs psychologues recueillies dans des magazines, nous étions fermement opposés à l'achat d'une console. Mais ces derniers temps, Julien ramenait cette revendication sur le tapis avec un entêtement si inlassable qu'un soir, pour bénéficier de quelques minutes de paix, nous avions cédé. Par chance, quelques jours plus tard dans le RER, par-dessus l'épaule de mon voisin, je lus sur un journal gratuit un article qui atténua ma culpabilité. Cécile et moi avions simplement succombé à la « stratégie d'usure des nouveaux adolescents », qu'analysait la directrice du *marketing* d'un opérateur de téléphonie mobile. Elle invitait à dédramatiser les frictions entre générations et percevait, dans les revendications incessantes de nos jeunes pousses, une évolution logique de nos sociétés modernes, où l'« épanouissement individuel » constituait désormais un « horizon indépassable ».

Je restai planté un moment à regarder Julien dégommer les passants avec un rictus mauvais, les mâchoires serrées, les lèvres crispées, le corps secoué de soubresauts chaque fois que le sang d'un piéton éclaboussait les trottoirs d'une mégapole virtuelle. Attristé par ce spectacle, je m'éclipsai sans avoir obtenu de réponse.

Cécile préparait le dîner dans la cuisine. Elle occupait à temps partiel le poste d'expert-comptable d'une chaîne de librairies, bien qu'elle ouvrît rarement d'autre bouquin que le prix Goncourt systématiquement offert chaque Noël par sa sœur. L'été, elle mettait un point d'honneur à lire *in extenso* des pavés un peu rébarbatifs, pour demeurer en phase avec son époque et s'enrichir intellectuellement. L'année dernière, elle en avait bavé pour terminer un essai consacré à la mort épouvantable de ce journaliste décapité par des islamistes au Pakistan. Dans un projet de grande envergure, le philosophe éclairait la « nébuleuse terroriste » et prêchait simultanément pour un « islam des Lumières », inspiré de notre XVIIIe siècle européen. Sur la plage, afin de ne pas intérioriser le traumatisme que des récits aussi violents risquaient d'engendrer sur le psychisme de n'importe quel être humain confronté à la barbarie, Cécile me lisait à voix haute les pages bouleversantes où l'écrivain racontait par le menu les dernières minutes de la vie de son ami, dont le nom m'échappe. Au bout d'un mois, quand elle referma enfin l'épais volume, je priai Cécile de me décrire la situation actuelle du Pakistan, ce pays d'Asie né de la partition de l'Inde en deux États au moment du retrait britannique de 1947. Déstabilisée par l'énoncé de ma question, elle s'était lancée dans des explications confuses, puis, au bout d'un moment, honteuse de ne bredouiller que des répliques évasives, elle avait admis qu'elle n'avait en réalité pas pigé grand-chose à la thèse développée par l'auteur.

– Tu vois, c'est pour ça que j'hésite à me frotter à des types aussi brillants... Comme je ne suis pas assez intelligente pour les comprendre, à chaque fois mes complexes rejaillissent. Je me demande si mon père n'avait pas raison de me traiter d'idiote.

La voir ainsi désarmée avait provoqué une immense vague de tendresse dans ma poitrine. Ému par sa fragilité, je l'avais serrée dans mes bras.

– Arrête de dire des sornettes. Tu sais bien que ton père dénigrait tout le monde à tort et à travers parce qu'il n'allait pas très bien...

Ensuite, nous avions fait l'amour et ressenti tous les deux, du moins je l'ai perçu ainsi, beaucoup de plaisir.

Moi non plus je ne lisais guère, même si j'aimais assez m'instruire. Ma dernière approche d'un texte de fiction contemporain – un roman de Michel Houellebecq qui s'achevait sur un carnage commis par des fondamentalistes musulmans – avait exercé une influence néfaste sur mon humeur, de sorte que j'avais depuis renoncé à renouveler l'expérience. Il faut reconnaître de toute façon que la vie moderne n'incite guère à la réflexion. Entre le travail, les enfants, les courses, la télévision et les loisirs multiples, s'installer dans un canapé sans autre objet qu'un ouvrage un peu ardu s'apparente plus ou moins à une déviance. Restent les transports en commun, mais les conditions d'entassement dans lesquelles je les empruntais me permettaient juste de feuilleter *20 minutes*, que j'attrapais chaque matin à la volée lorsque le planton accoutré aux couleurs du titre me le tendait devant les composteurs de la gare RER.

Vers 20 heures, j'ai dressé le couvert en lieu et place de Julien qui achevait sa partie, puis allumé la télévision afin de suivre le journal télévisé de France 2. Sur l'écran, une enfant blonde est apparue, qui errait d'une pièce à l'autre dans un appartement jonché de milliers de mégots. Ces derniers jours, les chaînes publiques diffusaient fréquemment cette publicité frappante contre le tabagisme passif, commandée par le ministère de la Santé. Comme tout un chacun, l'indignation me submergeait quand j'imaginais le nombre de cigarettes inhalées malgré elle par cette fillette angélique. Récemment, dans *Télérama*, un journaliste tenait le tabac pour une arme de destruction massive à éradiquer. En ce moment, les pouvoirs publics luttaient sur tous les fronts, car ils lançaient également une campagne de prévention contre la consommation d'alcool chez les femmes enceintes. Idéologiquement, je ne savais guère où me situer. Quelques voix redoutaient une dérive hygiéniste à l'américaine. Au *desk*, cependant, les collègues applaudissaient avec enthousiasme. Non sans raison, il faut l'admettre. Personne ne souhaitait mettre au monde un enfant difforme et encore moins crever avant l'âge, dans d'infinies souffrances, d'un cancer du poumon provoqué par les cigarettes des autres, fussent-ils ses parents. La mort a quelque chose de tout à fait inacceptable quand on y réfléchit un peu.

Julien a pénétré dans la pièce, le visage hostile, apparemment rempli, pour des motifs obscurs, d'un courroux chronique.

– Julien, j'ai oublié le couteau à pain, tu vas le chercher s'il te plaît ?

À cette requête une douleur atroce sembla traverser sa poitrine, il rejeta ses épaules en arrière, comme touché par un projectile, en gémissant : « Oh là là ! » Quand il arriva dans la cuisine, j'entendis Cécile soupirer :

– De grâce Julien, remonte ton pantalon !

Moi non plus je n'appréciais pas tellement de le voir porter ces *baggy* qui lui descendaient jusqu'à la moitié du postérieur, et laissaient voir son boxer Calvin Klein.

– C'est bon, ça va pas commencer la prise de tête !

– Julien, tu changes de ton s'il te plaît ! Je suis ta mère et à ce titre tu me dois le respect !

Mon fils a émis un caquètement que j'interprétai comme une trêve des hostilités. Le dîner s'est d'ailleurs déroulé sans anicroches.

Le soir pourtant, il m'a fallu plus de temps qu'à l'accoutumée pour m'endormir. Je repensais à l'affaire. Je ne parvenais pas à m'enlever du crâne la phrase du procureur de la République :

« *J'ai fréquenté le crime trente et un ans et je n'ai jamais vu ça.* »

II

L'ascenseur m'a déposé au cinquième.

Les dames de service terminaient leur ménage, laissant derrière elles l'odeur des produits d'entretien qui, mêlée à celle de la moquette synthétique, des composants électroniques refroidis et de la matière plastique des boîtiers d'unités centrales, créait dans les trois cents mètres carrés de l'*open space* cette ambiance olfactive si particulière.

J'arrivais parmi les premiers, comme chaque matin. J'avais fait preuve de cette même exemplaire ponctualité dans les quatre ou cinq autres boîtes où j'avais auparavant exercé mes talents d'*asset manager*. Plutôt que le signe d'une conscience professionnelle hypertrophiée, il fallait vraisemblablement y déceler une simple manœuvre grâce à laquelle j'échappais au petit déjeuner en compagnie des enfants. En me privant d'une demi-heure de sommeil le matin – que je récupérais en me couchant plus tôt le soir –, il m'était loisible de boire mon café seul à la table de la cuisine, dans la torpeur de l'aube, en savourant ces lénifiantes minutes rythmées par les bulletins d'information de Radio Classique, essentielles avant d'affronter les transports en commun et la pression du *front office*.

L'Algéro-Libanais Kamel Zacharias m'avait devancé,

il tapotait déjà sur son clavier. Dans deux heures, le millier d'écrans plats afficheraient en temps réel les indices boursiers, le cours des actions et les taux de l'obligataire. Cécile, quand elle avait souhaité visiter l'endroit où je passais le plus clair de mon temps, avait été impressionnée par cet immense plateau grouillant.

– Quelle planète allons-nous laisser à nos enfants ? avait-elle énigmatiquement déclaré.

Lorsque, surpris, je l'avais invitée à préciser sa pensée, elle avait répondu :

– Dans quelle décharge vont s'amonceler tous ces ordinateurs ? On ne pourra jamais les recycler tous.

De fait, *Envoyé spécial* avait récemment diffusé un reportage qui prouvait qu'on était, dans ce domaine, loin, très loin du compte.

J'ai accroché mon manteau sur la patère métallique et mis sous tension mes trois moniteurs et mes deux PC. Pendant que Windows s'initialisait, je suis allé me chercher un café, que j'ai bu, inquiet, en regardant le jardin des Tuileries, où les marronniers perdaient leurs dernières feuilles : malgré l'extrême confort des fauteuils, élément qui avait également frappé Cécile, mon mal de dos revenait peu à peu. Voilà trois ans, il avait dégénéré en sciatique, au point que le Dr Truche avait craint un moment qu'un passage sur le billard s'imposerait. Puis la douleur s'était estompée, inexplicablement. Pourtant, diffuse ou aiguë, ma lombalgie ne m'avait depuis lors jamais plus vraiment quitté, si bien que je m'habituais tristement à l'idée que cette envahissante compagne partagerait chacun de mes jours jusqu'à mon dernier souffle.

Lionel Ruszczyk, gérant obligataire sur les pays émergents, a interrompu mes contemplations en me lançant un retentissant : « Salut, mon Pakal ! » Assez rapidement, depuis son recrutement par la boîte dix-huit mois plus tôt, il avait employé ce surnom qui me déplaisait d'autant plus qu'il perçait à jour une intimité familiale : jusqu'à l'âge de quatre ou cinq ans, ma cousine Marianne mangeait le « s » lorsqu'elle prononçait mon prénom. Au début, j'avais espéré que mon peu d'aménité à son endroit dissuaderait Lionel Ruszczyk d'user avec moi d'une si grande familiarité puis, au fil du temps, j'en avais bon gré mal gré pris mon parti.

Luc Landreau, bloqué dans les embouteillages, avait téléphoné pour avertir de son retard. J'ai allumé ma platine Etrali en parcourant les dépêches Reuters et Bloomberg qui défilaient sur mes deux écrans, puis supprimé les dizaines de courriels intempestifs qui s'étaient accumulés cette nuit dans Outlook. Même si elle ne m'avait pas susurré « Bonjour, Pascal », j'aurais su qu'Hélène Pellin, négociatrice taux court terme, qui occupait le fauteuil juste derrière le mien, était arrivée : elle s'était encore exagérément aspergée de N° 5. Je lui ai répondu, en même temps que je jetais un œil à ma trésorerie.

Je disposais de 121 millions d'euros à placer avant 14 heures.

*

J'ai déjeuné à la cantine, avec Luc et Lionel. Après les carottes râpées, ce dernier a bâillé bruyamment.

– Putain, j'suis naze de chez naze... J'ai pas dormi, j'ai passé la nuit à baiser.

Cette confidence me stupéfia. De ma vie, je n'avais croisé un individu si dépourvu d'éducation qu'il m'informât, comme si nous avions gardé les cochons ensemble, des détails de sa vie personnelle... Luc ne partageait pas mon émoi puisqu'il a remarqué d'un ton détaché :

– Tu as bonne mine pourtant.

– Ouais ? Le sexe, c'est de la saine fatigue. Celle-là je l'ai branchée grâce au market dating.

– C'est quoi encore cette connerie ?

– C'est loin d'être une connerie ! C'est même un des meilleurs produits disponibles sur le marché pour tirer son coup rapidement : au Lafayette Gourmet, si tu choisis un panier violet ça veut dire que t'es un célibataire en chasse. Ça marche à donf !

Il a repoussé son ravier vide pour attaquer son aile de raie aux câpres.

– Si ça se trouve elle s'imagine que je vais l'épouser cette conne... Elle m'a déjà invité à passer le week-end à Pau chez ses parents ! Vraiment toutes les mêmes ! Passé la trentaine leur obsession c'est d'avoir des mômes. Elles entendent l'horloge biologique qui leur fait tic-tac dans les ovaires mais elles flippent grave parce que les mecs de leur âge, y sont soit pédés soit déjà mariés. Il reste plus sur le marché qu'les vicelards dans mon genre. Croyez-moi les gars, on a les atouts en main aujourd'hui, c'est plus le moment d'se laisser emmerder par les aigries militantes qui nous pourrissent la vie depuis trente ans. Pour les bourses comme à la Bourse, c'est le jeu de l'offre et de la demande !

Il clignait des yeux à une fréquence outrée, comme s'il souhaitait déloger un puceron de ses paupières.

– Mon pote Farid, le Berbère de l'Atlas, il a rédigé une charte du chacal. Règle number one : elle couche pas le premier soir, tu la rappelles pas. Trop d'temps perdu sinon. En ce moment, j'en baise huit en même temps, je peux même pas leur accorder une soirée par semaine à chacune ! Je devrais peut-être leur proposer des parties à quatre, histoire qu'elles s'éclatent un peu plus souvent ? D'toute façon, faut qu'elles s'y mettent au broute-minou. On a dépassé la période gay maintenant, c'est les goudous qui deviennent à la mode, en Californie on frôle l'épidémie.

Les termes de « lesbophobie » et d'« homophobie » m'ont traversé l'esprit. Cependant j'ai gardé le silence, soucieux de ne pas provoquer de polémique inutile. Une accusation aussi grave pouvait parfaitement se retourner contre moi. Au bilan de fin d'exercice, Lionel affichait les meilleurs chiffres de l'étage. Les rumeurs d'une fusion avec les Italiens devenaient de plus en plus insistantes, on annonçait un plan social pour les mois suivants, je ne voyais pas l'intérêt de m'attirer des ennemis. D'autant que je n'étais pas tout à fait certain que Lionel éprouvât une aversion instinctive envers les personnes homosexuelles. Les *gays* de l'immeuble ne rêvaient que de le convertir. De plus, il déjeunait régulièrement avec sa meilleure amie, une lesbienne qui exerçait le métier de gardien de la paix. Et puis, je me foutais assez des sentiments de Lionel à l'endroit des minorités sexuelles.

– En tout cas, je voudrais pas vous peiner les gars mais les meilleurs coups que j'ai tirés dans ma vie c'est avec des mères de famille. C'est malheureux à dire, mais une fois l'instinct reproducteur assouvi, elles ont plus qu'une idée en tête, c'est d'se faire bourrer comme des chiennes. Vous me croirez si vous voulez mais une fois au Luxembourg j'en ai fourré une derrière un buisson ! Ou buissonné une derrière un fourré, comme vous préférez...

Il me heurtait de l'entendre tenir des discours si éloignés des vraies valeurs et du respect de la dignité des femmes.

– Farid y dit qu'elles se dépêchent de s'enfiler dans la chatte un maximum de kilomètres de bites avant la méno. D'allieurs tout ça c'est de sa faute à Farid, sans la charte, j'aurais jamais viré chacal à ce point-là. Je sais pas combien il a pu en baiser quand il était gardien de nuit à la cité universitaire pour payer ses études en ethnologie... Un renard dans le poulailler !

Un minimum d'honnêteté m'oblige tout de même à reconnaître que le chiffre m'impressionnait.

Huit petites amies simultanément !

Plus que moi dans toute ma vie.

Et plus il se montrait infect avec ses conquêtes, plus elles se traînaient à ses pieds, chaque journée m'en apportait des preuves supplémentaires. Cette propension étrange d'une partie de la gent féminine lui inspira cette réflexion de moraliste émérite :

– Les femmes c'est comme les balles de Jokari. Plus tu les jettes fort, plus elles reviennent vite.

– « Suis-moi je te fuis, fuis-moi je te suis », disait Proust, commenta Luc.

Normalien, agrégé des lettres, il avait démissionné de l'Éducation nationale après deux années d'enseignement dans un collège sensible de la banlieue lyonnaise, découragé aussi bien par le niveau de ses élèves que par l'étroitesse d'esprit de la plupart de ses collègues. Aussi chez Credixis ne se départait-il jamais de sa bonne humeur, le monde de la finance lui paraissant divertissant en regard du permanent naufrage dont il s'estimait rescapé.

– Ouais ? Y disait ça ? Alors il assurait le keum. En tout cas franchement j'en reviens pas. Moi qui ai attendu mes dix-neuf piges pour tirer ma première crampe... On m'aurait dit quand je me branlais devant

Samantha Fox qu'à trente-quatre balais je baiserais sept nanas par semaine !

Physiquement, Lionel ne cassait pas des briques pourtant. On le sentait à l'aise toutefois, bien dans son corps, viril. Tout de même, il avait piqué ma curiosité.

– Et comment as-tu réussi à renverser la tendance ? articulai-je, malgré ma réserve naturelle.

– C'est pas compliqué mon pote.

Il a descendu une gorgée de Badoit.

– J'ai décidé de prendre mon destin en main.

J'ai hoché la tête, d'un air entendu, même si cette formule sibylline ne m'apportait nul éclaircissement. En fait, ce type m'agaçait particulièrement. Mon comptable, Carlos Semeido, qui nous avait rejoints, pronostiqua avec fatalisme :

– Le jour où tu voudras des mômes, tu deviendras moins cynique.

Pour lui le problème se posait différemment. Il avait épousé sa femme à l'église, lui jurant fidélité devant Dieu, n'empêche qu'il la trompait dès que l'occasion s'en présentait. Je l'admirais, car il n'en éprouvait ni crainte ni remords. Apparemment, la violation de son serment au Seigneur ne lui causait aucun cas de conscience. À sa place, j'aurais vécu dans une angoisse permanente. Après huit années de mariage, son opinion ne varierait plus, prétendait-il. Hommes et femmes n'étaient tout simplement pas faits pour cohabiter. Chacun son chez-soi, si possible dans le même quartier, les mômes en garde alternée, pas de meilleure formule.

Lionel enchaîna sur les résultats de l'expertise gratuite de son loft à laquelle venait de procéder une agence immobilière. Il avait acheté quai de Valmy à l'époque où les prix sur le canal Saint-Martin restaient encore abordables. En quatre ans, la valeur de son bien s'était considérablement appréciée. Son bonheur d'avoir gagné 60 000 euros grâce à son nez creux m'écœurait.

Personnellement, je gaspillais une heure et demie par jour dans les trajets entre mon travail et mon foyer. À la deuxième grossesse de Cécile, nous avions souhaité remplacer le loyer de nos cinquante-cinq mètres carrés de la rue Pernety par les remboursements mensuels d'un emprunt finançant l'achat d'un appartement plus spacieux. Malheureusement, en 1991, la bulle immobilière qui propulsait le prix du mètre carré vers des sommets himalayens n'avait pas encore éclaté. Nos revenus pourtant confortables ne nous permirent pas d'acheter dans Paris *intra-muros* une surface convenable entourée d'espaces verts. Personne ne nie qu'il soit préférable pour l'épanouissement des enfants de bénéficier, dans leur environnement proche, d'arbres et de pelouses où s'ébattre à la manière d'un chiot. Aussi atterrîmes-nous en cette ville au nom ridicule du Pecq, dont je ne soupçonnais pas l'existence avant d'investir dans le foncier.

J'avais trop mangé, l'après-midi m'a paru long. Mon instinct m'avertissait de ne pas lire la presse ce vendredi soir, si je voulais passer un paisible week-end de la Toussaint. Je ne sais quelle force me poussa néanmoins à suivre sur la Toile les derniers développements de l'affaire, laquelle, comme nombre de faits divers, gagnait en sordidité à mesure qu'on entrait dans les détails. Comble de malchance, je découvris qu'une histoire, certes moins coûteuse en vies humaines, mais un peu similaire, s'était produite presque simultanément, à Saint-Maur-des-Fossés. Plusieurs commentateurs remarquaient d'ailleurs cette coïncidence troublante.

Je me sentais vasouillard en quittant Credixis, nullement joyeux à l'idée de me retrouver trois jours durant, lundi férié oblige, en compagnie de ma femme et de mes enfants. J'attribuai cette lassitude à la fatigue nerveuse accumulée au cours de ma longue semaine.

III

Petite forme en retournant au *desk* le mardi matin, après la Toussaint.

Toute, toute petite forme.

Julien une fois de plus avait traité les injonctions de ses parents avec une légèreté proche du mépris. Samedi, par exemple : il avait passé l'après-midi chez Paul. Rien n'indiquait pourtant qu'il eût fini sa rédaction de français ni ses révisions en vue du contrôle en sciences de la vie et de la terre, matière qui lui posait des problèmes depuis la quatrième, et pour laquelle la très belle Kabyle Mlle Banour nous avait recommandé, lors du dernier conseil de classe au collège, de redoubler de vigilance. Eh bien, vers 20 heures, alors que nous passions à table, Julien n'avait toujours pas donné signe de vie. Après neuf appels en absence sur son portable, il nous téléphona enfin, pour réclamer la permission de se rendre à « la teuf chez Jérôme ». Suivirent dix minutes de palabres, où il fut négocié qu'il ne rentrerait pas après 23 heures, pour sanctionner son incorrection de nous avoir prévenus si tard de sa défection à dîner.

Il revint finalement à minuit et demi.

Je simulai le sommeil, car, en vérité, je ne savais trop quelle attitude adopter. Julien méritait une punition, évidemment, mais enfin je n'étais pas devenu papa pour me transformer en père Fouettard. Je vouais suffisamment de confiance à mon fils pour attendre en retour reconnaissance et respect.

Lorsque Cécile informa Julien, le lendemain au déjeuner, qu'il serait privé de sortie pendant deux semaines, celui-ci, après quelques récriminations infructueuses, se leva comme une furie en hurlant : « J'en ai trop marre de cette famille à *DEUX BALLES* ! » Sa chaise tomba, il claqua la porte de sa chambre où il s'enferma pour le restant de la journée, en écoutant sa musique à fond. Je dois avouer que je n'en menais pas large. J'attendais impatiemment que mon fils passe enfin ce cap, nommé non sans raison « l'âge bête » par la sagesse populaire.

Des activités moins pénibles avaient visiblement occupé Lionel lors de ses journées chômées. Il attaquait gaillardement cette semaine, un sourire éclatant et communicatif aux lèvres. Le jeudi, à la cantine, il se livra à un numéro.

– Au fait, vous avez entendu cette histoire ?

– Laquelle ? demanda Luc.

Je me doutais bien, moi, que Lionel évoquerait le sujet tôt ou tard.

– Ce môme de quatorze ans, là, qui a dézingué toute sa famille en Normandie...

– Oh oui, s'est exclamé Luc, c'est effrayant !

– Le môme regarde *Shrek* et boum, d'un coup il se lève et il bute sa mère ! Après, il s'pose tranquille dans le salon et quand ils rentrent il shoote son frère, sa sœur et son père. Comme ça, sans raison ! C'est ouf non ?

– Moins on a de connaissances, plus on a de convictions, est intervenue Alice Eberhardt, une juriste du deuxième étage, amie d'Hélène Pellin.

Je m'attendais à ce qu'elle précise sa pensée mais elle

n'a rien ajouté. Lionel l'a toisée quelques secondes, irrité.

– Allô, Alice ! l'a-t-il interpellée en agitant ses deux mains devant elle, comme un marionnettiste. Tu voudrais pas nous en dire un peu plus ?

– Si tu es certain que ce petit a agi sans mobile, c'est que tu n'en connais pas long sur cette affaire. D'après les derniers développements, il est probable qu'il s'agisse d'un nouveau drame de la maltraitance.

– Un drame de la maltraitance ! Je l'crois pas ! Tu dis n'imp', Alice, vraiment n'imp' !

– Mais oui, la veille du drame sa maman l'avait encore battu avec sa mouvette, juste parce qu'il n'avait pas fait son lit.

– Sa quoi ?

– Sa mouvette, c'est du patois, ça veut dire cuillère en bois en normand.

Alice avait grandi à Veules-les-Roses, en Seine-Maritime.

– Ah ! C'est la meilleure celle-là ! Ah ! Alors sa mère lui file deux trois coups de mauviette et ça devient une raison pour la flinguer ?

Lionel s'enflammait, il s'agitait d'une fesse à l'autre sur sa chaise.

– Alors à c'compte-là, y aurait plus qu'des parricides sur la terre !

– Tu vois bien que tu ne maîtrises pas ton sujet : la notion de parricide n'existe plus dans le droit français.

– Ah ouais ? Et on dit comment alors, madame Je-sais-tout ?

Comment Lionel pouvait-il s'adresser avec tant de décontraction familière à une femme aussi intimidante qu'Alice, l'énigme reste entière pour moi. Fidèle à Chanel comme Hélène Pellin, elle optait quant à elle pour

Allure, une fragrance plus dans l'air du temps dont les effluves, à ce moment précis, m'envoûtaient.

– On dit meurtre sur ascendant, tout simplement.

– Oooh, meurtre sur ascendant, si c'est pas mignon... Bah moi mon père, y m'travaillait au ceinturon et ça m'a pas empêché d'aller fleurir sa tombe lundi !

– Tu as peut-être intériorisé cette violence, a remarqué Hélène. Étonnant tout de même que tu n'aies pas encore d'enfant à ton âge.

Pour la première fois depuis que je le connaissais, j'ai vu Lionel décontenancé. Pas longtemps certes, mais ses quelques secondes de mutisme m'ont rasséréné.

– C'est parce que je tiens à la vie !

Les épaules d'Hélène se sont affaissées. Alice est venue à sa rescousse :

– Tu es ignoble Lionel, vraiment ignoble !

– Ah c'est moi l'ignoble ? À cause d'une pauv' blague ? Un gosse tue sa mère passque la brave femme refuse de lui filer un euro pour acheter *France Football* et c'est moi l'ignoble ! Mourir pour un euro, avoue que c'est pas glorieux quand même...

À son tour, Alice a encaissé péniblement la boutade.

– En plus maintenant, on les acquitte !

– Comment ça on les acquitte ?

– Oui, madame, on les acquitte ! J'aurais cru que tu suivais la chronique judiciaire, vu tes fonctions... Pas plus tard qu'hier soir la cour d'appel de Besançon a relaxé un jeune qui avait poignardé ses parents deux ans plus tôt. Cent cinquante coups de couteau, le gros carnage !

À cette annonce a succédé un silence de plomb, que Lionel s'est empressé de rompre :

– Pourquoi pas tu me diras. Contrairement aux

délinquants sexuels, ils risquent pas de récidiver ceux-là...

Alice l'a fusillé du regard. Mêlée à la réprobation, il m'a semblé lire dans ses yeux une admiration que je perçais mal.

– Dans ces deux histoires, il faut chercher l'explication du côté de monsieur Freud, à mon avis, est intervenu Carlos Semeido. Ces adolescents étaient simplement des malades non dépistés. Une fois de plus l'Éducation nationale montre ses limites.

– Des malades non dépistés... Non mais franchement vous m'faites halluciner. La vérité moi j'vais vous dire, elle est simple : les jeunes d'aujourd'hui y z'ont plus de limites. Y a trop de laxisme, voilà ! Faut rétablir les maisons de correction. Au gnouf, ces p'tits trous du cul !

Scandalisée, Alice a lancé, agressive :

– Tu tiens un discours lepéniste !

– Ah bon ? Pourtant normalement je suis plus intéressé par le pénis ! a rétorqué Lionel du tac au tac.

J'aurais bien aimé, mais je n'ai pas pu.

Me retenir de rigoler.

Même si, je le répète, je me désolidarisais totalement des propos arriérés et du comportement machiste de mon collègue. Alice a rougi, elle a terminé son plateau puis quitté la table sans ajouter un mot.

– La preuve qu'on peut rire de tout, mais pas avec n'importe qui, a conclu Lionel en étirant ses bras.

Il commençait celui-là à me taper sérieusement sur le système avec ses lieux communs. Par chance, le second assassinat avait échappé à sa vigilance. La conversation a dévié sur la réélection triomphale de George W. Bush au détriment de John Kerry, cette fois-ci sans les magouilles dignes d'une république bananière qui avaient faussé le précédent scrutin.

Notre débat du déjeuner m'a turlupiné tout l'après-midi. Personne, ni Alice ni Carlos ni Lionel, ne proposait d'explication convaincante à ce massacre. Certains journalistes dénonçaient la duplicité de cet enfant, certes poli et bon élève mais dur également, fabulateur, imprévisible. Ne s'adonnait-il pas au vandalisme avec les vauriens de son village, lançant des cailloux dans les jardins, salissant le linge étendu, saccageant les fleurs ? À l'opposé, Alice n'avait pas forcément tort lorsqu'elle mettait en avant les conditions de vie chaotiques du garçon, que sa mère « disputait tous les jours », ainsi qu'il l'avait expliqué aux gendarmes. Le jour même du drame, elle était allée jusqu'à le priver d'une partie de football avec ses camarades.

Les psychiatres mettaient quant à eux le passage à l'acte du garçon sur le compte d'une bouffée délirante. Enfin, malgré leurs efforts, ils n'éclaircissaient pas le surgissement d'un dérèglement mental aussi avancé chez un adolescent *a priori* sans problèmes. Par quelque bout qu'on la prenne, cette histoire demeurait rétive à toute interprétation rationnelle.

Le soir, après mes treize minutes de marche jusqu'à la résidence, j'ai nettoyé la cocotte Staub, que Cécile avait oubliée sur le feu, hier, avec ses poireaux à la crème. J'ai allumé la radio. France Inter diffusait une émission consacrée à la prévention du sida. Au standard, un auditeur angoissé se demandait si une fellation non protégée suffisait pour contracter le VIH.

« Le pourcentage des contaminations avérées lors d'une fellation sans préservatif est extrêmement faible, a répondu la spécialiste présente dans le studio, embarrassée. Néanmoins, on ne peut pas dire que ce type de rapport non protégé soit sans risque. Aussi infime soit-il, il y a un risque. »

Tandis que, à l'aide du grattoir métallique, je récurais la fonte noircie, je songeais à l'autre meurtre sur ascendant, perpétré à Saint-Maur-des-Fossés.

Quelques années plus tôt, sa deuxième épouse l'avait accusé d'attouchements sexuels sur leur fils. Faute de preuves, la justice avait classé la plainte sans suite mais le mari, ruiné par ces accusations infamantes, avait sombré dans l'alcool et la neurasthénie. Il partageait un humble appartement de location avec son fils aîné de dix-neuf ans, issu d'une précédente union, coiffeur comme lui, auquel il confiait incessamment ses angoisses. Selon certains comptes rendus, le garçon avait peu à peu interprété ces plaintes comme un appel au secours et résolu d'aider son père à quitter cette vie qui le fuyait. Armé d'un couteau aiguisé, le jeune homme avait frappé en pleine nuit : un coup à la nuque, trois à la poitrine puis s'était immédiatement dénoncé aux policiers. L'assassin avait été interné en hôpital psychiatrique, néanmoins le parquet se montrait « extrêmement prudent sur le mobile allégué ».

Parmi les commentaires que j'avais lus à propos de ces deux parricides presque simultanés, la phrase d'une experte m'avait particulièrement marqué : « Le fantasme de la mort du père est présent chez tout le monde. » Sans que je l'entende arriver, Cécile s'est collée contre moi, par-derrière.

– Ça y est, je l'ai fini mon livre !

Elle l'avait entamé pendant les vacances au Touquet. Apparemment, ce bouquin-là lui filait plus la pêche que celui de l'année précédente. Il trônait partout sur les présentoirs des librairies. D'après le titre, il s'agissait d'une biographie de Léonard de Vinci. Elle a dit, rêveuse :

– C'est vraiment incroyable le nombre de choses que l'Église nous a cachées.

J'ai acquiescé, même si je ne saisissais pas d'emblée le rapport entre le maître florentin et le christianisme. Après une minute de réflexion, Cécile a rajouté :

– Finalement c'est peut-être intéressant de lire la Bible. Je ne savais pas qu'elle comportait un Ancien et un Nouveau Testament.

Elle m'a embrassé sur la nuque, puis m'a serré dans ses bras à m'en étouffer.

IV

Le mercredi, il était convenu que je m'occupais de tout.

Plus précisément, Cécile avait unilatéralement décrété que le mercredi soir, elle ne lèverait plus le petit doigt. Partagée entre ses vies de mère, de ménagère et de femme active, elle jugeait légitime de se laisser envahir par une flemmingite aiguë un soir par semaine, quand elle rentrait crevée de sa salsa. Quand elle rentrait crevée de la salsa, Cécile acceptait seulement de mettre les pieds sous la table avant de se tremper dans un bain brûlant, le visage enduit du masque hydratant antifatigue Roc, puis de s'étaler soigneusement sur le corps la crème relaxante et régénératrice d'Elizabeth Arden. Le mercredi soir, elle refusait de corriger les devoirs de Manon, bougonnait parce que je ne lui mijotais jamais de goûteux petits plats, n'admettait aucun écart de conduite de la part de Julien qui d'ailleurs ne mouftait pas. Je percevais quelque injustice dans cet hebdomadaire chômage technique, dans la mesure où, justement, le mercredi, Cécile ne travaillait pas, contrairement à moi. Plusieurs fois, j'avais tenté de faire valoir ces revendications justifiées. Cécile m'assénait alors des arguments définitifs, tandis que je bredouillais les miens sans conviction, en maudissant l'impulsivité qui m'avait conduit à m'enferrer dans une discussion où j'avais si évidemment tort. Je battais en retraite, abasourdi, honteux, découragé face à l'immensité aride qui me séparait encore, sur la carte du Tendre, de l'oasis fertile qu'on nomme « partage des tâches domestiques ».

Je n'appréciais pas particulièrement les mercredis soir, lorsque Cécile rentrait crevée de sa salsa. Sans nier la légitimité de l'aspiration de mon épouse à plus de temps libre, la perspective d'étendre le linge humide qu'elle avait laissé à mon intention dans la machine, de vider le lave-vaisselle et de préparer la tambouille ne m'enthousiasmait pas outre mesure. Ces réticences s'expliquaient en partie par l'exemple désastreux fourni par mon père, que je n'avais jamais vu tenir un aspirateur ni une éponge. Néanmoins, il jardinait, lui, et il entretenait la voiture tandis que, ignorant tout du fonctionnement d'un moteur à explosion, je me contentais de déposer la mienne chez le garagiste. Seule la gestion des comptes du foyer m'était entièrement dévolue, parce que Cécile ne supportait plus les chiffres, après une journée de travail.

Heureusement, Amalia, la fille aînée de notre gardienne, se chargeait contre une rémunération substantielle du repassage et du ménage *stricto sensu*.

Manon m'alpagua dès que j'ouvris la porte, après mes treize minutes de marche.

– Papa, Julien il est sur l'ordi depuis que maman est partie, il veut pas me laisser jouer, j'en ai marre !

Et moi qui rêvais de m'allonger un peu, après mes trois quarts d'heure de transports...

– C'est pas possible ça... Julien !

Le silence qui suivit me tapa sur les nerfs. Je me dirigeai vers le bureau.

– JULIEN !

– Mais quouAAA ?!

– Tu cèdes un peu la place à ta sœur ? Tu te crois seul au monde ou quoi ?

– Mais qu'est-ce qu'elle a besoin du poste celle-là... Ils puent la merde ses jeux !

– Ils puent pas la merde mes jeux !

– Julien, je te dispense de tes grossièretés. Le poste est à toute la famille, donc tu te lèves et tu ne nous casses plus les pieds, d'accord ?

– Non.

– Quoi non ?

– Non, pas d'accord.

– Alors je m'en passerai de ton accord !

– Pourquoi tu m'demandes alors dans c'cas-là ?

– Eh bien ça m'a échappé, c'est une façon de parler, arrête de tourner la moindre étourderie à ton avantage, d'accord ?

Je me mordis les lèvres, tandis que Julien me narguait.

– D'abord tu l'enlèves quand le contrôle parental « enfant », c'est trop relou, j'peux rien faire, j'peux même pas aller sur Google !

Comme tout parent responsable, je ne minimisais pas les risques encourus par les mineurs lorsqu'ils naviguaient sur la Toile : spams, haine raciale, cybercriminalité, autant de fléaux en forte progression que les internautes, et tout spécialement les jeunes, pouvaient croiser au détour de chaque clic. À l'heure où pas moins de 6 % des fichiers échangés gratuitement concernaient des images pédophiles, il était hors de question que je relâche ma vigilance.

– C'est pour ton bien Julien, si je ne souhaite pas

que tu surfes librement sur le Web, on peut y faire de très très mauvaises rencontres...

– T'y piges vraiment que dalle à l'informatique toi, hein ? T'enlève pas le contrôle parental, juste tu mets le contrôle parental « adolescent » au lieu du contrôle parental « enfant » avec c'te pauv' page d'accueil pour bébé là...

– C'est PAS pour les bébés, a geint Manon.

– Oui, et comme ça Manon pourra accéder à des sites qui ne conviennent pas à des enfants de son âge...

– Moi aussi je suis une ado, papa.

– Toi tu es une préado, c'est différent.

– Bah alors faut acheter un deuxième poste ! Pourquoi vous achetez pas un portable, comme ça tout l'monde peut s'en servir n'importe où.

– Julien, tu n'as pas l'âge de donner ton avis sur la gestion du budget.

Si je n'avais craint de jeter de l'huile sur le feu, je lui aurais rappelé que rien ne l'empêchait de piocher dans le copieux pécule qui fructifiait sur son compte en banque, alimenté chaque mois par ses grands-parents.

– Franchement, ça sert à quoi d'avoir la Livebox si on a qu'un seul ordi ?

– Ça sert à ne payer ni la télé ni le téléphone ! De toute façon, j'ai aucune envie de tirer des câbles partout.

– Wesh et l'wi-fi c'est fait pour qui ?

– Plein de collègues ont des problèmes avec leur wi-fi, ça fonctionne jamais ce truc-là.

– Bah moi Heddie il a l'wi-fi et ça marche chez lui.

Heddie était un des amis de Julien, un Tunisien blond aux yeux bleus, au faciès réellement surprenant.

– Et Geoffrey aussi !

– Parfait, tu les féliciteras de ma part, maintenant laisse la place à ta sœur, s'il te plaît.

Cette fois je m'arrêtai avant d'ajouter « d'accord ».

– Ah ouais, vas-y !

Hors de lui, il verrouilla sa session en écrasant les touches Windows + L puis déguerpit, enfin. Je réchauffai une barquette de lasagnes surgelées puis vidai dans le saladier un sachet de scarole pré-épluchée que j'arrosai de vinaigrette en bouteille. Jeudi 11 novembre, demain. Pas de RER, ni vingt-six minutes de marche. À 19 h 55, je jetai un coup d'œil dans la salle à manger puis me dirigeai vers la chambre de Julien qui lisait un manga en écoutant Skyrock trop fort. Une fois, une seule fois dans sa vie, Julien dresserait-il le couvert sans qu'on le lui demande ?

– Julien, la table !

Son visage se ferma.

– J'arriVEUUU...

Nous dînâmes tous les trois en silence devant David Pujadas. Non loin d'ici, Yasser Arafat vivait ses dernières heures. Jamais plus je ne l'entendrais massacrer l'anglais. Au lycée, Christophe Jeanson imitait à ravir le charismatique leader de l'OLP.

« *Palestinian pipeul vants to be frrree and to live in zeir hone countrrry.* »

Dans les soirées, une fois qu'il avait descendu suffisamment de vodka orange, Christophe Jeanson enfilait le keffieh qu'il avait acheté pour mieux se fondre dans le personnage.

« *Palestinian pipeul vants to be frrree and to live in zeir hone countrrry.* »

Il maîtrisait également l'accent hébreu à merveille, et lorsqu'il alternait avec la voix de Shimon Peres, on voyait de solides gaillards tels que Philippe Bertrand ou

Pierre Sopardi porter la main à leur estomac comme si une balle venait de s'y loger. Ils vacillaient puis s'effondraient sur le canapé en suppliant :

– Aaah, arrête Christophe, aaah ! J'ai mal aux abdos !

Qu'était devenu Christophe Jeanson, rameur trapu qui revenait chaque lundi les mains couvertes d'ampoules, après un dimanche dans son club d'aviron ? L'envie de m'inscrire sur le site copainsdavant.com pour rechercher des condisciples perdus de vue me titillait, ces derniers temps.

Nous mangions le dessert quand Cécile est arrivée.

– Pffouuu..., soupira-t-elle en s'écroulant à table. Miguel nous a tuées ce soir.

– Ah ?

– Oui, j'ai les cuisses en compote.

– Elle est trop bien cette pub ! a affirmé Manon en augmentant le son.

– Enfin, je progresse, je crois qu'on va vraiment être au point pour le spectacle de fin d'année. Tu viendras ?

– Évidemment.

– Ça n'a pas toujours été si évident !

Cécile évoquait l'incident regrettable qui s'était produit l'année dernière, quand j'avais failli manquer la représentation de fin d'année que Miguel avait étourdiment programmée le soir de la finale de la Ligue des champions. Devant le tollé provoqué par ce choix malencontreux, il avait repoussé l'événement d'une semaine, au grand soulagement des conjoints.

– Alors si tou né choisis que des exemples caricatouraux, là, yé préfère né plou discouter...

– Mmmh, c'est quoi cette vinaigrette ? m'a coupé Cécile, irritée.

– Amora, elle est bonne hein ?

– Tu veux dire qu'elle est infecte, oui ! Affreusement chimique.

Elle s'empara de la bouteille, posée sur la desserte, et consulta la liste des composants.

– Dextrose, E 1422, E 415, E 330, protéines de lait, lutéine, extrait de paprika...

– Ah oui ? Moi j'aime bien la petite pointe d'échalote...

– Chut, c'est la météo.

La photo satellite est apparue à l'écran. Laurent Romejko a causé cumulus et masses d'air. Demain, des passages pluvieux alterneraient avec de belles éclaircies, mais les températures ne dépasseraient pas les 8° C.

*

Cécile somnolait lorsque je suis entré dans la chambre après la fin du téléfilm, vers 23 heures. Je me suis glissé précautionneusement sous les draps.

– Tu avais l'air soucieux ce soir, a-t-elle marmonné en écartant les paupières. Julien a été pénible ?

– Pas plus que d'habitude non, sauf qu'il recommence avec son histoire de portable.

Cécile a hoché la tête, pour signifier qu'elle comprenait mon allusion.

– Non, c'est cette fusion, tu sais. Mentalement, c'est dur.

– Bien sûr que c'est dur.

– Je vais pas jouer les altermondialistes, hein... Une fusion c'est un processus logique dans une économie globalisée, ça permet aux entreprises de se développer pour affronter la concurrence. N'empêche que c'est usant cette sensation d'être pressé comme un citron juste pour augmenter les dividendes des gros porteurs.

– Usant, oui, c'est le bon terme.

– Glazer nous a servi son laïus hier en réunion plénière, les conneries habituelles : « Y aura de la place pour tout le monde dans ce regroupement ; nous ne ferons pas appel à des licenciements économiques dans notre recherche de synergies », tu vois le genre.

Un brutal tiraillement dans le dos m'obligea à me lever pour marcher un peu. J'avais gardé trop longtemps la station assise dans le fauteuil du salon.

– Attends, qu'est-ce qu'il a dit aussi ? Ça m'a marqué, tellement j'ai trouvé ça faux cul.

Après un long effort de concentration, j'ai extirpé la phrase du néant.

– Ah voilà : « Nous comptons bien ajouter les compétences, pour que 1+1 fassent 3. » Pour que un plus un fassent trois, je te jure... Évidemment que 1+1 vont faire 1 ! Tout le monde le sait. Pourquoi ils fusionneraient sinon...

– Ça se passe comment concrètement une fusion ?

– Petite leçon de réalisme économique vu du côté top management et actionnaires : d'un côté une société A qui produit 1 000 avec 1 000 salariés, de l'autre une société B qui produit 1 000 avec 1 000 salariés. Le but de la fusion c'est de produire 2 000 avec 1 500 salariés, d'où un gain de productivité de 500.

Je tâchais de ne pas trop m'échauffer, car le moindre décibel en trop désobligeait Cécile quand elle rentrait crevée de la salsa.

– Évidemment, c'est le salarié qui supporte l'essentiel de la pression. Perte de leur emploi pour les uns, stress pour ceux qui restent. Côté top management, le risque c'est l'éviction de l'équipe dirigeante perdante mais accompagnée en général de golden parachutes dont les médias dévoilent régulièrement les montants modiques, qui se chiffrent en millions d'euros. Tu me suis ?

Elle acquiesça.

– Après, deux solutions : soit la fusion se déroule dans la douleur et entraîne par exemple une production de 1 700 seulement avec 1 500 salariés d'où un gain de 200 quand même et une possibilité de jouer davantage sur la variable d'ajustement « salariés » puisqu'on produit moins. Donc l'opération reste gagnante en fin de compte.

– Et l'autre solution ?

– La fusion réussit, on produit 2 400 avec 1 500 salariés, jackpot à la clé. Voilà en quoi ça consiste son « un plus un font trois ».

– Chez vous, qui est en première ligne ?

– Hélène me paraît indéboulonnable, elle connaît la boîte comme sa poche, en plus elle est là depuis trop longtemps, ils se ruineraient en indemnités. Avec moi aussi d'ailleurs. Luc et Lionel c'est différent, à eux deux ils n'ont même pas quatre ans d'ancienneté. D'un certain point de vue, c'est un atout : sang neuf, dynamisme, etc. Mais en principe le dernier arrivé dégage en premier. Donc c'est Lionel qui est sur le siège éjectable. Moi, si je fais pas de conneries, je suis à l'abri.

– Pourquoi t'en ferais alors que t'en as jamais fait jusqu'à maintenant ?

– La pression. Dans les semaines qui viennent, y aura pas de cadeaux à l'étage. Lionel surtout est dangereux, il peut compter sur son bagou, il est jeune, énergique, sans scrupule ni attaches affectives.

– T'exagères un peu quand même, c'est pas Superman ce type.

Elle l'avait rencontré lors du vernissage de l'exposition « Gauguin à Tahiti » organisée par la Société générale l'année dernière au Grand Palais.

– Personnellement, si j'étais son boss je me méfierais d'un type comme ça. Prétentieux, narcissique, arriviste, aucun sens des valeurs. Toi tu es solide, ton statut de mari et de père de famille te donne un côté rassurant. Franchement vous jouez pas dans la même catégorie, tu vaux mille fois mieux que lui.

J'aimais ces discussions avec Cécile qui, grâce à sa fine psychologie, dénouait avec dextérité les pelotes emmêlées de mes ressassements solitaires. Quant à elle, les coups tordus du monde du travail l'avaient rapidement écœurée. Partout où elle était passée, ses supérieurs avaient loué ses compétences mais elle avait préféré se « ranger des voitures », comme elle disait, en choisissant un temps partiel dans une boîte à taille humaine ; ne pas sacrifier l'essentiel, à savoir sa vie de famille, au superflu, à savoir sa carrière. Cette organisation la satisfaisait pleinement, c'est du moins ce qu'elle affirmait, même si certaines de ses amies lui reprochaient d'avoir inconsciemment intériorisé les schémas de la domination masculine.

Je l'ai serrée dans mes bras.

– Si tout se passe bien, je toucherai peut-être même un bon bonus. Et là on se l'achète la maison !

Cécile a souri vaguement, les yeux toujours fermés.

David Borel, un agent immobilier de nos relations, nous avait trouvé la demeure de nos rêves au Vésinet, à deux pas du RER. Adieu, les treize minutes de marche matin et soir, adieu les disputes continuelles des voisins, agrémentées des délicats claquements de porte, malgré nos doléances réitérées. Dès les premiers beaux jours, les enfants joueraient dans le jardin et nous profiterions des charmes de la véranda. Sans compter que sur les cartes de visite, le nom de la commune en jetait vraiment. J'ai embrassé ma femme sur les lèvres.

– Bonne nuit ma chérie !

Elle dormait déjà.

V

Dans la rude bataille qui m'attendait au *desk*, une forme physique exemplaire constituerait un atout déterminant. Le lendemain matin, après avoir déposé Manon au centre équestre où elle préparait son galop 4, je profitai du rayon de soleil prévu par Laurent Romejko pour m'octroyer un décrassage musculaire au parcours de santé.

À peine descendu de voiture, j'emplis mes poumons des senteurs de la forêt saint-germinoise. Il avait plu cette nuit, l'humus gorgé d'eau libérait mille arômes qui me ramenaient trente ans en arrière, lors de mes vacances dans le Vexin, quand mon grand-père m'emmenait ramasser des cagouilles énormes à la première averse.

Je laçai mes chaussures avec un double nœud, procédai à quelques exercices d'assouplissement avant de démarrer en trottinant, allègre.

Cécile avait raison hier soir ; raison à 200 %. Elle m'avait regonflé à bloc.

Évidemment que je possédais suffisamment de force en moi pour dominer Ruszczyk le crâneur. J'allais lui marcher dessus à ce minable, les écraser ni plus ni moins, lui et sa grande gueule, comme je l'aurais fait d'un cloporte traversant ma cuisine.

Après quelques foulées, je remarquai un panneau sur ma gauche, qui n'existait pas lors de mon précédent passage. De nombreux tags le recouvraient, déjà. Je m'approchai, curieux.

SÉCURITÉ :
CONTRÔLE CARDIAQUE

Prise du pouls

Avant : Lors de l'échauffement, qui doit être scrupuleusement respecté, amener la fréquence cardiaque entre 100 et 120 pulsations minute.

Pendant : Contrôler au premier tiers, au deuxième tiers et à l'arrivée du circuit votre fréquence cardiaque qui de manière générale ne doit jamais être supérieure à 220 pulsations minutes – votre âge.

Par mesure de prudence, travailler entre 70 et 80 % de cette fréquence maximale.

Michel Berger.

Foudroyé dans la force de l'âge, en pleine partie de tennis...

Après : Lors du retour au calme, récupération approximative de votre fréquence cardiaque initiale.

Exemple : Vous avez 20 ans. Pouls avant effort : 80. Pouls après échauffement entre 100 et 120. Pendant l'effort, ne pas dépasser 160. Pouls après récupération : entre 80 et 100.

Combien de sportifs amateurs se tuaient-ils chaque année, alors que des précautions élémentaires comme le calcul des pulsations avant, pendant et après l'effort auraient suffi pour sauver des centaines de vies ? Combien de familles brisées, de destins saccagés, à cause d'une simple méconnaissance du danger ? Mieux valait ne même pas évoquer, au milieu de ce gâchis épouvantable, les morts par hydrocution lors des baignades estivales, guère assimilables à une activité physique. Plonger tout de go dans l'océan juste après les brochettes au bœuf et le rosé du déjeuner, quelle folie ! Non, au contraire, toujours humidifier bras et nuque, avant de s'immerger. Et surtout, à la fin du repas, une sieste digestive. Quel plus cruel fatum que de mourir en été, l'époque des flirts, du barbecue et des crèmes après-soleil ?

J'appuyai mon pouce sur ma carotide.

J'imaginais la scène, si les autorités n'avaient pris soin d'installer ce panneau. Rouillé après des mois d'inactivité, j'aurais galopé tel un poulain fougueux, enivré par le vent ébouriffant mes cheveux, présumant trop de mes forces. J'aurais faibli au bout d'un quart d'heure mais, dédaigneux des signaux d'alerte que m'envoyait mon cœur, j'aurais forcé, dans le but d'éliminer les toxines et l'énergie négative accumulée en mes muscles depuis tant de semaines. Oui, j'aurais cherché à me purger de mon stress en poussant mon corps dans ses ultimes retranchements, jusqu'au moment où les premiers papillons auraient clignoté devant mes yeux, annonciateurs de l'accident. J'aurais titubé quelques dizaines de mètres encore, avant de m'effondrer lourdement au milieu de l'allée de grave naturelle, revêtement spécialement conçu pour éviter la formation de flaques d'eau et améliorer le confort de course, surtout en ces périodes pluvieuses. Tout le monde n'apprécie pas forcément le trois mille mètres *steeple*.

Quelques marathoniens, formés aux rudiments des secours d'urgence, m'auraient prodigué un bouche-à-bouche après avoir appelé les pompiers grâce à leur téléphone cellulaire dont ils ne se séparaient jamais. Le massage cardiaque des hommes en bleu tellement appréciés de leurs compatriotes n'aurait pas suffi à me ranimer. Ils n'auraient pu que constater le décès, dont l'incroyable stupidité me vaudrait un entrefilet dans les pages « Yvelines » du *Parisien*. Au *desk* Lionel en faisait des gorges chaudes : « Au moins, il sera mort en bonne santé mon Pakal ! » Je laissais derrière moi une veuve et deux orphelins. Bottes aux pieds, bombe sur la tête, crottée, béate, Manon m'attendait au centre hippique, mais son père ne viendrait pas la chercher, il ne viendrait plus jamais. Cécile devrait se coltiner seule les crises de notre fils.

Les soixante secondes étaient écoulées : j'avais compté 80 pulsations, soit le nombre exact qu'indiquait le panneau pour un homme de vingt ans !

Je remis mon podomètre à zéro, déclenchai mon chronomètre et, rassuré, je m'élançai.

*

Les quarante minutes de course me laminèrent littéralement.

Le lendemain, perclus de courbatures, victime d'un lumbago, je m'extirpai de mon lit tel un vieillard grabataire et me traînai vers la salle de bains où je découvris, en ouvrant l'armoire à pharmacie, que Cécile avait vidé la boîte de Myolastan et rapporté les anti-inflammatoires périmés à l'officine de la rue de Paris. La journée dans mon fauteuil allait virer au martyre, en attendant que le Dr Truche me prescrive des antalgiques, ce soir. Je boitillai jusqu'au RER, où je ne réussis même pas à m'asseoir alors que, pour une fois, quelques sièges restaient libres dans la rame.

Étrange vendredi que ce 12 novembre, coincé entre un jour férié et le week-end. L'*open space* baignait dans une ambiance crépusculaire. Pas mal de cadres avaient demandé une journée de RTT, d'autres étaient venus en *casual*, avec la ferme intention de déguerpir dès 15 h 30, pour rejoindre la famille en Normandie. Moi-même, je me traînais comme un zombie, des poches sous les yeux, les reins en compote, surveillant incessamment l'horloge. Vers 13 heures, après avoir acheté 100 millions d'euros d'une émission primaire obligataire de Barclays Bank, j'allais descendre à la cantine quand j'aperçus Lionel qui tapait avec ses dix doigts sur son clavier. Moi, je n'utilisais qu'index et pouces.

– Tu ne viens pas manger Lionel ? le sollicitai-je machinalement.

– J'arrive mon Pakal, juste j'finis ça, là, et j'arrive.

Dans la salle de la machine à café, Hélène Pellin mangeait à même son Tupperware une salade hypocalorique dont, pour traquer les kilos, elle avait pesé chez elle les différents ingrédients, la veille au soir. Alice Eberhardt l'avait rejointe. Les allures un peu hautaines que se donnait la jeune femme dissimulaient mal une sensibilité à fleur de peau. Les herses de sa froideur n'avaient dû s'ériger qu'après nombre d'amères désillusions sentimentales. Combien de lovelaces l'avaient-ils escroquée, combien de fois, après avoir communiqué son numéro à un inconnu croisé dans une fête, combien de fois le soir en glissant la clé dans la serrure de sa porte blindée à l'instar de son cœur, combien de fois avait-elle espéré : « C'est peut-être enfin Lui cette fois ? L'homme de ma vie... » Et combien de fois, après trois ou quatre copulations bâclées, avait-elle vainement attendu, les paupières boursouflées par les larmes devant son téléphone, un appel ou un simple SMS ?

Les quelques pas que j'effectuai jusqu'à la cantine assouplirent un peu mes muscles endoloris. Plus question néanmoins d'envisager la moindre activité sportive dans les prochaines semaines. Je rejoignis Luc, qui ne tenait pas plus la forme que moi. Nous n'échangeâmes rien d'autre que des bougonnements polis. Lionel nous rejoignit dix minutes plus tard, sourire aux lèvres, brassant une quantité d'air invraisemblable. Je l'observais, tandis qu'il attendait son tour au *self*. Il trépignait littéralement, incapable de rester en place, vérifiant toutes les dix secondes sur son portable si personne n'essayait de le joindre.

– Bon appétit les gars ! claironna le Ruy Blas de pacotille, en s'asseyant avec nous.

Cette manière de nous rabaisser à notre peu glorieuse condition de mammifères, en insistant sur nos nécessités corporelles... Peut-être un jour en sortant de table nous souhaiterait-il : « Bonne digestion », pendant qu'il y était ?

Que rétorquer à un impair aussi rédhibitoire ? « Toi aussi », ou « Merci », en guise d'invitation tacite à le réitérer dans l'avenir ? Ma grand-mère aurait, à coup sûr, refusé de déjeuner une seconde fois en compagnie d'un butor pareil.

– Merci, toi aussi, rétorqua un gérant gestion diversifiée, Nicolas Reckel.

– Alors, vous avez appris la bonne nouvelle ?

– Credixis augmente massivement le salaire de ses cadres ? soupirai-je. On fusionne plus ?

À la manière dont Lionel me toisa, je regrettai mes propos sur-le-champ.

– Ce serait plutôt une mauvaise nouvelle, ça. *J'espère* qu'on va fusionner, moi. C'est une opportunité de développement inespérée pour Credixis.

– Bien sûr.

– Alors pourquoi tu dis ça ?

– Je voulais plaisanter.

– Ah ouais, tu parles d'une blague ! Que la boîte périclite, très drôle ! C'est typiquement cette attitude frileuse face au changement que je supporte plus en France.

Il laissa planer un silence réprobateur.

– Non, moi j'te parle d'une *vraie* bonne nouvelle.

– Bah vas-y, on t'écoute.

– Le nombre de femmes seules dans Paris a encore augmenté.

J'avalai une bouchée, excédé.

– On en est à 35 % sur l'ensemble des ménages... Ça veut dire que dans la capitale maintenant y a un appart' sur trois qui est occupé par une meuf célibataire. Avec ou sans mioche, divorcée ou pas !

– Pour compléter ton enquête sociologique, renchérit Luc, sache que dans 77 % des cas, c'est l'épouse qui est à l'origine de la séparation.

– Sérieux ?

– Tout ce qu'il y a de sérieux. Souvent femme varie, bien fol qui s'y fie.

Lionel jubilait.

– Quand j'étais môme, ma mère, elle répétait toujours : « Les bonshommes ils finiront bien par s'y mettre, au partage des tâches ménagères ! Sinon ils se retrouveront entre eux, le bec dans l'eau ! » Eh ben non, on s'y est pas mis... On s'y est pas mis du tout même ! Sauf les losers qui ont accepté de subir l'ablation de leurs testicules sans anesthésie, bien sûr.

J'avais excessivement mal dormi, j'étais exténué, j'avais besoin de calme. Pourquoi diable avais-je encouragé Lionel à m'accompagner ?

– Mes amis, le plus dur est derrière nous. Le début des années quatre-vingt-dix surtout fut effroyable. Là, elles ont commencé à trop, mais *vraiment trop*, se la *péter*. J'ai perçu un léger mieux au tournant du millénaire. C'est d'allieurs sans doute pas un hasard si j'ai franchi la barre des deux cents pénétrations vaginales en 2001. Je suis heureux messieurs, de vous apprendre qu'en moins de trois ans le chiffre a plus que doublé. Mon CAC explose depuis le passage au nouveau siècle !

Il s'est tu, satisfait de laisser planer le suspens. Nicolas Reckel tendait l'oreille, concerné. J'espérais que personne ne relancerait la conversation mais Luc a posé la question fatale, un sourire en coin.

– Ton CAC ?

– Mon CAC ouais, mon Chibre Aux Culs, a répondu Lionel, ravi de sa plaisanterie. Des taux de croissance à deux chiffres, mieux que la Chine ! 12,4 % en 2002, 13,1 en 2003. Cette année j'en ai déjà baisé soixante et onze, soit une progression de 12,9 %. J'ai fait une présentation sur Powerpoint, avec photos, mensurations, origine ethnique, nationalité. Je vous l'enverrai en pièce jointe si vous voulez.

– Ça ira, merci, ai-je décliné sans aménité.

– En ce moment la négresse marche fort dans mon CAC. Hélas, la Française de souche n'a souvent plus grand charme : névrosée, prétentieuse, égocentrique jusqu'au délire, une conversation cruellement dépourvue d'intérêt, on appellera rapidement un taxi après le vidage de burnes. Sur ce sujet comme sur tous les autres, on évitera les généralisations hâtives, mais enfin il s'agit de c'qu'on appelle une tendance lourde. La niakouée remonte bien mais reste une denrée rare, difficile d'accès, peu expressive, discrète à l'excès. J'espère beaucoup de la deuxième génération née en France, vérolée dès l'plus jeune âge par nos mœurs dépravées, élevée aux films X, aux strings qui dépassent du jean taille basse et aux distributeurs de capotes dans les lycées. C'est pas une incitation à niquer à tout bout d'champ, ça, peut-être ? Ça vous choque pas vous qui avez des mômes ? Nan moi franchement les miens j'les inscrirai dans le privé, y a trop de relâchement dans le public. L'école ça doit pas devenir un claque.

Il profitait que la tablée fût exclusivement masculine pour nous débiter ses poncifs réactionnaires. Je ne réussissais pas à comprendre comment un individu aussi intrinsèquement vulgaire parvenait, lors des mondanités, à se muer en ce garçon affable qui abordait les pontes avec un culot aussi désarmant qu'enjôleur.

– Je compte sur les prochaines semaines pour battre mes records. Contrairement à une idée reçue, on baise pas moins l'automne ou l'hiver. Pour la citadine esseulée, ces mois-là sont effroyables. Le manque de chaleur humaine atteint son paroxysme. Les pubards ont beau les renommer célibattantes histoire qu'elles perdent pas le goût d'la conso, après les fêtes le masque tombe. Elles ont passé un premier de l'an gueule de bois-DVD dans leur futon trop grand pour elles. À Noël, elles ont rencontré le fiancé d'leur petite cousine. Les enfants d'leur sœur cadette ont encore grandi. Leur premier cheveu blanc est apparu avant leur premier môme, elles auraient pas cru ça possible... Les plus friquées s'enfuient sous les tropiques se faire enfiler par des grosses bites à bon marché mais celles qu'ont pas les moyens restent coincées comme des souris de laboratoire dans la plus belle ville du monde. La proie est à merci, exténuée par le doute, prête à gober n'importe quel mytho en échange d'un peu de tendresse. Et moi, crac, c'est le moment où j'leur fonds d'ssus, façon faucon gerfaut, hé hé !

Il sala son chili.

– La cinq centième de mon CAC, je l'épouse. Au hasard. Toute façon faut pas rêver : le mariage, c'est la nécropole des illusions, la Bérézina des loisirs, la fosse commune.

« La nécropole des illusions, la Bérézina des loisirs, la fosse commune »...

Malgré que j'en aie, je trouvais ces formules spirituelles et drôles. Lionel m'écœurait. Je comprenais que des femmes se laissent emporter par son énergie communicative.

– Ça te prend souvent de plagier Audiard ? l'a morigéné Luc.

– Skuze, j'ai tenté l'coup, mais faut s'méfier avec un cador comme toi. J'ai noté le dialogue l'autre jour dans un film avec Belmondo. Par contre j'me souviens plus du titre.

– *La Chasse à l'homme*, d'Édouard Molinaro.

– Trop fort, Luc, trop fort.

Lionel a rompu virilement un morceau de pain.

– Les gens divorcent parce qu'ils font pas suffisamment confiance à Audiard. Si tu sais que t'aimes pas ta femme le jour où tu lui passes la bague au doigt, t'as toutes les chances qu'elle te tienne la main sur ton lit de mort après que t'auras été à la fois bon père et bon mari.

– En plus d'être le meilleur étalon de Paris, tu développes de subtiles théories philosophiques, a noté Luc.

– Oh oui, oui, tu peux t'moquer, tu m'feras pas perdre de vue la bonne nouvelle. 35 % ! Tiens, je l'ai même imprimé, l'article...

Débordé par son enthousiasme incrédule, il farfouilla dans sa poche intérieure pour en sortir deux feuillets qu'il déplia sur la table.

– Attends, il est où, le passage qui m'a le plus

marqué... Ah, voilà : « En moyenne, les solos interrogés ont eu 3,6 rendez-vous galants au cours des douze derniers mois. Mieux vaut être un homme de moins de trente-cinq ans qu'une femme du même âge : 30 % des premiers ont fait dix rencontres amoureuses et plus, alors que les deux tiers des secondes n'en ont fait aucune. »

Il a rangé sa paperasse.

– Vous aussi vous pouvez vous réjouir ! On va avoir besoin de teubs, les gars, y a pénurie. Va falloir procéder à des réquisitions chez les hommes mariés. Adultère obligatoire ! Remboursé par la Sécu ! Sinon à ce train-là on se dirige tout droit vers des vagues de dépressions. Elles peuvent quand même pas s'enfiler des sex-toys jusqu'à la méno les chéries !

Soudain, sa voix s'est empreinte d'emphase.

– Messieurs, trinquons.

D'office, il a heurté son verre contre les nôtres.

– À nous, les mâles !

Il a baissé les yeux, comme s'il récitait son *Pater noster*.

– Nous avons connu des heures sombres. Il y a eu des retours de teuf amers, bredouilles dans le taxi. Il y a eu des nuits de branlette. Il y a eu des matins de défaite. Mais on a résisté. Fièrement. Vaille que vaille. On a refusé de passer l'aspirateur et d'torcher les gniards. Résultat maintenant c'est les nanas qui nettoient pour deux et qu'investissent dans le vibro !

J'ai attendu qu'il reprenne sa respiration pour évoquer l'état de santé de Yasser Arafat mais cette poussive diversion n'a fonctionné que quelques secondes. Lionel s'est muré dans un mutisme hautain jusqu'à ce que ma conversation s'éteigne comme un charbon de bois humide.

– Mon point faible je r'connais c'est les Indiennes, j'ai un mal fou avec Bollywood. Un blocage qui date du collège. Quand j'suis arrivé en troisième y avait une Indienne dans ma classe. Elle redoublait, elle s'appelait Tarusha Thomas, ses parents l'avaient adoptée quand elle avait trois ans. C'était un canon, Tarusha Thomas, mais un canon... Une gueule d'ange, deux obus dans le soutien-gorge, 95 C à quinze ans, un super cul moulé dans des jeans qui lui écartaient la vulve tellement qu'ils étaient serrés. À lui enlever ça devait pas être facile... Y en a un qui a réussi tu m'diras puisqu'elle s'est retrouvée à dix-sept balais avec un polichinelle dans le tiroir...

En réalité, je ne *pouvais* plus supporter ce personnage infect.

– La prof de français, elle avait établi un plan d'classe. Je m'suis retrouvé à côté d'Tarusha Thomas et l'enfer a commencé. Elle mettait du parfum de vanille qui embaumait toute la journée. J'passais des après-midi entiers à triquer. De temps en temps, j'pouvais pas m'empêcher, je matais son décolleté, je bandais encore plus fort, une fois j'ai cru que j'allais juter dans mon froc en plein cours... Au début j'me branlais en rentrant mais au bout d'un moment pour plus de sûreté j'me suis pogné aussi avant de partir.

En parlant, il nappait son *brownie* de crème anglaise.

– Elle était gentille Tarusha, mais alors bête, mais bête... à bouffer du foin !

– Pour l'amour, on ne demande pas aux filles d'avoir inventé la poudre.

– Dis donc, Luc, tu serais pas un peu sexiste sur les bords ? s'est inquiété Lionel.

– C'est pas moi, s'est défendu Luc en levant les deux mains tel un libéro après une intervention musclée dans la surface de réparation, c'est Brassens !

Mon oncle lui non plus ne manquait jamais une occasion de citer ce piteux aphorisme.

– Elle pigeait rien Tarusha, elle m'demandait tout l'temps de l'aider en grammaire, j'la laissais copier sur moi pendant les dictées, j'étais son chouchou mais juste en copain, tu vois, les choses sérieuses elle y pensait même pas avec moi. Comme elle avait un an de plus, elle sortait qu'avec des premières ou des terminales. J'regrette d'avoir pas tenté ma chance, maintenant qu'je sais qu'avec un minimum de stratégie n'importe quelle femme est séduisable. Elle aurait craqué si j'l'avais chauffée, Tarusha. Le temps que j'aurais gagné si je m'étais présenté sur la ligne de départ avant mes dix-neuf ans, t'imagines ? J'en serais à mille pénétrations vaginales à l'heure qu'il est !

– *Mille e tre*, même..., le chambra Luc, mais son ignare vis-à-vis ne releva pas l'allusion.

– Encore aujourd'hui ça m'poursuit... Quand j'm'approche d'une Indienne qui m'plaît, j'me retrouve comme à treize ans devant Tarusha, j'perds mes moyens, je bafouille, je m'dis : « J'vais m'planter, j'vais m'planter », c'est gueudin nan ?

Il racla les miettes de son entremets au chocolat.

– Luc, y avait un film comme ça, *Celles qu'on n'a pas eues*, avec Bernard Menez. C'est culte pour moi, plus que *Les Bronzés*. L'histoire de quatre mecs dans un train, qui s'racontent leurs bides sexuels. Le réalisateur c'est Pascal Thomas, je m'en souviens passkil a l'même nom que Tarusha. Tu l'connais ?

– Non, ça me dit rien.

– Ah bah tu vois j'suis content ! J'ai réussi à t'coller !

Il se servit en Badoit.

– Faut que je contacte un coach ! Ou que je me mette à la sophrologie. Merde, l'Inde c'est quand même un milliard d'habitants, je peux pas éternellement m'priver d'un marché de cinq cents millions de chattes !

Enjoué par la découverte de ce talon d'Achille, j'ai lancé un trait d'humour :

– En somme, tu n'arrives pas à vaincre le signe indien.

Lionel a sifflé admirativement.

– Excellent, mon Pakal, excellent ! Tu sais que tu m'plais quand tu t'lâches comme ça ? T'es toi, là. Un temps j'ai cru que t'arriverais jamais à te l'enlever ton balai dans l'cul. À propos je veux pas être méchant mais franchement les Weston demi-chasse, les chemises Figaret et les cravates club c'est hyper marqué XXe siècle. On a changé d'ère, mec, faut moderniser ta garde-robe... Prada, Lacroix, Paul Smith, ça existe, tu sais.

Il vida son verre d'un trait.

– Bon, allez, au taf, Credixis a besoin d'moi !

Il partit poser son plateau à la plonge.

Je maudissais ma poisse tandis que je me lavais les mains, avant de retourner sur la planche à clous en quoi se transformait mon fauteuil pourtant à la pointe des dernières innovations ergonomiques, dès lors que ma sciatique se réveillait. Une fois de plus, mes douleurs lombaires se manifestaient au pire moment, alors que l'ensemble de mes facultés physiques et intellectuelles allaient m'être nécessaires pour conserver mon job.

J'ai cru que tu te l'enlèverais jamais ton balai dans le cul.

Je m'attendais tellement peu à une agression aussi brutale que je n'avais même pas bredouillé une contre-attaque. Cet intuitif avait flairé que, vu mon état de fatigue extrême, je ne réagirais pas s'il me volait dans les plumes.

La tête de Cécile, si je lui annonçais que Lionel

m'avait impunément injurié de la sorte... Quelle estime une épouse pouvait-elle conserver pour un conjoint pusillanime ? Non, mieux valait enfouir cette honte au plus profond de mon âme dans quelque sarcophage blindé, tel un déchet radioactif dont j'espérais qu'il ne répandrait pas un jour ses émanations toxiques à la suite de quelque séisme psychique.

Je me suis trouvé triste figure, en m'observant dans la glace des sanitaires. S'ajoutant à l'épuisement et à la douleur, l'humiliation émaciait mon visage. À compter d'aujourd'hui, il me faudrait éviter le plus scrupuleusement possible de déjeuner avec Lionel Ruszczyk.

VI

J'avais marqué des points dans mon combat, hier soir, lors de la réunion des copropriétaires.

Non que l'insécurité régnât par ici – au contraire, nous vivions dans un environnement privilégié, l'excellent week-end que nous avions passé m'avait encore fortifié dans mes certitudes. Samedi après-midi, la maison avait vécu au rythme de l'ébullition créatrice de Manon, qui avait achevé dans l'urgence le pastel qu'elle devait rendre impérativement avant 18 heures, pour le concours de dessin organisé par une association franco-mexicaine sur la faune, la flore et l'environnement en danger d'extinction de la France et du Mexique. Les œuvres primées par un jury d'artistes professionnels seraient exposées à l'Hôtel de Ville et la fondation Brigitte-Bardot offrirait des cadeaux aux lauréats. Dimanche, pour récompenser notre Berthe Morisot en herbe, nous avions marché jusqu'à la maison d'Alexandre Dumas, enfin ouverte au public depuis le mois d'avril dernier. Julien n'avait pas souhaité nous accompagner, prétextant une dissertation à terminer.

Cette quiétude alpicoise contribuait d'ailleurs pour une large part à la flambée des prix de l'immobilier dans le secteur, qui nous laissait escompter lors de la revente de notre appartement une jolie plus-value – même si elle n'atteindrait jamais la culbute réalisée par Lionel.

Voilà cinq ans pourtant, nous avions équipé l'appartement d'une alarme. Entre le service en céramique de Sèvres, l'argenterie précieuse héritée de ma grand-mère, les deux toiles de cet Irlandais dont la cote grimpait sans arrêt et les lampes Starck en forme de fusil, par lesquelles l'iconoclaste *designer* revendique son opposition frontale à la guerre, nous possédions trop d'objets de valeur pour prendre le risque de les laisser sans protection, à la merci du brigand qui défrayait la chronique à l'époque. Armé d'un couteau, il dévalisait les pavillons bourgeois après en avoir ligoté les habitants, allant parfois jusqu'à mimer des scènes de viol... De Maisons-Laffitte au Vésinet, de Versailles au Chesnay, le « saucissonneur des beaux quartiers », ainsi que le surnommaient les journalistes, avait terrorisé une dizaine de villes pendant deux ans.

En novembre 2000, la technologie avait une fois de plus tiré les enquêteurs de la panade : grâce aux ondes émises par le téléphone cellulaire qu'il avait commis l'erreur de dérober chez une de ses victimes, la police avait localisé le bandit. Voilà quelques semaines, la cour d'assises des Yvelines lui avait infligé une peine de quinze ans de prison.

Mon dessein avait germé l'année dernière, après une passionnante visite du troisième « Salon de la Sécurité », au parc des expositions de Villepinte, auquel un courtier m'avait gentiment convié. Un des exposants m'avait emballé avec son système de vidéosurveillance spécialement étudié pour les résidences de standing comme la nôtre ; un dispositif extrêmement sophistiqué, coûteux certes, mais pour ce qui est de la sécurité, je me refuserais toujours à mégoter.

Dans le RER B, lors du voyage du retour, la hideur de la banlieue qui s'étendait à perte de vue avait achevé de me convaincre. Dans les bidonvilles qui poussaient le long des rails, des enfants s'ébattaient au milieu des flaques de boue huileuses pendant que leurs aînés se réchauffaient près d'incinérateurs métalliques qui leur servaient aussi de cuisinière. D'immenses barres pouilleuses attendaient leur démolition dans un décor de cendres. Je songeais avec quelque tristesse que les visiteurs étrangers en provenance de Roissy-Charles-de-Gaulle conserveraient, comme perception initiale de leur séjour dans mon pays, le souvenir de ces vastes parcelles de tiers-monde dispersées sur le territoire. Qu'en était-il à Londres ou à Barcelone ? Même si, dans ma jeunesse, j'avais pas mal crapahuté, mes visites de la National Gallery et de la Sagrada Familia ne m'avaient pas appris grand-chose sur les conditions d'existence réelles des Anglais ou des Catalans.

Ballotté par les cahotements du train, je prenais pleinement conscience qu'une page se tournait. Les années douces de mon enfance dans les années soixante-dix, lorsque l'avenir portait plus d'espérance que de périls, étaient bel et bien révolues. Les poussières de la comète des trente glorieuses se dissipaient définitivement, précipitant notre entrée dans des temps obscurs. Sauf à me l'assurer dès maintenant par mes propres moyens, je ne jouirais à l'évidence pas de la même retraite paisible et confortable que mes parents, qui avaient déménagé à Orange. Si l'on en jugeait par la disparition rapide de l'antique notion de « respect dû aux anciens », dans vingt-cinq ans, les jeunes générations accepteraient mal de rogner sur leur pouvoir d'achat ou de se priver de vacances pour payer les pensions de leurs aïeux qui leur apparaîtraient au mieux comme de contrariantes charges financières, au pire comme des parasites nuisibles à regrouper dans des mouroirs pour ne pas assister à leurs interminables, dispendieuses et répugnantes agonies.

Oui, tandis que j'arpentais la rue de Rivoli, j'avais le sentiment d'avoir trouvé les mots justes pour plaider ma cause quand Jacquier m'avait accusé de céder à une « psychose irrationnelle » et de me lancer dans une « surenchère sécuritaire » (je cite là très précisément ses termes, si tant est que ma mémoire ne me joue pas des tours). Oh, cette corvée ne m'enchanta guère, mais j'avais dû me livrer à un rapide état des lieux, pour le cas où Jacquier et les membres de l'assistance eussent été à la fois frappés d'aveuglement et de surdité. J'avais éclairci ma voix et attaqué, bille en tête.

« Savez-vous, monsieur, ce qu'est le home jacking ? »

Immédiatement sur la défensive, Jacquier avait donné sa langue au chat.

« Je comprends mieux pourquoi vous vous imaginez que de simples alarmes suffisent encore à dissuader les malfrats, avais-je murmuré avec un sourire de commisération... Le home jacking consiste pour nos amis les délinquants à braquer des voitures au domicile même de leurs propriétaires, avec menace au couteau et tabassage en prime. En ce moment, ce type d'agressions se multiplie dans les communes cossues des Hauts-de-Seine. Le saucissonneur passerait pour un enfant de chœur à côté de ces sauvages. Ils sont tellement violents que les policiers ne communiquent plus les détails, pour ne pas effrayer les populations. »

Pourquoi le nier ?

J'assénais mes arguments massue d'une voix claire et posée que je prenais moi-même un réel plaisir à écouter

Grâce à l'action combinée des antalgiques et des anti-inflammatoires, je ne sentais plus mon mal de dos.

« Vendredi sur les Champs-Élysées, le vigile d'une discothèque a été grièvement blessé par balle par un client auquel il avait refusé l'entrée. Le lendemain, quelques mètres plus loin, c'est un jeune homme de dix-huit ans qui est mort d'un coup de poignard dans le dos lors d'une rixe entre bandes. Ce meurtre a entraîné un regain de tension et des incendies de poubelles dans une cité de Carrières-sous-Poissy, vous en avez entendu parler ? »

Certes, la lecture quotidienne de *20 minutes* et des dépêches Bloomberg et Reuters stimulait mon éloquence mais les colles impitoyables que j'avais régulièrement subies pendant mes deux années de prépa scientifique m'avaient remarquablement aguerri aux joutes oratoires.

« T'as d'la valeur à jouter », aimait à me charrier Pierre Sopardi.

« Il ne se passe plus une semaine, avais-je repris une octave plus haut, sans qu'un élève ou même un professeur se fasse attaquer à l'arme blanche dans son établissement scolaire. Dans les cités de la porte de Vanves des affrontements entre bandes black-blanc-beur et gitans sédentarisés ont fait plusieurs blessés la semaine dernière. Il y avait déjà eu un mort au printemps dernier. Certaines familles ont été obligées de déménager parce qu'elles ne supportaient plus les menaces... Vous aimeriez, vous, être chassé de la résidence ? Moi pas. J'ai une femme, deux enfants, mon devoir est de les protéger. »

Quel silence...

Je regrettais que Cécile ne m'ait pas accompagné.

« Même les regards qu'on échange dans la rue se sont durcis. Je baisse de plus en plus régulièrement les yeux, depuis que j'ai été pris à partie l'autre jour dans le métro par un jeune homme qui me reprochait, à ma grande stupéfaction, de l'avoir "mal regardé".

– Ah ça c'est vrai ! m'appuya véhémentement Gourdel, le pharmacien du deuxième. Moi aussi je baisse les yeux plus souvent qu'avant, même à l'officine.

– Et je vous épargne les braquages de dabistes auxquels, de par ma profession, je suis particulièrement sensibilisé. »

Un murmure avait parcouru l'assistance, au terme duquel Florence de Clairlieu, la psychothérapeute qui occupe le rez-de-chaussée du bâtiment B, m'avait interrogé :

« Qu'est-ce que c'est un "dabiste" ?

– Dabiste, de DAB, distributeur automatique de billets. Ceux qui remplissent les tirettes, le maillon faible dans la chaîne du transport de fonds. Les agressions sont quasiment hebdomadaires.

– On ne peut quand même pas fliquer les gens vingt-quatre heures sur vingt-quatre, avait bougonné Jacquier dans un dérisoire baroud d'honneur.

– C'est justement parce que je ne souhaite pas placer un policier derrière chaque citoyen, surtout au moment où les finances publiques s'enfoncent dramatiquement dans le rouge, que je crois urgent d'utiliser les potentialités de cet instrument formidablement dissuasif qu'est la vidéosurveillance. Qui serait suffisamment idiot pour commettre un délit alors qu'il sait que son identification n'est qu'une question d'heures ? Cette solution séduit de plus en plus de maires dans la région, or chacun s'accorde à reconnaître la compétence de ces élus de terrain, qui œuvrent au plus proche des préoccupations de leurs administrés. À Saint-Germain-en-Laye, dix caméras directement reliées aux postes de police viennent d'être installées dans les lieux stratégiques de la ville. Et j'ai découvert avec satisfaction les images de synthèse du futur tramway parisien : les stations sont équipées de caméras. La preuve que cette question dépasse les clivages politiques : pour Denis Baupin ou Bertrand Delanoë, qu'on ne peut ni l'un ni l'autre soupçonner de sympathies droitières, la sécurité représente également une priorité. »

J'avais marqué une pause, le temps de laisser cette dernière assertion s'imprégner dans l'esprit de mes auditeurs.

« Enfin réfléchissez, je ne veux brusquer personne. Nous ne sommes pas aux pièces après tout, même si je ne souhaite pas trop reculer la date de cet investissement qui nous garantirait à tous plus de bien-être et de sérénité. »

Je m'étais brusquement tourné vers Jacquier.

« Pour conclure monsieur, puis-je vous poser une question ?

– Bien sûr ! avait répondu Jacquier, méfiant.

– Connaissez-vous Chambéry ?

– Non, avait-il bafouillé.

– Jolie ville, Chambéry. Nous y avons passé une semaine de vacances en avril dernier. Chef-lieu du département de la Savoie, au pied des Alpes. Ses musées, sa cathédrale du XVe, son château médiéval, *ses caméras dans les autobus...* »

Coudes sur la table, mains au niveau de mon visage, je tapotais l'une contre l'autre les extrémités de chacun de mes doigts.

« Trois par véhicule, dont une infrarouge à l'avant. Coût : 3 000 euros par autobus. Les voyageurs sont filmés en permanence. Les conducteurs sont unanimes : les trajets sont plus tranquilles depuis l'installation de la vidéosurveillance. Et les chiffres leur donnent raison, irréfutablement : le nombre d'incidents a été divisé par quatre. »

Les copropriétaires s'observaient, ébranlés. Seul Jacquier s'entêtait, secouant la tête de droite à gauche.

Oui, réellement, j'avais marqué des points dans ma recherche du consensus ce mardi-là.

*

À proprement parler, Alice Eberhardt n'avait pas bonne mine quand elle sortit de l'ascenseur en ce 1er décembre.

Elle irradiait.

Elle illuminait l'*open space*.

Elle portait ce matin, en plus d'une jupe noire serrée et de bottes pointues à talons aiguilles, un chemisier vert assorti à ses prunelles d'émeraude. Nous devions sa visite matinale à Hélène Pellin qui, pour marquer modestement son anniversaire, avait acheté chez Pomme de pain quelques pâtisseries qu'elle nous offrait devant la machine à café.

– Tu veux une viennoiserie Lionel ? proposa-t-elle aimablement.

Alice ne jetait pas un coup d'œil à Ruszczyk, elle lui battait froid. Depuis l'algarade qui les avait opposés à la cantine, elle ne s'était plus jamais assise à notre table. Nous payions l'imbécillité de ce cuistre car la contemplation d'Alice, du galbe de ses hanches mis en valeur par des toilettes dernier cri, de sa peau saine dont de coûteux cosmétiques magnifiaient l'éclat, de ses cheveux soyeux balayés de mèches blondes, soulageait pour quelques minutes mon mal de dos, lequel reprenait depuis que j'avais réduit la dose de médicaments.

– Oh c'est chic ça « viennoiserie ». Moi j'dis croissant, pain au chocolat, escargot.

Un péquenot... Une pécore indécrottable ! Peut-être un peu de bouse de vache séchait-elle encore sous la semelle de ses Ferragamo ?

Alice leva les yeux au ciel, consternée par cette vulgarité, m'adressant un discret sourire connivent.

– Ça t'fait quel âge maintenant, Hélène ?

Voilà, il menait tous azimuts ses manœuvres de déstabilisation. S'attaquer au sexe faible ne posait pas de problèmes éthiques à ce triste sire. Avec beaucoup d'humour, Hélène Pellin le remit à sa place :

– Je vois que tu n'as guère profité de l'éducation que t'a donnée ta maman, mon pauvre Lionel.

– Ah bah d'accord ! rétorqua-t-il en étendant ses jambes. J'vois qu'on a encore du chemin à parcourir sur l'égalité des sexes dans la finance... C'est quand même la survivance d'affreux stéréotypes machistes ces cachotteries ! Est-ce que ça m'gêne moi d'avouer en public que j'ai trente-quatre ans ? C'est aussi ça la transparence dans une boîte : bien connaître ses collaborateurs. D'abord une femme dans le boulot on doit pas la juger sur son âge, mais sur ses qualités professionnelles.

À belles dents il croqua dans son « escargot », que tout être civilisé nomme communément « pain aux raisins ».

– C'est pas parce que t'as passé les quarante-cinq piges qu'il faut complexer, Hélène, ajouta-t-il, la bouche pleine. Non seulement tes compétences sont toujours aussi affûtées, mais en plus ton sex-appeal reste intact, tu peux m'croire.

Il lui adressa un clin d'œil.

Alice guigna Hélène, comme si, malgré leur amitié, elle la jaugeait à son insu. Se désintéressant des deux femmes, Lionel se plongea dans la lecture du *Figaro* qui traînait là.

– Ritva est passée vous voir pour les cadeaux ? a demandé Hélène.

J'acquiesçai : oui, l'assistante de Glazer, la pulpeuse Finlandaise Ritva Mäkinen, m'avait demandé quel cadeau je souhaitais que Credixis offrît à mes deux enfants.

– Moi aussi, a répondu Luc. D'ailleurs j'admets mal que la direction s'immisce comme ça dans ma vie privée.

Je le trouvais bien téméraire, de formuler en public un avis aussi tranché, surtout en ce moment.

– On commence par te demander les cadeaux qui plaisent à tes enfants et on finit par t'interdire de fumer chez toi, comme aux États-Unis.

– Aaah, Luc, tu paranoïes trop là !

Comme je portais mon regard vers le sinistre locuteur, je reçus un coup au cœur en lisant un titre du *Figaro*, au dos de la page.

– Tu voudrais pas arrêter d'bouquiner un jour ou deux ? À la place tu t'mates *24 heures chrono* affalé dans le sofa avec une Adelscott et des pistaches en pétant un coup d'temps en temps, tu verras ça t'détendra. Glazer c'est le bon bougre, il a juste envie de faire plaisir à vos mômes.

Je me discréditerais auprès de l'équipe entière si je lui arrachais le journal des mains. Pourtant, il allait le tourner et lire l'article. Alors il se déchaînerait, d'autant que la conversation s'y prêtait particulièrement.

– J'attends de ma boîte qu'elle me rétribue pour les compétences que je mets à son service, pas qu'elle veille sur mes enfants.

En même temps qu'il serrait les lèvres pour exprimer

son désaccord complet, Lionel plia *Le Figaro* en deux, dans un vacarme de papier froissé.

– L'avantage quand on n'a pas de gosses, c'est qu'on n'a pas b'soin d'enculer les mouches avec ce genre de conneries, pas vrai Alice ?

Elle accusa le coup. Apparemment, passer le cap de la trentaine sans avoir connu les joies de la maternité la taraudait. Une bouffée de tendresse gonfla ma poitrine. Combien de vils séducteurs avaient-ils trahi la confiance de cette âme écorchée, combien de désillusions déchirantes avait-elle essuyées, dont la répétition inlassable avait transformé sa juvénile et insouciante quête du prince charmant en une lutte harassante contre la solitude, beaucoup moins divertissante que dans *Sex and the City* ? Oui, combien de dîners en tête-à-tête avec elle-même, composés d'une soupe de légumes, d'un bol de tofu et d'un yaourt allégé aromatisé à la mangue, combien de régimes « minceur » pour garder plat un ventre que des crapules d'une nuit, à la recherche d'un assouvissement bestial, ne féconderaient jamais, en raison du préservatif qu'ils enfilaient scrupuleusement avant chaque rapport, pour se protéger de la paternité comme de la pire des maladies sexuellement transmissibles ? Combien de fois, alors, l'ingestion compulsive d'un pot de Nutella avait-elle réduit à néant en une seule soirée plusieurs semaines de privations et affolé dès le lendemain matin son pèse-personne électronique Tanita ?

Une irrésistible envie de recueillir sous mon aile protectrice cet oisillon blessé, injustement malmené par la vie, m'a submergé, en même temps que celle de gifler Lionel Ruszczyk qui ne le lisait manifestement pas, ce journal. Il le parcourait, oui, il le feuilletait, le tripotait, histoire d'aligner des signes devant ses yeux pendant qu'il cherchait dans le carquois putride qui lui servait de cervelle la prochaine flèche empoisonnée à décocher sur l'un d'entre nous.

– Et toi mon Pakal t'en penses quoi des cadeaux ?

Le Figaro ne t'intéresse pas alors tu le poses sur la table maintenant, Ducon, et tu retournes bosser au lieu d'emmerder ton monde.

– Je n'ai pas encore réfléchi à la question.

– Ouais c'est ça ouais... Tu t'mouilles jamais sur les sujets épineux, toi, hein ? Rusé comme un renard, le Pakal...

Voilà, il avait tourné son canard. Il l'aplatit bruyamment, d'un coup sec du revers de la main. L'article ne lui tombait pas encore sous le nez mais il s'agissait d'une question de secondes.

– Qui reveut une viennoiserie ?

– Bah écoute, j'dis pas non, c'est bon ces saloperies. Quoiqu'y faut qu'j'fasse attention à ma ligne, ajouta-t-il en tapotant ses abdominaux qu'on devinait durs comme l'acier, suite aux séances de torture qu'il s'infligeait au Club Med Gym.

Combien de temps ces feignasses allaient-elles échanger leurs platitudes devant la machine à café ? Credixis les payait pour s'empiffrer en buvant des arabicas ? Lionel a replié machinalement son journal puis l'a jeté devant lui à la manière d'un *frisbee*. Au terme d'un impeccable vol plané, *Le Figaro* atterrit pile sur le rebord de la fenêtre que Lionel avait visé.

– Trop fort ! s'est félicité cet infatué congénital.

Mes muscles se sont détendus. Pendant quelques minutes, mon mal de dos a disparu. Lionel a claqué dans ses mains.

– Bon, c'est pas l'tout d's'e remplir la panse hein, faudrait peut-être que je retourne bosser, un peu.

Quiconque n'aurait pas suivi cette injonction aurait culpabilisé, surtout en ce moment. Tout le monde lui a emboîté le pas.

– Tu viens pas mon Pakal ? a-t-il insisté, afin que nul n'ignore que je m'attardais devant la machine à café.

– Si, si, je me ressers un express, j'arrive.

J'ai introduit une dosette dans le percolateur, puis attrapé *Le Figaro* que j'ai fait mine de parcourir, pendant que le café coulait. Pour ne pas gaspiller davantage de temps, j'ai vidé mon gobelet d'un trait. Le liquide trop corsé m'a écœuré. Personne ne prêtait attention à moi lorsque je suis revenu. Discrètement, j'ai glissé *Le Figaro* dans ma mallette.

*

Par chance, les enfants s'occupaient tranquillement chacun de son côté, quand je suis rentré. Cécile dansait au centre culturel sur des rythmes cubains. *Le Figaro* à la main, je me suis allongé sur le lit.

Mardi 30 novembre 2004
MARSEILLE : Il l'a attaquée dans la cuisine

Un adolescent poignarde sa mère sans raison

Les enquêteurs de la Brigade de répression des atteintes aux personnes (BRAP) n'ont pu tirer aucun mobile, aucune justification de la bouche de Bastien, juste après son coup de folie. Dimanche dernier, dans un appartement de la rue Ricard, située dans le quartier de la Belle-de-Mai à Marseille (3e arrondissement), vers 18 h 20, ce jeune adolescent de 13 ans et demi regardait la télévision, tout en jouant sur son ordinateur à un jeu de stratégie, Age of Empires, *qui n'est pas réputé pour être un jeu violent. Bastien s'est soudain levé pour aller dans la cuisine où se trouvait Ghislaine, sa mère.*

Il s'est emparé d'un couteau et l'a frappée dans le dos. Il s'est ensuite saisi d'une autre lame et lui a porté quatre autres coups au visage. Quelques instants plus tard, la sœur de Bastien et son fiancé sont arrivés dans l'appartement. Ils ont découvert la mère étendue au sol, un couteau planté dans le dos. Bastien, lui, était prostré à côté du corps, s'excusant auprès de sa mère inconsciente de l'avoir agressée. Alerté par des cris, le père de Bastien, qui se trouvait dans l'appartement voisin, où réside le grand-père de Bastien, est arrivé en courant.

C'est lui qui a immédiatement prévenu les secours. Les pompiers ont transporté d'urgence la maman, âgée de 46 ans, dans un état critique, à l'hôpital de la Timone. Hier matin, elle était hors de danger et a pu répondre aux questions des enquêteurs. Selon elle, il n'y a eu aucune dispute, aucun litige avec Bastien, ni le jour de son passage à l'acte, ni dans les jours ou dans les mois précédents. Son fils n'a pas proféré le moindre mot avant de la poignarder. On sait cependant que Bastien souffrait de troubles psychologiques et qu'il avait un retard scolaire important.

On sait aussi, selon les premières déclarations du père, que Bastien souffrait de crises d'épilepsie pour lesquelles il suivait un traitement. Lors de son audition en garde à vue, l'adolescent a eu, de source judiciaire, « une attitude normale ». Il n'a pas affiché de regret particulier. Il s'est contenté de répéter : « J'avais envie de le faire. » Une expertise psychiatrique est en cours. Hier soir, Bastien a été présenté à un juge pour enfants qui devrait le mettre en examen. Il ne devrait pas être incarcéré.

J'ai jeté le journal dans la poubelle des déchets recyclables puis ouvert le congélateur. Rôti de veau farci aux cèpes et asperges vertes façon Picard, ce soir. Pourquoi Cécile me reprochait-elle de ne pas cuisiner ? Quelque effort que j'y consacre, jamais je ne réussirais un mets aussi gustatif.

« J'avais envie de le faire. »

Oui, bien sûr.

Seulement moi aussi j'avais envie de faire plein de choses.

Notamment j'avais envie de partir en vacances sous les tropiques et aussi, pas plus tard que tout à l'heure à la cantine, j'avais eu envie de manger un deuxième éclair au chocolat. Et ce soir dans le RER, j'avais eu envie d'envoyer un coup de coude dans l'estomac du Chinois qui se collait à moi en grignotant des graines. Néanmoins je m'étais contenu. J'avais maîtrisé mes pulsions.

« J'avais envie de le faire » !

Réellement, cette justification me mettait hors de moi.

« Son fils n'a pas proféré le moindre mot avant de la poignarder. »

Voilà.

Alors on vaque tranquillement à ses occupations et d'un seul coup on est mort. Ou grièvement blessé. Enfin, il s'agissait d'une situation tout à fait extraordinaire, quand même ! Et personne ne s'en alarmait particulièrement !

J'émincais les endives, découragé. Ce nouveau drame battait en brèche ma théorie de la veille. À quoi bon installer un ruineux système de vidéosurveillance si l'ennemi attaquait de l'intérieur ? Finalement, peut-être Jacquier s'approchait-il davantage que moi de la vérité ?

– Julien, tu mets la table s'il te plaît ?

Je n'en démordrais pas, néanmoins.

Quand bien même elle ne protégeait pas des agressions endogènes, la vidéosurveillance accroissait globalement la sécurité d'un foyer dans une mesure non négligeable.

VII

Mon moral se détériora au fil du mois, en raison de la rareté des minutes d'ensoleillement consécutive au raccourcissement des grisâtres journées automnales. Plusieurs fois je fus tenté de consulter un spécialiste de la luminothérapie, sur les conseils d'Hélène Pellin qui ne tarissait pas d'éloges quant à cette technique qui consiste à soumettre le patient à un rayonnement solaire artificiel, dans le but de diminuer sa sécrétion de mélatonine. Néanmoins, l'idée de m'installer face à une lampe en attendant ses bienfaits tel un végétal heurtait vaguement mon bon sens.

Aussi m'enfonçai-je en décembre comme en un tunnel.

Dans ceux du métro, Laetitia Casta déguisée en père Noël célébrait l'arrivée des fêtes de fin d'année. Bientôt le dimanche, le maire de Paris rouvrirait à la circulation les voies sur berges, où se formeraient d'interminables farandoles de phares éclairés. Il faudrait arpenter les allées surpeuplées des grands magasins, à l'atmosphère saturée d'effluves sudoraux mêlés aux parfums de luxe, pour acheter des cadeaux onéreux dont la distribution offrirait une preuve supplémentaire de l'ingratitude des enfants, auxquels on sacrifie sa vie.

Je boitais presque, à cause de ma sciatique, geignais

de douleur au lever du lit, au point que Truche avait proposé de m'arrêter deux ou trois jours. J'avais refusé, car une défection pendant cette période décisive que traversait la boîte aurait produit une impression déplorable.

Non, il fallait tenir.

Le lundi 6 vers 18 h 30, le ciel bas d'automne acheva de nous tomber sur la tête. Le vendredi précédent, à l'occasion de son premier conseil de classe, Julien avait écopé d'un double avertissement de conduite et de travail, ainsi que nous en informa son professeur principal quand il nous téléphona, alarmé par ce bilan désastreux. Non que notre rejeton dérangeât les cours par une attitude turbulente, mais M. Merlot se demandait s'il n'aurait pas préféré le chahut à l'avachissement de Julien, qui ne témoignait d'aucun désir de travailler ni d'apprendre. À ma grande honte, l'enseignant m'apprit qu'un après-midi, après le déjeuner, Julien s'était endormi sur sa table. M. Merlot nous encouragea à surveiller les devoirs sans relâche puis, au terme de la conversation, il nous suggéra, avec moult circonlocutions, de consulter un psychothérapeute. Selon lui, Julien souffrait peut-être simplement de « phobie scolaire ».

J'avais activé l'amplificateur. Cécile paniqua en entendant ces mots terribles. Elle comme moi ignorions jusqu'à l'existence de cette maladie. M. Merlot nous rassura, il ne voyait là rien de dramatique, le phénomène touchait de plus en plus d'adolescents qui refusaient d'aller en cours tellement ils nourrissaient une rancœur violente à l'encontre des adultes. Malheureusement sans savoir pourquoi. Cette indétermination ne facilitait pas la solution du problème. Non soigné, le symptôme dégénérait parfois en délire de persécution mais traité à temps, les dangers s'estompaient.

J'acquiesçais d'une voix blanche à chacun de ces coups de boutoir. Sans doute M. Merlot devina-t-il mon désarroi car il soupira soudain :

– Vous n'êtes pas le seul père inquiet, monsieur Ébodoire. Moi aussi je rame, surtout avec mon dernier. Les problèmes que le grand me posait à dix-sept ans, le petit me les pose à treize...

– Vraiment ? m'exclamai-je, consolé par cet épanchement inattendu.

– Mais oui, vraiment. Faut pas se faire d'illusions : moi ce que je remarque dans mes classes, c'est le non-partage par les ados des valeurs... on va dire euh... humanistes, qui étaient celles de ma génération. Le goût de l'effort, le respect de l'autre, la curiosité intellectuelle, tout ça c'est des notions condamnées, à plus ou moins long terme. Aujourd'hui le défi pour nous enseignants face à nos élèves c'est de réfléchir sur comment on les intéresse à autre chose que les jeux en réseau, les chanteurs à la mode ou la dernière série américaine. Tout ce qui est du domaine de l'économie médiatico-publicitaire, on va dire...

Là-dessus, M. Merlot m'annonça qu'il se joignait à la grève prévue pour le lendemain. Julien quitterait donc à 16 h 30, et peut-être même plus tôt, en fonction du nombre de grévistes. À nous de surveiller que le sacripant ne profiterait pas de l'aubaine pour traîner dehors.

Les professeurs se mobilisaient contre la réforme Fillon, qui prévoyait la suppression de milliers d'emplois jeunes, nous apprit M. Merlot. Plus largement, il désapprouvait la « logique libérale » de ce projet. J'ignorais s'il connaissait ma profession, mais cette logique ne me déplaisait pas *a priori*, dans la mesure où j'en vivais confortablement. Avec un sérieux qui me sidéra, M. Merlot nous proposa de nous joindre à la manifestation, qui partirait du RER Port-Royal vers 14 h 30, puis raccrocha.

À 20 heures pile, Julien glissa ses pieds sous la table puisque, malgré nos réprimandes réitérées, il confondait de plus en plus le cocon familial avec une auberge de jeunesse. J'attendais qu'il évoque enfin son conseil de classe mais il dévora soupe, omelette au gruyère, Danette et demi-baguette aussi gloutonnement que d'habitude. Nous dînâmes dans un silence d'autant plus lourd que David Pujadas annonçait le début de la vingtième campagne des Restos du cœur, toujours sur la brèche pour lutter contre la précarité et faire reculer l'exclusion. Vers 20 h 35, profitant de la coupure publicitaire, Cécile asséna à brûle-pourpoint un cassant :

– Nous avons eu le plaisir de parler à M. Merlot tout à l'heure. Avertissements de conduite et de travail, bravo, toutes mes félicitations, ton père et moi sommes très fiers de toi.

Elle claqua sa paume sur la table.

– Tu nous avais caché ça ! Papa avait l'air de quoi devant M. Merlot ?!

Julien courba la nuque.

– Que tu n'aies pas envie de travailler, que tu fasses des bêtises, ça oui, je peux le comprendre. Mais cette fuite devant tes responsabilités, cette incapacité à assumer, je n'admets pas !

Cécile visait juste, chacun de ses mots portait, Julien se décomposait à vue d'œil.

– J'espérais que notre relation était fondée sur le dialogue, sur la confiance. Je me suis trompée.

À la longue, cette exécution me mettait mal à l'aise.

– D't'façon, s'insurgea Julien, y a un vice de procédure. D'après le *BO* n° 8 du 13 juillet 2000, le conseil de classe a pas le droit de prononcer des avertissements, c'est la déléguée qui m'l'a dit.

Cécile écarquilla les yeux.

– Comment ?! Il revendique des droits, au lieu de faire profil bas ! Je rêve ! Et tes devoirs, tu y penses, insolent ?!

– File dans ta chambre, et vite ! criai-je pour reprendre la main.

Avec son tact habituel, Manon débarrassa la table puis partit sur la pointe des pieds se laver les dents et se coucha sans même réclamer son traditionnel bisou. Avant de traiter le cas « Julien », Cécile et moi nous accordâmes un répit télévisuel. Un bref conflit nous opposa sur le choix du programme : ce matin, je m'étais réjoui en lisant dans *20 minutes* qu'Arte diffusait *La Vie rêvée des anges*, film que j'avais raté lors de sa sortie en salle.

– Ah non, alors, j'ai pas envie de me taper ton film glauque, me rembarra Cécile lorsque j'appuyai sur le 5 de la télécommande. J'en ai marre des paumés !

Elle avait prévu de regarder la fiction citoyenne programmée par France 2 et changea de chaîne sans me consulter.

Deux heures plus tard, dans la chambre, il ne nous fallut pas longtemps pour tomber d'accord sur les mesures qu'il convenait d'adopter à l'encontre du chenapan. Cécile se montrait partisane de la politique dite de la « main de fer dans un gant de velours » : sévir, mais sans jamais que l'enfant perde de vue le caractère didactique d'une telle rigueur.

– D'ailleurs ce serait bien si tu annonçais toi-même les sanctions, demain, affirma-t-elle en retirant ses collants.

Je fis la moue.

– Tu sais bien que je suis pas très doué pour ces trucs-là moi, hein...

– Oui, je sais bien, mais j'ai réfléchi tout à l'heure en regardant la télé : je crois que pour une fois tu dois te forcer.

Je me sentis pris en flagrant délit de paresse mentale. Plus humiliant encore, je faisais l'expérience de mes limites intellectuelles. Manifestement, Cécile comptait plusieurs longueurs d'avance sur moi : elle avait mûrement analysé chaque détail du problème afin d'y apporter la solution adéquate. De mon côté, j'avais suivi attentivement le téléfilm, qui contait les mésaventures d'un médecin antillais en butte à la méfiance des habitants d'un village de Charente, où il prenait la succession d'un confrère. L'intrigue se situait à la fin du XIXe siècle, mais le réalisateur utilisait ce biais historique pour nous alerter en réalité sur des travers terriblement contemporains, comme la peur de l'étranger ou le refus de l'autre. Une jolie actrice jouait le rôle principal avec tant de conviction que le téléphonage de M. Merlot m'était sorti de l'esprit.

– Sur le plan symbolique, c'est le père qui édicte la loi et fixe les interdits.

– Tu crois ?

– J'en suis sûre.

Où Cécile avait-elle pêché ces sornettes ?

Qu'y connaissais-je en symboles ?

Comme je venais de passer pour un bêta quelques secondes auparavant, je n'osai lui demander quelle loi je devais décréter au juste, ni quels interdits sortir de mon chapeau. Et d'abord, en quoi mon statut de mâle me destinait-il à assumer ce rôle davantage qu'elle ?

– Courage ! lança Cécile en éteignant sa liseuse. Demain, c'est toi qui t'y colles !

Je me glissai sous la couette, déconcerté d'entendre mon épouse perpétuer ces représentations archaïques qu'on pensait définitivement remisées au placard.

– Allez bonne nuit.

– Oui, bonne nuit.

Lorsque j'étais enfant, je redoutais ma mère, plus que mon père. Elle m'infligeait des raclées carabinées, quand elle perdait ses nerfs. Savate en main, elle me poursuivait dans l'appartement, je me réfugiais dans le débarras où elle me coinçait sans coup férir, elle approchait son répugnant visage déformé par la fureur à quelques centimètres du mien et hurlait : « Tu vas m'obéir, oui ? » Mêlée à ma peur, son haleine fétide me donnait la nausée. Enfin elle cognait, avec une rage démente. Je ne me souvenais plus si papa intervenait lors de ces déchaînements maternels.

Avec trois décennies de recul, je découvrais qu'à l'instar de beaucoup d'enfants, j'avais été moi aussi victime de maltraitances, dont le traumatisme inconscient me poursuivait sans doute aujourd'hui encore, notamment dans mes rapports avec Lionel Ruszczyk. Cette révélation m'a meurtri, et rempli d'une colère froide.

Je ne manquerais pas, lors de notre prochain séjour à Orange, d'apurer les comptes avec maman à propos de ces pratiques ignobles.

*

En s'asseyant, il heurta si rudement mon plateau que mon verre plein d'eau déborda.

– Tiens, je lance un débat !

D'où sortait-il ? Je ne l'avais pas aperçu de la matinée

et le voilà qui tombait comme un cheveu sur la soupe, au beau milieu du déjeuner.

– Hier soir je m'baladais vers Odéon avec Danielle, une superbe Ivoirienne qu'j'ai branchée dans la rue samedi. Elle est coloriste Danielle. Au début quand elle m'a dit son métier j'étais impressionné, j'ai cru qu'elle restaurait les westerns en Technicolor mais en vrai elle est juste coiffeuse, elle teint les cheveux gris des mémères. Elle avait passé une sale journée Danielle, elle avait b'soin d'se promener pour éliminer ses bad vibes, qu'elle disait. Bon, donc on marche, et à force de marcher, on croise du monde, beaucoup de monde. Et là j'm'aperçois que tous les gens qu'on croisait, ils la mataient à mort, Danielle l'Ivoirienne, les meufs comme les mecs. Du coup d'vant l'Luco je tourne la tête pour l'observer, et j'm'aperçois qu'en fait c'est une vraie bombe Danielle l'Ivoirienne. De savoir que tout le monde la voulait mais qu'y aurait que moi qui l'enfilerais ce soir eh ben ça m'excitait encore plus. J'étais obligé de mettre les mains dans mes poches pour camoufler le braquemart tellement que j'bandais.

Se vantait-il honteusement ?

Avait-il réellement déambulé cette nuit en compagnie d'une beauté fatale, objet de toutes les convoitises ?

– Et à un moment, Danielle l'Ivoirienne qu'a l'habitude de provoquer des silences admiratifs partout où elle passe, elle dit : « Je trouve particulièrement grossier de la part d'un homme de dévisager une femme quand il est accompagné de la sienne. » Elle a une prosodie d'enfer cette meuf, elle détache précieusement les syllabes, elle prononce tous les « ne », c'est vraiment agréable. Et tu sais c'qu'elle ajoute ? Elle dit : « Selon moi c'est le comble de la muflerie. »

Lionel a éclaté de rire.

– *Le comble de la muflerie*. Nan mais j'te jure... Y a plus qu'des étrangers pour employer des expressions pareilles... En même temps elle m'a fait flipper vu que moi je regardais toutes les filles qu'on croisait depuis une demi-heure. Un moment j'ai même cru que sa remarque m'était destinée.

À la table de derrière, Carlos Semeido s'est levé après avoir ingurgité sa banane. Lionel l'a suivi dédaigneusement des yeux.

– Vous êtes au courant ?

– De quoi ?

– Pour Semeido.

– Comment ça ?

– Bah hier je vous voyais discuter avec lui comme si de rien n'était, alors je me disais que peut-être vous étiez pas au courant.

– Mais enfin de quoi tu parles ? s'irrita Luc.

– Je parle qu'y bat sa femme.

– Comment tu le sais ?

– Tout le monde le sait. Y compris Glazer.

Il saupoudrait du parmesan sur son assiette fumante avec une application gamine.

– D'allieurs ça m'étonnerait que le boss apprécie ce genre de conduite... Glazer, il a des valeurs, il a besoin de travailler avec des collaborateurs qui les partagent.

– Enfin c'est invraisemblable des accusations pareilles ! suis-je sorti de mes gonds. Tu as des preuves ?

Il a levé vers moi un sourcil suspicieux.

– Oh là là, je vois ! Bientôt ça va être moi le coupable. OK, OK, j'ai rien dit, on retourne à des sujets consensuels, je finis mon histoire de Danielle l'Ivoirienne et voilà...

Il a remué précautionneusement ses spaghettis pour ne pas tacher sa cravate de sauce bolognaise.

– Non seulement je matais tout c'qui bougeait dans la rue, mais moi c'est mon kif de chauffer une meuf qui s'pointe avec son keum dans une soirée. Le kif du kif, c'est quand j'arrive à la bourrer dans la salle de bains pendant qu'son cocu se cuite à la sangria.

– Rien d'étonnant, quand on est natif d'un pays qui compte don Juan et Valmont parmi ses plus célèbres personnages...

– T'as raison, Luc, c'est p'tête ça l'intégration : devenir aussi dépravés que vous.

– Oui, on peut voir les choses comme ça. N'empêche que sans l'école laïque, gratuite et républicaine à la française, Lionel Ruszczyk n'aurait pas fait l'ESC Lille.

– Bah là, j'avoue que tu m'as calmé, Luc.

En s'aidant de sa cuillère, il enroulait de copieuses quantités de pâtes autour de sa fourchette. Quelle plaie, ce type ! Et dire qu'une sévère mise au point avec Julien m'attendait ce soir...

– Une autre qui m'a calmé hier soir, c'est Danielle l'Ivoirienne. On arrive chez elle à la Butte-aux-Cailles, j'lui saute dessus, on s'roule des galoches, je lui retire son soutien-gorge, deux seins superbes évidemment, jui mets la main au panier, et là... et là, elle fait : « Stop. » Comme ça, net, catégorique : « Stop. » J'y croyais pas. Au début j'ai pensé qu'elle avait ses ragnoches. D'accord c'est pas d'sa faute mais enfin dans ces cas-là t'es polie, tu fais pas marcher l'mec une demi-heure pour rien.

Ainsi donc, il se payait le luxe de la sincérité en relatant même ses échecs...

– C'est vrai quoi ! Déjà qu'on a des vies de oufs, on court après le temps, si on y met pas tous du sien pour optimiser on s'en sort pas...

Il sauçait son assiette, méticuleusement.

– Bon voilà, j'finis mon Martini, super vénère. Et là tu sais c'qu'elle me sort Danielle l'Ivoirienne en me caressant les cheveux ? « Tu es un profil atypique par rapport aux gens que je rencontre normalement. Tu es beaucoup moins autocentré que la plupart de mes amis. Je ne suis pas sûre d'avoir envie de quelque chose d'immédiatement sexuel avec toi. Il va falloir te montrer patient avec moi, très patient. » J'ai hal-lu-ci-né...

Il a secoué la tête, avec sur le visage un air de consternation incrédule.

– *Moins autocentré*... N'importe quoi ! La fille est juste pas foutue d'comprendre que j'suis parvenu à un tel degré de vacuité intérieure que mon égoïsme passe *naturellement* pour de l'altruisme ! Et le pire, c'est que j'adore ma life, c'est dingue, dingue, j'en changerais pour rien au monde, même si des fois j'me rends compte que j'mène une vie trop superficielle. Quand j'y réfléchis, eh bah j'me dis que c'est vous qu'êtes dans le vrai les gars : une p'tite femme, deux, trois mômes, un abonnement au tennis-club, un mois d'été à la mer, peinards quoi.

Il planta sa cuillère dans sa crème catalane.

– C'est que l'soir en rentrant chez moi que j'ai eu le flash : « Bon Dieu, j'ai sursauté, Danielle l'Ivoirienne elle est excisée et elle a pas osé te l'dire ! » C'est vrai, les mamas blacks elles jouent grave du canif dans les salles de bains, et sans anesthésie ! La vilaine boucherie, avec infections en prime et tout l'tralala... En France c'est 50 000 cas par an ! Fallait bien que l'problème se présente un jour ou l'autre dans mon CAC.

– Vive le multiculturalisme ! Je crois que je préfère encore les mariages forcés...

– Holà, holà, Luc, t'évite ce genre de dérapage en ma présence, steuplé...

– Dérapage ? Pourquoi veux-tu que je dérape, je suis pas pilote de rallye.

– Ouais, ouais, joue pas sur les mots, gars, tu m'as compris.

Luc a fixé Lionel, un franc sourire aux lèvres.

– Tu comptes me dénoncer à Glazer ?

Ils ont croisé le fer mais c'est finalement Lionel qui a détourné les yeux.

– Et alors, comment tu as réagi après son refus ? suis-je revenu à la charge, pour lui remémorer son échec qu'il passait un peu facilement par pertes et profits.

Lionel m'a regardé comme si j'étais mentalement déficient.

– Bah je m'suis cassé tiens ! Qu'est-ce tu voulais qu'je foute ? J'te dis que j'me montre *jamais* patient, c'est un principe. Faut pas déroger à ses principes mec, sinon tout s'barre en couilles.

Une fois de plus, Ruszczyk agrémentait la conversation d'un de ces clichés éculés comme nous n'en prononcions déjà plus dans la cour du lycée pour éviter le ridicule.

– Et qu'est-ce que c'était ce débat que tu nous promettais ?

Lionel a soupiré.

– Le débat c'était : « Regarder une autre femme quand on est accompagné de la sienne est-il un signe de muflerie ? » Toujours autant à la masse hein mon Pakal ?

Brusquement, il s'est levé, puis s'est éloigné en slalomant entre les tables avec une rare prestance. Son fessier rebondi se tortillait harmonieusement dans son pantalon sur mesure. Si je n'avais pas payé les stages sportifs de mes enfants et la location du mas varois où nous séjournions une semaine début mars, j'aurais moi aussi porté un de ces costumes seyants qui dissimulaient adroitement les défauts morphologiques.

Toujours autant à la masse hein mon Pakal ?

Une effroyable envie de frapper sa nuque avec la louche du cuisinier qui me souriait à cet instant m'a contraint à détourner les yeux.

*

– POUR COMMENCER, TON ARGENT DE POCHE EST DIVISÉ PAR DEUX !

Malgré notre réticence instinctive à la répression, Cécile et moi avions décidé de frapper fort.

– ENSUITE, TON TÉLÉPHONE PORTABLE EST *CON-FIS-QUÉ*. ON NE TE LE RENDRA QU'À TA PREMIÈRE BONNE NOTE !

– C'est bon, j'entends, pas la peine de crier...

Cécile m'observait, apparemment surprise.

J'avoue, j'en rajoutais, intimidé par ce grand oral en autorité paternelle que je passais devant elle.

– Même chose pour ta Game Boy, supprimée.

– C'est pas une Game Boy, c'est une PlayStation.

Inutile d'essayer de lutter avec lui sur le terrain des nouvelles technologies : je ne comprenais rien à ses jeux en réseau pas plus qu'au *peer to peer* ou à la voix sur IP. Aussi ne le contredis-je pas.

Peut-être la « scission générationnelle », ce syndrome décrit par M. Merlot, m'atteignait-elle à mon tour ? Oui, dans son jargon il parlait de « scission générationnelle » entre Julien et moi. De fait, je m'affolais quand je constatais à quelle vitesse nos univers s'éloignaient irrémédiablement. Chaque semaine naissait je ne sais quelle gloire du rap ou du rock qui provoquait chez mon fils un tel enthousiasme que je me promettais d'écouter sans faute les mirifiques productions de l'idole, mais à peine mémorisais-je son nom qu'une autre la remplaçait. Je ne suivais plus le rythme non plus pour le cinéma, ni aucun autre divertissement. Par exemple, Julien dévorait en quelques heures le nouveau *Harry Potter*, dont l'épaisseur des tomes augmentait à mesure qu'on approchait du dénouement. Au début, j'avais essayé de les lire aussi mais je n'avais jamais réussi à dépasser le cinquième chapitre alors que, dans le RER, je voyais des adultes qui rataient leur station, littéralement hypnotisés par les aventures du jeune sorcier de Poudlard. Mon incapacité à retourner vers cette forme d'innocence joyeuse ne laissait pas de m'inquiéter quant à mes facultés d'adaptation aux mutations contemporaines. Je devais me livrer urgemment à un *aggiornamento* si je ne voulais pas terminer comme mon grand-père maternel, qui essuyait les sarcasmes de ses petits-enfants parce qu'il considérait les Stones comme de dangereux dégénérés. Pour lui, la modernité musicale s'arrêtait à Erik Satie. Le « gâteux », comme l'appelaient mes cousins, raffolait du civet de biche et de chevreuil, ces splendides cervidés qu'il abattait à chaque partie de chasse, et pestait contre la restriction de la durée des campagnes cynégétiques imposée par les technocrates européens. Il s'éteignit en décembre 1992, tué par la ratification du traité de Maastricht aussi sûrement que par sa rupture d'anévrisme. Lors du partage des biens, on m'avait dédaigneusement attribué ses armes, dont personne ne voulait.

Oui, une fois que mon fils m'aurait collé sur le front l'étiquette de « toquard », je ne l'arracherais pas aisément. Je voyais là d'ailleurs une excellente occasion de travailler cette flexibilité mentale dont j'aurais grand besoin si je voulais demeurer compétitif au *desk*. Lionel n'était qu'un avant-goût des défis qui m'attendaient. Il se murmurait que les jeunes Italiens étaient pourvus, en lieu et place de canines, de crocs acérés qui rayaient le plancher.

– Pour finir, interdiction de rentrer après 22 heures le soir !

Assis sur son lit, Julien regardait par terre, abattu. Désemparé par son silence, je jetai un coup d'œil autour de moi. Il n'avait pas de quoi se plaindre, pourtant : il disposait d'une grande chambre pour lui seul, ne portait que des vêtements de marque, son baladeur datait de cet été, sa... PlayStation prenait de l'âge certes, mais le père Noël lui apporterait la nouvelle. Quant aux jeux de société, il ne savait plus où les ranger. De toute façon, il ne les sortait jamais. Non, hormis cet ordinateur portable qu'il nous réclamait quinze fois par semaine, il ne lui manquait pas grand-chose. Notre resserrage de boulons avait pour but de lui faire prendre conscience de sa condition de privilégié, à l'heure où notre pays comptait pas moins d'un million d'enfants pauvres.

– Tu comprends pourquoi nous te punissons ?

Il ne répondit pas.

– Julien, je veux être sûr que tu comprends.

Il se contenta de hocher affirmativement la tête.

Nous quittâmes la chambre, perplexes, sans plus avoir entendu le son de sa voix. Une demi-heure plus tard, toutefois, il dressa le couvert de sa propre initiative. Cette preuve de bonne volonté me parut un signe encourageant.

VIII

Elle arriva enfin, cette semaine de vacances ardemment espérée. Pourtant, en regardant dégringoler la violente averse derrière les vitres de la gare RER, je m'apercevais que la perspective de ces huit jours d'oisiveté ne m'enchantait pas outre mesure.

Je m'en voulais d'être sorti sans parapluie, alors que Laurent Romejko avait annoncé de la pluie hier soir, mais je perdais si fréquemment mes pépins dans le métro, qu'à la longue, j'hésitais à m'en encombrer.

Au bout de dix minutes d'attente, je perdis patience et courus jusqu'à la résidence, que j'atteignis fulminant et rincé. J'eus un mouvement de recul en entrant dans l'appartement. Une fois de plus, Cécile avait négligé de déclencher la hotte aspirante pendant qu'elle cuisinait. Dans une demi-heure, l'odeur de tambouille qui infestait l'appartement imprégnerait jusqu'à nos sous-vêtements.

J'aurais apprécié de me détendre quelques minutes dans le canapé, un verre de Bushmills à la main, seulement mes parents arrivaient d'Orange à l'instant, lestés de leurs valises qui encombraient le vestibule. Auraient-ils souhaité provoquer une gêne maximale qu'ils n'auraient pas procédé autrement. Leur emploi du temps peu contraignant de retraités leur aurait pourtant permis de débarquer à une heure plus propice.

Manon, surexcitée par leur présence et l'imminence de la distribution des cadeaux, gambadait dans l'appartement à grand renfort de chants aigus. Pour une fois, j'appréciais la discrétion ectoplasmique de Julien. Je rejoignis Cécile dans la cuisine.

– Pourquoi on a installé une hotte si tu l'allumes jamais ? maugréai-je en poussant sèchement le bouton au maximum.

Elle terminait de trancher le magnifique foie gras d'oie offert par ma mère. Je remarquai avec satisfaction que celle-ci y avait ajouté deux superbes pains de seigle aux figues.

– Ah c'est agréable, ça ! Je prends ma journée, j'accueille tes parents, je passe mon après-midi à tout préparer et ce que tu trouves à dire pour me remercier c'est que j'ai oublié d'allumer la hotte !

Elle lança le couteau dans l'évier, hors d'elle.

– Je t'assure Pascal, l'année prochaine, je ne lève pas le petit doigt. C'est toi qui t'occupes *entièrement* du réveillon.

Épouvanté par cette menace cauchemardesque, je filai me doucher avant que la mère de Cécile déboule à son tour. Ma belle-sœur, quant à elle, réveillonnait du côté de son mari.

Nous étions à cran, Cécile et moi, après une fâcheuse semaine entamée samedi dernier par le fameux « Noël Credixis », que Cécile dénonçait comme un « curieux mélange des genres » entre la vie professionnelle et familiale. Selon elle, Glazer n'organisait cette sauterie que pour obliger ses cadres à nouer avec leur entreprise des liens toujours plus serrés.

Néanmoins, nous placions depuis toujours l'intérêt

supérieur de l'enfant au cœur de notre projet éducatif et aucune de ces considérations ne nous autorisait à priver Manon d'une fête qu'elle attendait impatiemment depuis un mois. Je devais m'y résoudre : même s'il me barbait royalement de retourner chez Credixis un samedi, cette corvée faisait partie intégrante de mon métier de papa. Avec un accent à la Jane Birkin qu'il cultivait comme une coquetterie ridicule, Glazer vanta les avantages d'une fusion au terme d'un laïus assez fastidieux.

Ce Noël Credixis lui donnait aussi l'occasion de développer le *team spirit* : ainsi rencontrâmes-nous les familles Pellin et Zacharias. Semeido me présenta sa femme Claudia, chez qui je ne décelai aucun symptôme de maltraitance.

Luc et Manoela, son épouse péruvienne, brillaient par leur absence. Catholique fervente, comme nombre de Sud-Américains, Manoela n'entendait pas participer à la gigantesque autant que répugnante opération commerciale qu'étaient devenues les « fêtes de fin d'année ». Elle refusait d'ailleurs d'employer cet euphémisme qui, uniquement forgé à son avis pour se substituer au « Noël » chrétien, annonçait d'une part une sécularisation nuisible de la société française, et de l'autre l'avènement d'un multiculturalisme détestable, lequel visait en fait à l'éradication complète de l'Église apostolique et romaine, autorisée à subsister dans le cadre d'un strict folklore, justifiant la visite de Notre-Dame par des touristes chinois lors de leur parcours express des hauts lieux culturels de la capitale, avant l'achat du tee-shirt « I ♥ Paris » sur le quai de Montebello.

La semaine dernière, lors de la visite chapeautée par Credixis de l'exposition Turner-Whistler-Monet aux

Galeries nationales du Grand Palais, Manoela me racontait qu'à Lima, en son enfance nécessiteuse, on n'offrait pas nécessairement des récompenses pour célébrer la naissance du Christ ; loin de là, puisque les mouflets turbulents découvraient un martinet dans leurs souliers. Je l'écoutais, admiratif de son ascension sociale tandis que, flûtes de champagne à la main, nous dégustions les succulents canapés de Potel et Chabot avant de nous remplir de nourritures spirituelles en admirant les chefs-d'œuvre des trois maîtres de la lumière.

Seule l'absence du célibataire sans enfants Lionel Ruszczyk se justifiait pleinement, à ce Noël d'entreprise. Je l'imaginais, profitant de son samedi pour courir quelques jupons. Logiquement, Alice Eberhardt ne s'était pas déplacée non plus. Passé un certain âge, la simple vue des enfants de leurs collègues meurtrit si profondément certaines « malgré-nous » du célibat, qu'elles choisissent à la longue de s'épargner ces commotions.

Glazer s'éclipsa, les bambins furent invités à ouvrir leurs cadeaux, nominalement identifiés au pied du sapin. Manon s'aggloméra à une marmaille furieuse au milieu de laquelle je ne l'estimais pas apte à survivre. Elle en réchappa néanmoins, flegmatique et miraculeusement indemne, avec à la main son précieux paquet mais aussi celui de son frère. Ritva avait respecté mes suggestions apparemment perspicaces puisque lorsqu'elle déchira le papier et découvrit le titre de son DVD, Manon s'écria : « Ouah mortel ! » avant de se joindre à l'orgie de sodas, bonbons et *brownies*, gracieusement fournis en abondance par Coca-Cola, Haribo et Brossard. Dès le lendemain, elle s'arma de ses crayons de couleur, de papier calque et d'une gomme afin d'exprimer sa gratitude envers l'auteur de ces prodigalités.

Son dessin représentait une maison, à l'intérieur de laquelle une collégienne comblée regardait *L'Âge de glace*. Dans l'angle gauche, un soleil étincelait. La formule « Merci monsieur Glazer, merci Credixis », barrait la partie supérieure de la composition. Avant-hier, Manon avait appris, marrie, que son pastel n'avait pas séduit le jury.

Julien témoigna d'un enthousiasme à peine inférieur lorsque Manon lui tendit le simulateur automobile multijoueurs *GT Legends* développé par SimBin, commercialisé depuis deux mois. Cette première satisfaction passée, il nous bassina de nouveau avec son ordinateur portable, sans lequel, prétendait-il, ce cadeau perdait tout son sens :

« P'pa, la philosophie du MMOG, c'est que les seize joueurs jouent sur leur PC, sinon c'est plus du jeu en réseau... »

En entendant cette assertion absconse, je félicitai intérieurement Manon pour son discernement : « Merci monsieur Glazer, merci Credixis. »

La douche m'avait calmé. Je m'habillai puis passai dans la chambre de Julien, qui tripotait sa console, les écouteurs de son MP3 greffés à ses oreilles.

– Tu penses à te préparer ? On va pas tarder à déboucher le champagne.

– Bah j'suis prêt.

Jean « battle » trop large, sweat Quiksilver d'un mauvais goût confondant, baskets à lacets dépareillés, je ne voyais là rien qui s'approchât de près ou de loin d'une tenue d'apparat...

– Tu comptes te présenter à tes grands-parents dans cette tenue ?

– Quoi, j'suis bien !

– Tu as l'air d'un voyou de banlieue. Et enlève ça quand je te parle !

Je ne supportais plus la paire de tuyaux qui pendouillait sempiternellement sur sa poitrine pour lui perfuser du « bon son », cette substance immatérielle indispensable à sa survie. Il ne débranchait l'un des deux fils que pour entamer une conversation téléphonique, quand son mobile vibrait. Agacé, il détacha d'une pichenette l'oreillette gauche.

– Tu confonds, p'pa... J'suis rock, moi, j'suis pas rap.

Je ne me sentais pas le courage d'écouter ses gloses vestimentaires à cette heure de la journée ni à ce moment de la semaine, encore moins à cette période de l'année, d'autant qu'il avait soigneusement lustré ses Reebok.

– Noue tes lacets au moins ! exigeai-je pour ne pas perdre la face.

Je saluai ma belle-mère qui, à l'inverse de son petit-fils, arrivait pomponnée. Vers 20 heures, les bouchons sautèrent – un dom-pérignon rosé offert l'année dernière par un courtier. Un toast porté à nos santés respectives donna le coup d'envoi de la bombance. Le réveillon se déroula sans anicroches entre Cécile et moi. Ma femme ignorait la rancune, il s'agissait là d'un des traits saillants de son caractère. Elle ne m'adressa pas la parole pendant tout le dîner, toutefois je lui sus gré de ne relancer à aucun moment les hostilités. Ainsi se perpétue et se consolide un couple, par de menus apaisements, de discrètes luttes contre soi-même et de minuscules compromis. Dix-sept ans déjà, songeai-je avec une tendresse nostalgique, en observant mon épouse à son insu. Toute la famille se rendit sous le sapin, Cécile déplia le carré Hermès que je lui avais choisi et, contaminée par l'allégresse générale, me sauta au cou.

Malgré notre fatigue mutuelle, nous fîmes l'amour, ce soir-là. Je m'endormis apaisé, avec pour seul regret de n'avoir qu'imparfaitement dissimulé mon bref mécompte, éprouvé en déballant le coffret-cadeau de Cécile, composé de deux chemises Figaret, accompagnées de leurs cravates club assorties.

*

La maussaderie me gagnait tandis que nous roulions vers Sceaux. J'allais reprendre le travail lundi avec la sensation de ne pas m'être reposé. Pire, je terminais ma semaine de vacances sur les rotules. Supporter à la fois parents et enfants, toute la sainte journée, dans notre logement de quatre-vingts mètres carrés, à une période de l'année où il fait nuit les deux tiers du temps, avait confiné au calvaire. Avec une unique salle de bains pour sept personnes, nous atteignions haut la main le niveau de confort proposé par le camping des Flots bleus, deux étoiles au guide Michelin. Les règles de l'hospitalité m'obligeaient à me laver le dernier, aussi connus-je à deux reprises l'intense plaisir de me rincer à l'eau froide en plein hiver, après que mes prédécesseurs eurent obligeamment vidé le cumulus.

Le partage des commodités se révélait lui aussi problématique, *a fortiori* en ces périodes d'agapes où les excès d'alcool et de nourriture se paient chèrement le lendemain matin, sur un plan olfactif au premier chef.

Difficile, dans ce contexte, de ne pas évoquer l'impitoyable drame qui se nouait invariablement après le petit-déjeuner, lorsque des guetteurs, aussi déterminés qu'anxieux, vigilants tel le setter irlandais face au colvert avant le coup de fusil de son maître, tramaient, sans se départir d'une désinvolture feinte, mille subterfuges diaboliques pour ne jamais s'éloigner du précieux lieu d'aisances, à l'intérieur duquel ils se hâtaient de précéder discrètement leur rival, dès sa première mais fatale seconde d'inattention. La perte consécutive de plusieurs de ces duels occasionnait sur le visage des vaincus des grimaces d'autant plus pathétiques que l'espoir inconsidéré d'une libération imminente entraîne un périlleux relâchement des sphincters, desquels les suppliciés enduraient ensuite mille morts pour reprendre le contrôle.

Malheur à ceux que papa devançait, car il ne se gênait nullement pour emmener son *Parisien* aux wawas, et les monopoliser un quart d'heure durant.

De ce point de vue-là au moins, les grasses matinées de Julien, qui n'émergeait jamais avant 11 heures, nous sauvaient. Cette paresse horripilait ma mère qui nous reprochait notre laxisme par des bouderies ostentatoires.

Par chance, je trouvai une place rapidement, non loin du parc. Pour le réveillon de la Saint-Sylvestre, nous avions accepté l'invitation d'Agnès Borel, que Cécile avait rencontrée à l'époque où elle prenait ses cours de salsa dans le 14e. Elles avaient réussi à ne pas se perdre de vue à l'occasion de nos déménagements respectifs, preuve d'une fidélité amicale assez notable en région parisienne, où les temps de trajet façonnent les relations sociales bien davantage que les affinités électives. J'appréciais beaucoup son mari David, un agent immobilier toujours plein d'entrain. Récemment, il m'avait parlé d'une maison à vendre au Vésinet. Le prix en était prohibitif, mais David laissait mijoter le propriétaire, le temps que ce gourmand tempère ses appétits. « L'immobilier c'est comme la finance, aimait à me répéter Borel. Tout le marché est géré sur la psychologie. »

Était-ce l'état de mon moral ? En tout cas la soirée m'apparut fastidieuse. Après la dinde, la conversation dévia sur un fait divers qui avait marqué les esprits, le meurtre épouvantable de deux infirmières perpétré la semaine précédente, à l'hôpital psychiatrique de Pau. Un nommé Perricaud, peu avare de détails sordides, nous informa malignement que l'assassin avait décapité une de ses victimes avant de déposer sa tête sur la télévision, comme un trophée. Sa femme l'incendia, après cette déclaration.

Le dîner s'éternisa en discussions stériles et décousues autour du tsunami. La fatigue et l'abus de boisson aboutissaient à une pénible accumulation de lieux communs. Je me contentai de rappeler l'enseignement majeur qu'apportait ce cataclysme : un système d'alerte installé au fond de l'océan Indien aurait sauvé des milliers de vies.

Je saisis l'opportunité d'échapper à cette ambiance déprimante lorsque David partit préparer les express dans la cuisine.

– Oh nous, ça va, aucun souci, répondit-il comme je lui demandais des nouvelles. Non, c'est plutôt le frangin qui m'inquiète. T'as remarqué la gueule qu'il a tirée pendant tout le dîner ?

Certes, son frère Jean possédait le chic pour instaurer un malaise, par sa seule présence. Il paraissait ailleurs, absorbé par une inquiétude perpétuelle.

– C'est infernal. Agnès a insisté pour qu'on l'invite mais l'année prochaine je pose mon veto. Je peux plus rien pour lui !

– Il est toujours seul ?

– Mais oui, mais oui, plus que jamais ! C'est pire que

tout depuis qu'il a passé la quarantaine. J'ai l'impression qu'il y croit plus, qu'il est résigné à finir vieux garçon.

J'emportai des cafés dans la salle à manger pendant que David en lançait deux autres.

– Des fois j'ai peur qu'il fasse une bêtise. Une grosse bêtise si tu vois ce que je veux dire. Il a dépassé la période critique, tu me diras... C'est chez les 25-34 qu'on se suicide le plus...

– Ah bon ?

– Oui, c'est même la première cause de mortalité en France. Ça prouve que la meilleure façon de rester vivant, c'est encore de pas mettre fin à ses jours, comme aurait dit La Palice.

– J'ai lu dans une enquête que l'État fait preuve de négligence coupable, dans ce domaine. Une vraie politique de prévention en direction des adolescents réduirait considérablement les passages à l'acte.

David se mordit les lèvres.

– Ça j'en sais rien. Par contre les hommes se tuent beaucoup plus que les femmes, ça je le sais. C'est du 75/25.

Il tapa contre le rebord de l'évier la poignée du porte-filtre pour en détacher le fin cylindre de marc humide.

– Quand je te dis qu'elles auront notre peau à tous tu veux jamais me croire ! Enfin si un jour Jean décide de s'en aller, ce sera mieux pour tout le monde, à commencer par lui. C'est bizarre, je saurais pas t'expliquer... C'est comme s'il portait la mort en lui depuis toujours.

Ce raisonnement sinistre me glaça, d'autant qu'il trahissait une croyance en la prédestination qui m'étonnait chez cet athée notoire. À moins qu'il ne faille y déceler plutôt une dérive scientiste, voire eugénique ? Quelle pierre remplaçait donc son cœur en sa poitrine pour que David considère le suicide de son propre frère comme l'inéluctable aboutissement de sa mélancolie ?

Il m'a tendu une des deux tasses pleines et s'est octroyé la seconde.

– Surtout qu'en ce moment on a pas trop besoin d'emmerdes supplémentaires. Tu sais que ma belle-sœur a déménagé en Charente avec son mari et ses mômes ? Je sais pas pourquoi ils sont partis s'enterrer là-bas, mais bref, c'est leur choix. Un soir le téléphone sonne, Agnès décroche, je la vois qui blêmit, elle répète : « Non, c'est pas vrai, c'est pas possible. » Moi j'étais claqué, je sortais d'une journée de merde au boulot, je craignais la grosse cata, bah j'ai pas été déçu...

Machinalement, David essuyait le percolateur qui fuyait.

– Figure-toi qu'il s'en passe de belles dans leur bled ! Un soir en rentrant du collège, une gamine tombe nez à nez avec son père qui l'attendait avec un fusil, il la braque et bam ! il lui loge une balle en pleine tête. Comme ça, alors que la famille paraissait sans problèmes ni rien. Après il essaye d'égorger sa femme et pour finir il avale des cachetons. Le gros, gros pétage de plombs...

David a lapé une gorgée.

– La môme a cassé sa pipe trois jours plus tard à l'hôpital. Seulement elle était dans la même classe que la nièce d'Agnès. Tiens, « la nièce d'Agnès », ça sonne bizarre, j'avais jamais fait gaffe...

Sourcils froncés, il souffla sur son café dont la température trop élevée l'incommodait.

– T'imagines ? Les mioches complètement perturbés, la belle-sœur au trente-sixième dessous, cellule psychologique de déchocage pour tout le monde, le boxon quoi.

– Et on sait pourquoi le type a fait ça ?

– Oh là là, mais Pascal faut pas chercher de raisons dans ces cas-là, c'est ce que je me tue à expliquer à Agnès. Les pétages de plombs ça existe depuis que le monde est monde et ça existera toujours. Si tu commences à te prendre la tête à cause d'un frappadingue, t'es pas sorti de l'auberge. Moi ce que je pense surtout c'est que ça illustre la capacité de nuisance des médias. Avant, on n'en entendait même pas parler de ces trucs-là. Maintenant on en fait tout un ramdam. C'est simple, Agnès a pas dormi pendant trois jours.

– Je la comprends tu me diras...

– Le pompon c'est que la semaine d'après en allumant la télé on est tombé sur le procès d'une maman qui a zigouillé sa fille de quatre ans à coups de pistolet. Elle a pris douze ans aux assises...

Il regardait dans le vide, songeur.

– Évidemment c'était reparti pour les « y a plus de repères », les « dans quel monde on vit », enfin ras-le-bol des simagrées, RAS-LE-BOL ! Comme si c'était plus sympa de croupir dans les tranchées en 17 ou d'être amputé des deux jambes pendant les campagnes de la Grande Armée ! Je te jure, je comprends pas cette manie française d'autodépréciation. On est un pays chargé d'histoire, on a des atouts incroyables dans plein de domaines, on forme des élites que le monde entier nous envie, on a des super chiffres de natalité, une société diverse grâce à l'immigration qui nous fait gagner la coupe du monde en prime et au lieu d'en profiter pour être les leaders de l'Europe on se gratte les écorchures, on vote Le Pen, on s'arc-boute sur des vieilles valeurs à la con, on descend dans la rue dès qu'on entend le mot « réforme », enfin c'est insupportable...

Il m'a regardé dans les yeux, pour donner à sa déclaration plus de solennité.

– Tu vois moi Pascal, c'est ce que j'appelle la France étriquée.

Agnès est entrée en coup de vent dans la cuisine.

– Bah qu'est-ce que vous mijotez là tous les deux ?

– On discute des joies de la famille, ma chérie.

Agnès a souri.

– Venez en discuter avec nous, les autres vous réclament !

Cécile tenait à s'entraîner aux nouveaux pas que Miguel lui avait appris ces dernières semaines. Comme personne d'autre qu'Agnès ne dansait la salsa, elles accomplissaient de concert des déhanchements vaguement ridicules. Malgré mes implorations, ma femme n'accepta de lever le camp qu'à 2 h 30.

Jean Borel me serra chaleureusement la main. Une certaine gêne me gagnait quand je lui parlais. J'avais l'impression de le berner, maintenant que je connaissais les sentiments de David à son endroit.

– Pourquoi tu es resté si longtemps dans la cuisine ? demanda Cécile, une fois dans la voiture.

Je lui résumai ce que j'avais retenu des deux infanticides, pendant qu'elle se massait la nuque, paupières baissées. « C'est innommable », furent les seuls mots qu'elle prononça jusqu'au Pecq. Je croyais qu'elle s'était endormie mais, comme nous parvenions devant le garage souterrain, elle s'empara de la télécommande pour déclencher la porte électrique.

– J'arrive pas à comprendre ce qui peut se passer dans la tête d'une mère pour qu'elle décide de tuer ses propres enfants.

– Moi non plus..., soupirai-je en verrouillant portes

et hayon de la 807 d'une pression du pouce sur la clé de contact.

Je jetai un coup d'œil à ma montre : 3 heures.

J'ignorais si Julien serait au lit ou non. Mes parents étaient repartis hier, la mère de Cécile s'en allait dimanche. Lundi, je retournais au *desk*. J'allais retrouver la gueule de Lionel Ruszczyk. D'ici quelques semaines, je pointerais peut-être au chômage. La semaine dernière à Pontault-Combault, un dabiste de la Brink's avait été agressé par trois hommes cagoulés et armés, pour un butin de 50 000 euros. Un accès de panique inattendu comprima douloureusement ma cage thoracique.

IX

De toute évidence, je n'étais pas le seul à exécrer la Saint-Sylvestre puisque, dans la seule région d'Île-de-France, plus de deux cents véhicules avaient brûlé cette nuit-là, si j'en croyais le numéro de *20 minutes* daté du 3 janvier que je tenais entre mes mains. Dans une cité de Seine-Saint-Denis, deux policiers avaient été blessés par des jeunes qui les avaient attirés dans un guet-apens pour les arroser de projectiles depuis les toits. Un des fonctionnaires avait même reçu un pavé sur sa voiture. Les autorités s'alarmaient de cette flambée de violence inégalée comme de la précocité des fauteurs de troubles, car l'un des garçons interpellés avait juste douze ans.

Je n'avais pas trouvé de siège libre en montant dans le RER. Le caractéristique crachotement métallique attira mon attention. D'un regard circulaire, je repérai d'où émanait le bruit honni : assis près de la fenêtre, l'adolescent écoutait au casque sa musique à fond, les yeux mi-clos. L'autre jour, j'avais osé demander à un lycéen de baisser le niveau sonore de son baladeur, mais il m'avait insulté et depuis j'hésitais à réitérer ce type d'intervention, plus par épuisement que par manque de hardiesse. Lors des trajets du retour notamment, certains mélomanes, mus par la louable intention de partager avec le plus grand nombre leur passion du rap, poussaient leur radio à plein volume, un air de bravade dans le regard pour dissuader d'éventuels téméraires, excédés par le tintouin, de leur adresser une remontrance. Je me demandais à la longue si je n'allais pas reprendre la voiture pour partir travailler. Certes, je gagnais un quart d'heure grâce aux transports en commun mais, nerveusement, cette économie se payait à un prix prohibitif. Au moins, avec la *Cinquième* de Mahler en fond sonore, confortablement positionné sur le fauteuil en cuir de l'habitacle climatisé, je me sentais déjà un peu chez moi, dans ma bulle, protégé des agressions extérieures.

Un morceau de R'n'B a démarré à ma gauche, promptement interrompu par le propriétaire du portable qui y avait installé cette sonnerie. Gros, gros marché, les sonneries de portable, une aubaine pour l'industrie du disque en pleine tourmente du téléchargement illicite.

– T'as bien dormi mon bébé ?

Néanmoins, avec le temps j'idéalisais les trajets en voiture. Nous avions revendu la Golf pour ne conserver que la 807 justement parce que je ne supportais plus les embouteillages. Les mauvais soirs, je roulais pendant une heure et quart pare-chocs contre pare-chocs. La multiplication des feux tricolores me rendait d'une agressivité maladive, surtout quand un type qui lambinait devant moi passait à l'orange et me laissait derrière lui, planté au rouge. La politique volontariste de l'actuel maire de Paris n'incitait d'ailleurs pas à investir dans l'automobile. Les travaux du tramway, même circonscrits aux boulevards des Maréchaux, congestionnaient tout le sud de la capitale. Zacharias avait mis vingt minutes, l'autre jour, de la rue Duranton à la place Balard. Neuf cent dix mètres exactement, il avait vérifié sur Mappy, fou de rage. Même le *Herald Tribune* citait les propos d'Yves Contassot, l'adjoint chargé des transports.

« *It is only by making them live in hell that we'll get drivers to renounce their cars.* »

– J't'ai fait un bisou avant d'partir mais je t'ai même pas réveillée !

À Nanterre, comme prévu, la rame se remplit. Un Pakistanais se collait involontairement à moi, lui-même écrasé à chaque nouvel afflux dans le wagon. Crispé, je répondis au sourire qu'il m'adressa pour me signifier silencieusement ses excuses. Comme moi, il transpirait. Notre promiscuité recelait quelque chose d'obscène. Les yeux clos, je tâchai de visualiser des images relaxantes, telles que la plage des Maldives où Cécile et moi avions passé notre lune de miel. Mon voisin exhalait une odeur de friture si entêtante que je ne parvenais pas à en faire abstraction, je dus revenir à la place que j'occupais *hic et nunc*, au fond du souterrain, dans ce serpent métallique qui se mouvait dans un assourdissant vacarme de ferraille torturée. Un coup de frein brutal nous déséquilibra, nous précipitant les uns contre les autres. Le train s'arrêta.

– Wesh mon bébé je sais pas y s'passe quoi mais c'est l'dawa là c'matin...

Qu'est-ce qui m'arrivait, d'identifier ainsi les gens en fonction de leur origine ? Et puis je transgressais un interdit formel, décrété par mon père, en mentionnant l'odeur corporelle d'une personne, les carences d'hygiène trahissant la plupart du temps un handicap social. Davantage qu'à l'océan Indien, je songeai pour me calmer à ma chance de ne pas compter au nombre des utilisateurs de la terrible ligne 13, surnommée « la bétaillère » par Semeido, qui l'utilisait quotidiennement depuis Asnières. Avant les vacances, il m'avait confié qu'il ne tiendrait plus le coup bien longtemps. Bien qu'il approuvât globalement le projet de société proposé par Nicolas Sarkozy, il se lançait parfois dans des diatribes contradictoires contre le ministre de l'Intérieur, qu'il accusait d'abandonner les pauvres pour ne se soucier que des riches, comme le prouvait la probable mise en chantier de la RN 13, à Neuilly. En réalité, Semeido rêvait simplement d'un déménagement vers une commune cossue du sud-ouest de l'Île-de-France qui le libérerait non seulement de son supplice quotidien mais lui assurerait socialement un autre standing. Il suppliait sa femme mais, en vertu des ancestrales solidarités familiales héritées d'une culture à forte tradition religieuse, celle-ci refusait de s'éloigner de sa mère malade, laquelle n'aurait pour rien au monde quitté la ville où elle avait passé la majeure partie de son existence depuis son arrivée en France, au début des années cinquante. Finalement, Ruszczyk disait peut-être vrai ? J'imaginais Semeido, à bout de nerfs après trois quarts d'heure de bétaillère, se défouler en tabassant sa femme dans la cuisine. Les machos du sud de l'Europe sont réputés pour avoir la main leste. Pourtant, les pays scandinaves comptent parmi les plus féminicides dans les statistiques de Bruxelles, alors que les femmes y sont protégées par un arsenal judiciaire pléthorique. L'éditorialiste Igniacio Ramonet s'étonnait de ce paradoxe, récemment. « Féminicide », son mot m'avait intrigué. J'en comprenais le sens mais n'avais pas trouvé cet article dans *Le Robert*.

– C'est vrai ? Promis ? Moi aussi j't'aime mon bébé.

Semeido parlait de venir chez Credixis à vélo alors qu'il savait pertinemment que la trop longue distance à parcourir lui interdisait d'envisager sérieusement cette possibilité. Pareille perte de contact avec la réalité trahissait non plus de l'exaspération, mais du désespoir.

Parfois, le conducteur avertissait que nous devions « stationner pour régulation ». Ce matin il n'en fit rien. Nous devions juste attendre, mais pour combien de temps ?

Finalement, dans l'aventure, seul Lionel Ruszczyk avait trouvé le compromis idoine : il logeait suffisamment près du *desk* pour s'y rendre en scooter et ne recourir aux transports en commun que les jours d'intempéries. Cette formule panachée lui apportait entière satisfaction.

– Ça sent l'mariage tout ça hein ?

La chaleur augmentait. À ma gauche, une femme perdait son sang-froid. Son parfum de cocotte m'écœurait, il réactivait, échappées de ma prime jeunesse, d'énigmatiques et déprimantes réminiscences d'hôpital et de maladie. Je conclus de ses marmonnements qu'elle craignait de rater son avion. J'aurais aimé qu'elle se taise. Si chacun exposait dans le détail ses doléances, le wagon bruirait bientôt des mille subtilités harmoniques d'un poulailler. Le train ne bougeait pas. J'allais arriver en retard, le premier jour ouvré de 2005. L'idée saugrenue de passer ce soir au Go Sport de la Madeleine pour acquérir un *punching-ball* m'a traversé l'esprit. Où l'installer, de toute façon ? Vraiment, il nous fallait d'urgence des mètres carrés supplémentaires.

– Comment j'ai bien fait caca ce matin mon bébé, ça m'a trop détendu quoi...

Impossible au fond d'accuser Yves Contassot ou Nicolas Sarkozy d'impéritie, ni d'exiger des pouvoirs publics qu'ils augmentent la fréquence des rames : trop d'entre elles circulaient simultanément, c'était d'ailleurs une des raisons pour lesquelles les trains s'arrêtaient si souvent. Aux heures de pointe, ils se succédaient toutes les cent vingt secondes. Les excellents chiffres de la démographie signalés vendredi dernier par David Borel ne laissaient à cet égard prévoir aucune amélioration des conditions de déplacement à court ou moyen terme. Seul le lancement de travaux pharaoniques pouvait remédier à la congestion du réseau ferré francilien. D'ici là, la RATP devrait peut-être recruter, comme au Japon, des sumos chargés d'entasser les usagers dans la rame ? De plus en plus de citadins anonymes s'agglutineraient ainsi dans des mégapoles tentaculaires. Selon les prédictions des experts, vers 2030, la moitié de l'humanité résiderait en agglomérations.

– Ouais bisous mon bébé, adtaleure !

En cette reprise symbolique, Glazer interpréterait forcément mon manque de ponctualité comme la marque d'un je-m'en-foutisme lamentable. Difficile d'offrir une impression plus calamiteuse à quelques semaines d'une réduction des effectifs. Quelle ignominie Ruszczyk préparait-il pour monter mon faux pas en épingle ? Ou bien une corde à sauter ? Un quart d'heure de corde à sauter vous vide comme une heure de course à pied, les boxeurs le certifient. Non, je ne pouvais pas infliger quinze minutes quotidiennes de piétinements à mes voisins du dessous mais je ne me voyais pas non plus descendre chaque soir en survêtement dans le jardin de la résidence pour agiter circulairement une ficelle autour de mon corps, sous l'œil goguenard de Jacquier qui venait d'écrire à la CNIL dans l'espoir qu'elle s'opposerait à l'installation des caméras de surveillance. D'ailleurs, ma lombalgie réglait la question. Je me suis retenu, pour ne pas envoyer une ruade dans la porte.

Voilà.

Un seul trajet en RER avait réduit à néant le faible bénéfice que j'avais retiré de mes vacances.

Absurdement, je faillis fondre en larmes.

*

La mine sombre, il m'alpagua à la sortie de l'ascenseur. J'avais badgé à 9 h 16, j'attendais son attaque, ulcéré.

– Toi aussi t'as eu des problèmes dans le RER ?

– Euh oui. C'est ça oui.

Il posa affectueusement sa main sur mon épaule.

– Te bile mon Pakal : t'es pas le seul. Et pi tu sais, avec ce qui vient de se passer là-bas, c'est pas dix minutes de plus ou de moins qui vont changer le monde hein...

À ma grande surprise, il m'empoigna virilement la dextre.

– Bonne année.

Il ajouta, compassé :

– Et surtout bonne santé.

Il me présenta une cagnotte que je n'avais pas d'abord remarquée, où il avait inscrit d'une souple écriture manuscrite :

Pour les victimes du tsunami

– Ah oui, oui, bien sûr, attends.

J'avançai pour poser mes affaires à mon bureau. Tout le monde me saluait, l'air grave. Mon retard passait inaperçu. Je sortis deux billets de mon portefeuille et glissai quarante euros dans la fente. Lionel me remercia avant de poursuivre sa quête.

Je transpirais, il m'aurait fallu un mouchoir en papier pour tamponner mon front moite. J'avais marché au pas de course pour limiter mon retard, trottinement imprudent qui avait aggravé mes douleurs improprement nommées dorsales puisqu'elles me lançaient en cet instant jusqu'à l'extrémité des orteils de mon pied gauche. Jeudi dernier, la séance de manipulation chez l'ostéopathe m'avait coûté quatre-vingts euros sans que s'ensuive aucun apaisement. Le mal avait même empiré, me semblait-il. Je n'engraisserais plus cet escroc.

Je me laissai choir dans mon fauteuil. Comment allais-je réussir à travailler pendant ces huit prochaines heures ?

La doublure de mon pantalon en laine collait à mes cuisses. Au moment où, pour respirer un peu mieux, je retirai ma veste, je m'aperçus que deux larges auréoles maculaient ma chemise, sous mes aisselles. Je me réajustai à la hâte, confus. Je rêvais de me passer un peu d'eau fraîche sur le visage mais je ne pouvais m'absenter, à peine arrivé, surtout avec un quart d'heure de retard.

– Tu aurais un mouchoir en papier, Luc ?

– Ah non, je suis comme Antoine Doinel, moi : je ne me mouche jamais dans du papier !

Je demandai à Zacharias, qui n'avait pas de mouchoirs, pas plus que Reckel.

En souriant, Hélène Pellin me sauva.

X

« Vous êtes en train de prendre votre thé ou café, avec peut-être une tartine de confiture, ou de chocolat. »

Si elle m'avait espionné grâce à quelque webcam dissimulée dans un angle de la cuisine, la journaliste de France Inter n'aurait pas attaqué différemment son journal de 7 heures : comme chaque matin, je m'étais sournoisement levé un quart d'heure trop tôt et m'attablais devant mon Lapsang Souchong, beurrier à droite, pot de confiture à gauche.

« Le petit-déjeuner est essentiel, on nous le répète assez comme lorsqu'on insiste sur les méfaits des mauvaises graisses, eh bien elles ne sont pas les seules à provoquer des décès, le sucre ne provoque pas simplement des caries ou des kilos en trop, non, plus de trois millions de personnes en meurent chaque année dans le monde et le diabète n'est pas la seule raison, comme l'explique la nutritionniste Sylvie Bordat. »

Je me sentais fautif en étalant sur mon pain de seigle beurré une couche épaisse de la délicieuse confiture coing-citron, aromatisée à la cannelle, que ma mère confectionnait depuis qu'elle habitait dans le Sud.

« Les sucres rapides, c'est-à-dire ceux qu'on mange sous forme de bonbon, de confiture, de miel, de sucrerie, eh bien c'est un facteur d'athérome, c'est-à-dire d'altération et d'encrassage des vaisseaux, ça crée des lésions des membranes des vaisseaux et ça encrasse les vaisseaux, ça augmente le risque de bouchons, il y a des globules blancs qui se mettent ensemble, il y a des agrégats de globules blancs, ça augmente le risque de thrombose, c'est-à-dire un risque d'embolie, et d'avoir un caillot qui monte au cerveau, avec un accident vasculaire cérébral. Ou qui bouche une artère coronaire, avec un infarctus et une mort subite. Donc ça fait tout ça le sucre. Les sucres en excès, avec le temps qui passe, ce sont des tueurs silencieux. »

Athérome, thrombose...

J'ignorais ces mots-là, deux secondes plus tôt... Quel fragile appareil que notre enveloppe charnelle, constamment menacée par des pathologies aussi atroces qu'innombrables ! La gourmandise l'emportant, je croquai tout de même à pleines dents dans ma tartine.

« L'idée qu'une trop grande quantité de sucre peut entraîner des décès n'est pas aussi communément répandue que pour les graisses. Pour les graisses, on imagine aisément les artères bouchées, donc le sang qui ne circule plus, donc l'infarctus ou l'accident cérébral. Mais le sucre, quel est le mécanisme ? Eh bien c'est quasiment le même. Trop de sucre entraîne une altération, un encrassement des vaisseaux, des risques de thrombose, des troubles du rythme. Le diabète gras, aussi appelé diabète de type 2, provoque par exemple une accumulation de graisse autour de l'abdomen qui est un facteur de risque de mort subite. Alors on parle de sucre, il faudrait dire DES sucres car il y en a de plus dangereux que d'autres, les sucres rapides qu'on trouve dans les friandises ou le sucre de table sont bien plus nocifs que les complexes, ceux des pâtes ou du riz.

Une solution si on n'arrive pas à s'en passer : l'activité physique qui détourne les sucres en excès vers les muscles. Cette étude démontre aussi que toutes les populations sont concernées. Contrairement à une idée reçue, la surconsommation de sucre et ses conséquences n'épargnent pas les pays à faibles revenus. »

Je ne pouvais que me reconnaître dans cette « accumulation de graisse autour de l'abdomen » décrite par la nutritionniste. Depuis quelques mois, ma ceinture abdominale se relâchait en même temps qu'enflaient mes poignées d'amour. L'activité physique, je n'y pouvais plus compter, pour cause de douleurs lombaires. Encore quelques semaines de laisser-aller et je n'aurais plus besoin d'une cartomancienne pour prédire mon avenir. Un matin, dès l'aube, à l'heure du petit-déjeuner, je suffoquerais soudain, tandis que les murs de la cuisine recouverts de tomettes rouges en terre cuite à l'ancienne de chez Palatino vacilleraient autour de moi. J'arrivais prématurément au terminus de ma vie, le sang ne circulant plus dans mes vaisseaux obstrués par vingt années d'un régime alimentaire extravagant. Oh certes, je tenterais bien de me lever pour prévenir Cécile. Seulement mes jambes flageoleraient et je m'écroulerais, fauché par l'embolie. Mon épouse me découvrirait vingt minutes plus tard, la face immergée dans mon bol. Je payerais des années de réveils hypocritement précoces. Cécile appellerait le SAMU mais les médecins accourus ne parviendraient pas à me ranimer. Et tant mieux dans une certaine mesure, car mon visage, brûlé au troisième degré par le Lapsang Souchong, en quelque sorte ébouillanthé, aurait nécessité de nombreuses et douloureuses greffes de peau, prélevée sur mes fesses ou mon ventre. Dans le meilleur des cas, je sortirais défiguré d'un séjour de plusieurs mois à l'hôpital, infirme, inapte à proférer autre chose que d'effrayantes onomatopées. En bûchant mon bac de français, j'avais appris que Charles Baudelaire avait ainsi terminé ses jours, aphasique, cloué dans un fauteuil roulant. D'après mes souvenirs, il était loin d'avoir respecté une discipline de vie exemplaire. Probablement avait-on *a posteriori* beaucoup brodé autour de sa fréquentation assidue des paradis artificiels, pour mieux éviter les questions taboues : le fameux albatros n'avait-il pas simplement cumulé le double handicap d'une existence dramatiquement sédentaire et d'une alimentation à la fois trop grasse et trop sucrée ?

L'avertissement de France Inter tombait à pic : la semaine dernière, une ultime galette des Rois fourrée à la frangipane avait clos trois semaines de ripailles épuisantes. Je plaçais désormais l'amendement de mes pratiques nutritives en tête de mes bonnes résolutions pour 2005. Seule une vigilance draconienne pourrait contrecarrer l'obscur complot moléculaire qu'ourdissaient les tueurs silencieux qui, tapis au tréfonds de mes veines, menaçaient incessamment de lancer à l'improviste leur dévastatrice blitzkrieg.

Suppression du sucre d'abord, aussi bien dans le thé que dans le café, pas plus d'un gâteau par semaine à la cantine, arrêt pur et simple du chocolat, bannissement des sodas. Un bon point pour moi : des friandises, je n'en mangeais pas.

Je recommanderais aussi à Cécile une stricte observance du régime crétois et, le mercredi soir, ne me fournirais plus qu'en surgelés allégés.

Pour commencer, un bilan sanguin s'imposait.

*

La machine s'était emballée à cause d'une note d'analyse chiffrée, éditée avant-hier par le cabinet Edwards D. Lebovitch, affirmant que Credixis pourrait lancer une OPA sur les Italiens à 27 ou 28 euros par titre, soit une prime de 20 à 25 %. Les marchés n'avaient pas tardé à réagir. Même s'ils se disaient sceptiques sur le bien-fondé de la rumeur, les traders eux-mêmes notaient qu'elle avait fait bouger les lignes. Comme l'avait affirmé Andreas Schultz à Reuters : « Ce n'est pas la première fois qu'on en parle, mais cette fois-ci, l'action fluctue. » Comme aucune des deux maisons n'avait publié de communiqué, nous nagions toujours en pleine incertitude, si bien que la cantine bruissait de mille conjectures.

– Vu les synergies possibles entre les deux groupes, soutenait Luc sans se départir de son flegme, le rapprochement se justifie.

Il a ponctué son analyse par un éternuement incontrôlé.

– Pardon.

Lionel a pénétré dans le réfectoire, la mine renfrognée. Depuis la reprise, j'avais réussi à ne pas déjeuner une seule fois avec lui. Il m'aidait bien, car il ne descendait presque plus à la cantine, se contentant de grignoter sur le pouce des sandwichs américains qu'il commandait au West Side Café, dont le dynamique patron comptait au nombre de ses relations.

– On dégagerait 700 millions d'économies, a repris Luc en rangeant son mouchoir. Soit 8,5 % de la base de nos coûts en 2003.

Des songeries moroses absorbaient si profondément Ruszczyk que j'avais espéré qu'il ne nous remarquerait pas. Au contraire, il fonça droit vers notre table. Ma respiration s'écourtait à mesure qu'approchait son corps massif. Il maugréa un inaudible salut en s'asseyant à mes côtés. Luc a éternué de nouveau, victime cette fois-ci d'une quinte de toux.

– Décidément... Je suis désolé.

– Tu es enrhumé ?

– Non pourtant, c'est bizarre.

– Tu es peut-être allergique ?

– Je sais pas mais en tout cas c'est pénible !

– Il y a un moyen très simple de le savoir, c'est de prendre rendez-vous avec un allergologue. On commence par se moucher, puis c'est la crise et on ne sait pas où ça s'arrête.

Apparemment, Luc traitait mes conseils par-dessous la jambe.

– Les allergies tuent 100 à 200 personnes par an. J'ai vu un reportage là-dessus à la télé.

Luc m'a dévisagé sans aménité.

– Pascal, je veux bien qu'on parle d'autre chose.

– Ma Sardine, tu tuerais ta femme toi si elle te faisait trop cuire les escargots ? lança soudain Ruszczyk.

Ma Sardine...

Oui, ainsi nommait-il Semeido depuis qu'il avait eu vent des déboires métropolitains de mon comptable.

– Qu'est-ce que tu débloques encore ? a souri Semeido.

Il n'a pas conservé longtemps cette physionomie bonasse. Lionel dardait sur lui son regard légèrement halluciné qu'il utilisait pour intimider son vis-à-vis. Je m'aperçus avec horreur que j'étais soulagé qu'il s'acharne sur un autre que moi.

– Je débloque *absolument pas*.

Le visage de Ruszczyk a recouvré une expression avenante, instantanément, comme le corps de ces caméléons dont l'aspect varie si vite en fonction de la surface où ils se meuvent, qu'on peine à croire en les suivant des yeux qu'on observe le même reptile.

– Dimanche soir à Romainville, un type a battu sa femme à mort, parce que ses escargots étaient trop cuits.

Il fixait Semeido en mâchonnant calmement ses carottes râpées.

– C'est grave, bien sûr, de trop cuire des escargots. Mais à mon avis ça mérite pas la mort.

Usant.

Ce type était usant.

Il n'arrêterait jamais, encore moins depuis la brusque montée en température de ces dernières heures.

– Moi quand j'serai marié je tuerai pas ma femme si elle me cuit trop les escargots mais ce qui est sûr c'est que je la prive de quéquette pendant au moins, on va dire, deux semaines.

Machinalement, je calculai depuis combien de temps nous n'avions pas fait l'amour, Cécile et moi. Pas loin de deux semaines, sans doute. Pas depuis la fin des vacances, en tout cas. Peut-être la gangrène nous gagnait-elle, nous comme tant d'autres, à cause de l'accoutumance ? Dix-sept ans à caresser le même corps, avant de s'endormir, après ces journées nerveusement harassantes...

En grimaçant, Ruszczyk tâta ostensiblement ses parties génitales.

– Ça va pas Lionel ? s'inquiéta Luc, dont je ne saisissais décidément pas le manège.

– Si, si, ça va, juste j'ai bourré Alice cette nuit. Franchement, j'avais trop abusé ces derniers temps. J'l'ai invitée chez Castel histoire d'me faire pardonner. Après on a terminé la night chez elle. Elle m'a pompé à donf. Tu m'croiras si tu veux mais c'matin j'avais des rougeurs au gland. Un moment tellement qu'elle suçait fort j'me suis demandé si elle était vraiment normale comme meuf.

Luc me regarda, réjoui.

– Par contre j'ai jamais vu des seins aussi splendides. Fermes, lourds, comme j'aime, avec des tétons foncés qui durcissent à peine tu les effleures. Quoi qu'il arrive ça restera une des valeurs les plus élevées d'mon CAC. Hier sous sa robe elle était en Chantal Thomass rose et noir. Quand j'ai écarté la ficelle du string pour découvrir le trésor entre ses cuisses, c'est bien simple j'ai cru qu'j'allais devenir aveugle tellement c'était joli ! Une foune, mais une foune, un chef-d'œuvre ! Franchement Courbet peut s'rhabiller. Soigneusement épilée, avec juste une touffe rase qui reste, tu vois c'que j'veux dire ? Une languette de poils pubiens, là, qui t'guide gentiment vers la vulve adorable où t'as plus qu'à t'régaler les papilles...

Pour appuyer ses dires, il a joint son pouce à son index, en même temps qu'il agitait sa main levée, à la manière d'un Karajan orchestrant l'abjection.

– DU-BON-HEUR !

Il est resté rêveur un moment, les yeux vagues.

– Ça m'ennuie qu'vous en profitiez pas les gars. Promis, la prochaine fois, j'lui photographie l'minou en loucedé et j'vous l'envoie par MMS.

Il détacha une crevette grillée de sa brochette.

– Emme causait quand j'l'enfilais, è gémissait : « Oh oui, c'est bon Lionel tu me défonces bien là, tu m'la mets profond hein », enfin bref la définition exacte d'une salope.

– Bon ça suffit maintenant, j'en ai par-dessus la tête de tes propos sexistes !

Lionel a écarquillé les yeux.

– Bah tu débloques ou quoi mon Pakal, j'ai pas arrêté d'faire des compliments sur Alice au contraire !

– Si tu appelles compliments ces détails scabreux, alors on ne parle pas la même langue !

– Ah ouais c'est vrai t'es polyglotte toi... Désolé moi j'suis cunnilingue.

Semeido a pouffé involontairement, projetant un postillon répugnant sur la paroi extérieure de mon verre.

– Très drôle. En tout cas en ma présence je te prierais désormais de ne plus parler des femmes comme s'il s'agissait d'animaux.

On n'a plus entendu à table que le bruit de nos mastications respectives. La goutte de sueur qui ruisselait sous mon aisselle gauche me chatouillait désagréablement.

– T'exagères quand même d'm'engueuler mon Pakal, m'a mielleusement rabroué Lionel.

Il a planté ses yeux bleus dans les miens.

– On peut m'reprocher beaucoup de vices, mais pas la zoophilie.

Il a incliné légèrement la tête sur le côté pour m'adresser un sourire d'une impudence intolérable.

– J'te jure : entre Alice et une chèvre, je choisirai toujours Alice.

– Tu n'es qu'un salaud. D'abord je ne suis pas ton Pakal, arrête de m'appeler comme ça.

– Ah bah d'accord, les insultes maintenant ! J'trouve pas ça super pour l'ambiance d'injurier les collègues... Faut savoir garder ses nerfs, quand même.

Réussirais-je un jour à étouffer ce serpent gluant qui me glissait entre les doigts avec une agilité déconcertante ?

– Si tu crois que tes coucheries intéressent tout le monde, tu te fourres le doigt dans l'œil.

– Ça va, ça va, à voir vos prunelles briller les gars j'aurais cru qu'elles vous excitaient mes histoires ! Moi, j'me pointe, vous êtes en train de parler fusac, j'veux bien mais j'vous signale un truc : dans n'importe quel stage de management on vous dira qu'y faut déconnecter pendant la pause du midi, même si elle dure qu'une demi-heure. Déjà qu'on flippe avant la restructuration, si en plus on en cause pendant qu'on bouffe, on va tous psychoter ! Moi j'me dévoue, j'essaie de mettre l'ambiance et résultat, ça s'retourne contre moi.

Sa voix a flanché, comme s'il allait pleurer.

– Franchement j'trouve ça injuste. Maintenant ce sera motus si vous l'prenez sur ce ton.

Il a fait mine de suturer méticuleusement ses lèvres à l'aide d'un fil et d'une aiguille.

– Motus et bouche cousue même !

Il ne prononça plus une parole jusqu'à la fin du déjeuner, qu'il ingurgita plus rapidement que nous.

*

Manon jaillit de sa chambre après avoir entendu claquer la porte.

– Papa ! Tu fais un Puissance 4 avec moi ?

– Ça dépend, les devoirs sont faits ?

– Oui, oui, et j'ai eu un 17 en maths !

– 17 ? Oh, oh, mais c'est bien ça ma fille ! Tu me montres ta copie ?

Je passai dans notre chambre pendant que Manon courait dans la sienne.

– Salut, ça va ?

Cécile leva un œil de son *Psychologies Magazine*.

En couverture, Daniel Auteuil s'interrogeait : « À quoi sert de vieillir si l'on ne se sent pas mieux ? »

– Oui et toi ?

– Ça va, ça va...

J'hésitai à lui narrer la scène affreuse du déjeuner mais Manon déboulait déjà.

– Papa, je peux t'réciter ma leçon sur les Grecs ?

– Bien sûr ! On va aller dans le salon pour laisser ta mère tranquille.

Je me reprochais mon éclat de tout à l'heure, en parcourant l'interrogation écrite. J'aurais dû la boucler, comme Luc et Carlos ; mépriser les insanités de Lionel. En lui dévoilant qu'elles blessaient ma pudeur, j'avais commis une erreur stratégique digne d'un débutant. Contrairement à sa promesse, nul doute que Ruszczyk s'évertuerait à les réitérer chaque fois que l'opportunité se présenterait.

– Pourquoi tu n'as pas utilisé le compas pour la question deux ?

– J'avais pas vu.

– Voilà, tu as mal lu la consigne, un classique. Ça veut dire que la prochaine fois, avec une concentration au top, tu peux décrocher un 20/20.

Je frappai sa poitrine avec mon index.

– Tu peux et même tu dois.

– Oui, bon, trancha-t-elle, agacée par ma réserve. Je te récite ma leçon.

Elle s'installa à son aise dans le canapé.

– Au ve siècle avant J.-C., Athènes est une démocratie.

– Qu'est-ce que ça veut dire J.-C. ?

Elle me dévisagea, atterrée.

– Bah, Jésus-Christ !

– Continue.

– Tout le pouvoir appartient aux citoyens qui peuvent participer à la vie politique en votant les lois ou en choisissant les dirigeants de la cité.

Pendant qu'elle psalmodiait, je suivais le cours dans son cahier, fasciné par ses capacités mnésiques. Elle connaissait sa leçon sur le fil du rasoir, à la virgule près.

– La démocratie athénienne est néanmoins incomplète car beaucoup d'habitants n'ont pas le droit de vote ni celui de participer au gouvernement : c'est le cas des étrangers, entre parenthèses les métèques, des esclaves et des femmes de citoyens.

Et Alice, alors ? Comment avait-elle pu retomber dans ses pires errances et subir l'ensorcellement de ce vil manipulateur qui, après avoir profité de la fragilité de sa proie, narrait le succès de sa chasse avec une suffisance ignoble ?

– T'es triste, papa ? s'interrompit Manon au beau milieu d'une phrase.

– Mais non, quelle idée !

– On dirait que t'es triste.

– Je pense un peu à mon travail, c'est tout.

Elle se renversa pour terminer sa récitation, la tête en bas dans les coussins et les jambes en l'air, talons appuyés au mur, comme si cette posture acrobatique stimulait sa concentration.

– Tu sais, papa, quand t'es avec moi, tu devrais en profiter pour plus penser à ton travail. Moi quand je me sens pas bien, je regarde autour de moi pour voir si je peux aider quelqu'un et après ça va mieux.

Sa déclaration m'interloqua. Ma fille détenait un savoir instinctif et incommensurable que j'avais pour ma part irrémédiablement perdu.

Son altruisme m'avait maintes fois frappé, en effet. J'aimais la manière dont se construisait sa personnalité, où une spontanéité non dénuée d'humour s'ajoutait à une bonté désarmante. Tout de même, elle rechignait à partager son goûter.

– Bon allez, je vais chercher le jeu !

Manon s'adjugea les jetons rouges, sa couleur fétiche. Je gagnai sans difficulté les deux premières parties de Puissance 4, qui consistait à aligner quatre de ses jetons sur une même ligne, horizontalement, verticalement ou en diagonale. Nous avions décidé de jouer au meilleur des cinq manches.

– Tu veux commencer, papa ?

– Mais non, vas-y, c'est celui qui vient de perdre qui commence.

Credixis était mieux noté que les Italiens. Un gain de 530 millions pouvait être obtenu annuellement sur les conditions de refinancement. Au final, le coefficient d'exploitation de Credixis gagnerait quatre points, à 57,5 %, autant d'éléments qui plaidaient indiscutablement pour l'OPA. Quoi de plus logique si Lionel choisissait ce moment pour me déstabiliser ? Plutôt que de me laisser sottement déborder par l'émotivité, je devais manœuvrer pour l'atteindre à son tour psychologiquement. Il suffisait de rester solide dans sa tête et de contre-attaquer au moment opportun.

– Puissance 4 ! triompha Manon en glissant son quatrième jeton à la suite des autres.

– Bien joué !

Manon actionna une manette, les jetons s'échouèrent avec fracas au fond de la boîte. Ces félicitations, dont Glazer avait gratifié Ruszczyk lors de la cérémonie des vœux, le 5 janvier dernier, devant le *staff* au grand complet...

« Gestion exceptionnelle ! »

« Résultats forçant l'admiration de tous ! »

Et les ovations du public ensuite. En l'honneur de

Lionel Ruszczyk, probablement la pire enflure que cette planète ait jamais portée... Et ça se piquait de modestie, et ça courbait la nuque, mains jointes devant son visage, suivant je ne sais quelle coutume asiatique... Où avait-il pêché cette fantaisie, encore ? Si les admiratrices qui le couvaient du regard apprenaient à quel point il les méprisait, au fond de lui, en quels termes il en parlait à la cantine, et quelle perfidie celait ce sourire enjôleur... Pourriture, va !

Quelle injustice révoltante, alors qu'en toute impartialité Ruszczyk n'avait aucun mérite, aucun, il avait juste à se laisser tranquillement porter par la croissance des pays émergents... Le dernier des tarés aurait gagné de l'argent sur un marché aussi facile, où des tsunamis de liquidités déferlaient dès qu'une société de Chine orientale ou du sud de la Roumanie présentait un vague projet de développement...

– YESSSS ! cria Manon, en trépignant sur elle-même, le poing serré.

Zut, je n'avais pas remarqué ses trois rouges alignés en diagonale.

L'inspiration jaillit en même temps que nous entamions la belle. General Motors ! Le célébrissime logo bleuté de la firme *yankee* clignota devant mes yeux, comme les milliers d'enseignes illuminant Detroit, où est sis le siège social du géant !

General Motors, premier constructeur automobile mondial, en difficulté certes, mais confiant dans sa technologie et s'appuyant sur le plus gros marché de consommateurs du monde ! Ce que j'allais tenter sur GM, personne n'y avait jamais pensé avant moi. Seul un crack de très, très haut niveau pouvait le réussir, un prince de la finance ! Enfin, enfin, ma perspicacité et mon talent reconnus de tous ! Et début 2006, dans la salle de réunion chez Credixis, pour bibi les salves d'applaudissements, pour Pascal Ébodoire ! La tronche de Ruszczyk, quand il lui faudrait à son tour claquer des mains pour célébrer mon triomphe... Plus de *mon Pakal*, là, hein, coucouche panier la raclure !

– J'ai gagné, ma fille..., annonçai-je en déposant délicatement mon jeton jaune dans la case idoine.

Heureux présage que cette victoire, pas si anodine, en réalité... Manon se décomposa, lorsque l'évidence horrible lui éclata au visage, après cette demi-heure de lutte.

– Bravo, papa, prononça-t-elle la gorge serrée, en rangeant sa boîte.

La bataille qu'elle livrait contre ses penchants de mauvaise perdante m'attendrissait. Elle referma le couvercle et, sombre mais digne, regagna sa chambre.

J'ai attrapé la télécommande et sautillé sur le tapis du salon, selon une chorégraphie endiablée de ma composition, avant de plonger dans le canapé en cuir Roche Bobois, hé hé. General Motors, bien sûr ! J'allais vendre des CDS sur General Motors. L'admiration de Glazer, quand il lirait mes chiffres !

En sifflotant, j'ai allumé la télévision. Le projet de loi d'orientation sur l'école du ministre de l'Éducation, François Fillon, suscitait toujours le mécontentement des syndicats d'enseignants comme des fédérations de parents d'élèves.

XI

– Des fois quand même je m'demande si chui pas un poissard. Tu sais, le gars, quoi qu'y fasse il lui arrive que des catas.

Oh, ça...

Il fallait entendre le ton doucereux avec lequel la roulure prononçait ce mensonge éhonté, quand sa démarche conquérante, chacune de ses mimiques et le timbre affirmé de sa voix grave prouvaient au contraire combien le pénétrait la certitude du succès qui couronnerait chacune de ses innombrables audaces.

Vraiment, il me tardait de le voir déguerpir pour Toubab Diallo, son lieu de villégiature hivernale dont il nous rebattait les oreilles depuis un mois. Plus que deux semaines de patience.

– Bon, vendredi déjà, mon scooter tombe en panne. Obligé de me fader l'métro matin et soir, pas cool. Mais alors hier soir, le pompon ! J'étais à Belleville, vers huit heures, j'sortais de chez une copine, je m'dis : tiens, j'vais m'faire l'expo Hélion en nocturne à Beaubourg, avec la 11 j'suis direct. J'descends, arrivé aux tourniquets un keum de la Rentre Avec Tes Pieds m'intercepte, non, non, on passe pas, le trafic est interrompu, accident à Rambuteau, un barje a poussé un voyageur sous le train...

J'avais lu la recension de ce crime gratuit dans les colonnes du *Parisien*, ce matin.

– Il paraît qu'les accidents voyageurs dans le métro c'est les interventions qu'les pompiers détestent le plus, y a de la barbaque partout. Ça et les vieux qui ont clamsé chez eux, surtout quand l'animal de compagnie a commencé à bouffer le cadavre.

– Oh, merci pour les détails ! Avant le céleri rémoulade, c'est agréable, vraiment...

– Oooh bah mon Pakal, fais pas ta chochotte ! Pendant la canicule y en a eu plein des cas commass. Tu croyais quoi ? Qu'la vie c'était rien qu'des fleurs bleues et des p'tits oiseaux ? On va tous mourir mec, l'oublie pas.

– Lionel, tes dons de divination m'impressionnent, réellement.

– Hé, Luc, en profite pas que je soye psychologiquement vulnérable après l'pépin d'hier pour m'vanner, ce serait pas chic. Moi elle m'a foutu les boules c't'histoire. T'imagines, t'attends peinard en pensant aux conneries habituelles, ta facture d'électricité, tes prochaines vacances ou quoi, quand l'métro arrive tu profites du tintamarre pour larguer la perlouze qui t'ballonne depuis vingt minutes, t'avances sans réfléchir pour lever la poignée et pan d'un coup t'es mort ! Mais c'est trop horrible quoi !

Je vivais un instant particulier, sans savoir si je devais le marquer d'une pierre blanche ou noire : pour la première, et certainement l'unique fois de ma vie, je partageais l'avis de Lionel Ruszczyk. Je redoutais moi-même tellement de périr dans ces circonstances atroces que je m'éloignais instinctivement de la bordure du quai dès que le cliquètement métallique des rails annonçait l'arrivée du train en station, maintenant. Et les rares fois où je me déplaçais en RER avec les enfants, je ne manquais jamais une occasion pour leur recommander de m'imiter.

– Terminé, t'as fait ton temps sur la terre, c'est l'heure de retourner au néant !

– Ou d'entrer dans le royaume du Christ, qui n'est pas de ce monde.

L'alternative évoquée par Luc laissa Lionel aussi sceptique que moi.

– Putain, comment j'étais déprimé en remontant les marches pour chercher un taxi... Du coup j'ai repensé à Ilina, une Juive de Porto Alegre, militante altermondialiste qu'j'avais serrée quand elle terminait sa thèse à la Sorbonne. Ah, Ilina... La mystérieuse, je l'appelais ! Tout en réserve, mesurée dans l'étreinte, l'orgasme discret, un peu éploré, façon saudade, tu vois ?

Il m'a jeté un coup d'œil apeuré en masquant sa bouche avec sa main.

– Oups, pardon !

J'avais eu tort de douter de l'efficacité de mon recadrage musclé, l'autre jour, constatai-je satisfait. Dorénavant, la pourriture tournerait sept fois sa langue avant de s'autoriser un dérapage verbal.

– Une flippée du cerveau, Ilina. Une fois elle m'avait emmené voir un film trop destroy, *Requiem for a Dream* ça s'appelait. Une histoire de junkies déjantés d'chez déjantés, mais j'avais bien aimé quand même, du coup elle m'avait passé un bouquin du scénariste, elle m'avait dit : « Tiens, lis ce chef-d'œuvre, ça te fera pas de mal de réfléchir un peu. » J'avais kiffé l'début, le mec passe son temps à baiser tout c'qui bouge, mais après ça part en vrille, avec des théories trop space et plein de meurtres à la con. Ça m'avait soûlé, j'l'ai même pas terminé, c'est pour ça qu'elle m'a plaqué Ilina, ça inhibait sa libido un mec avec un pois chiche à la place du cerveau.

Il a essuyé un filet de sauce au beurre blanc qui coulait aux commissures de ses lèvres.

– Elle a d'allieurs fait preuve de sectarisme passque c'est un signe de liberté de pas finir un livre, y a un écrivain qu'expliquait ça l'aut'fois à la télé, c'est les droits imprescriptib' du lecteur, y disait. J'sais plus son nom mais il a une gueule hyper connue.

– Je n'apprécie pas beaucoup Daniel Pennac, a commenté Luc, désabusé.

– Par contre j'saurais pas r'trouver le titre du bouquin d'Ilina.

– *The Demon*, d'Hubert Selby Jr.

Peut-être ne s'en rendait-il pas compte, mais Luc me donnait des complexes à force d'étaler ses références.

– Comment t'assures Luc... C'est ça, *Le Démon*, t'as tapé dans le mille. Eh bah tu sais quoi ? À un moment dans l'bouquin, le héros y pousse un type sous l'métro, comme ça, sans aucune raison, exactement comme hier !

– C'est vrai, c'est un des passages marquants du roman, le premier assassinat commis par Harry White.

– Mais c'qui m'a fait le plus bizarre, c'est quand j'ai lu *Le Parisien* ce matin. Ils racontaient comme quoi l'meurtrier il avait des problèmes d'envoûtement, depuis plusieurs mois il se plaignait d'être habité par le démon. Un Guadeloupéen, hyper angoissé, même sa pauv'mère il menaçait d'la buter ! Le mec était tellement barré qu'il récoltait des fonds pour partir au Mali se faire exorciser par un marabout !

Lionel a étalé son Boursin sur une tranche de pain.

– Si c'est pas malheureux qu'à notre époque y ait

encore des gens suffisamment intoxiqués par la religion pour croire au diable !

– Quand bien même il comporte en épigraphe une citation du Nouveau Testament et une autre des Psaumes, beaucoup de commentateurs éludent obstinément la dimension chrétienne de l'ouvrage, a expliqué Luc, polarisé sur son sinistre roman. Le titre pourtant est sans équivoque. En dessous de la dédicace, il y a aussi cette courte phrase énigmatique que je me remémore souvent : « Un homme obsédé est un homme possédé du démon. »

– Arrête, j'ai peur ! Vade retro, Satanas !

– Tu devrais y réfléchir, Lionel, toi qui penses au sexe à longueur de journée.

La crevure a posé sa main sur l'avant-bras de Luc, comme pour le rassurer.

– Eh mais non Luc, t'y es pas là, t'as pas pigé ! Je suis l'contraire d'un obsédé, moi. Le cul, j'y pense que quand j'baise. Je concentre toute ma capacité baisatoire à l'instant précis du coït et c'est pourquoi j'ai des protestations d'mes voisins paskeu j'les empêche de dormir quand j'fais crier trop fort une meuf.

« C'est ceux qui en disent le plus qui en font le moins. »

Cet adage, maintes fois répété par ma grand-mère, surgit à mon esprit en même temps que l'image d'une Alice Eberhardt à quatre pattes en train de hurler tandis que le bouc en sueur la chevauchait par l'arrière, à grands coups de reins.

– J'vois pas pourquoi on nous emmerde avec ces conneries d'démon, alors que si tu dis pulsions criminelles ça suffit amplement à tout expliquer. La religion c'est rien qu'des fables inventées par des gens qui flippent trop d'la mort. Et pourquoi ils ont peur de la mort ? Passqu'ils ont pas assez profité d'la vie. J'donne raison à Souchon quand il chante : « Le bon Dieu et toutes ses cloches qui sonnent, c'est le père Noël pour les grandes personnes. » C'est pas bien balancé, ça, p'tête ?

– Si, acquiesça Luc. C'est autre chose que les sermons de Bossuet.

– Ouais, ouais, Luc, t'la pète pas trop avec ta science passque moi j'vais t'dire un bon truc : j'ai connu plein d'gens formidables qui avaient pas besoin de se référer à Dieu pour prodiguer l'bien et l'amour autour d'eux.

Je m'aperçus, déprimé, que je partageais de nouveau l'opinion de la raclure.

– Et toi, mon Pakal, t'en penses quoi ?

– Ce que j'en pense ?

– Bah ouais, skeu t'en penses !

– Je me pose une question simple : comment un salopard multirécidiviste qui a déjà dû répondre de trente-trois affaires devant la justice peut-il se retrouver en liberté sur un quai de métro ?

Heureusement qu'aucune mouche ne volait alentour, sans quoi elle n'aurait manqué de s'engouffrer dans la bouche bée de Lionel Ruszczyk.

– Tant qu'on n'aura pas trouvé une solution pour mettre ces monstres hors d'état de nuire, nous vivrons ce genre de drame. C'est inadmissible de remettre quelqu'un de dangereux en liberté, au seul motif qu'il a terminé sa peine, alors qu'on sait qu'il est dangereux. C'est comme pour les pédophiles, quand il y a potentialité forte de récidive, je suis à fond pour la castration chimique. Il est de notre responsabilité de protéger nos enfants.

– Tu sais Pascal, tu pourras emprisonner le monde

entier et bourrer de médicaments tous les pervers, tu n'élimineras jamais le Mal.

– Excuse-moi de ne pas naviguer à des altitudes aussi stratosphériques que les tiennes, Luc, mais moi en ce moment je songe simplement à l'horreur vécue par les familles des victimes.

– C'est vrai..., a concédé Luc après un moment de silence, c'est abominable.

– La RATP prétend que des drames de ce genre sont rarissimes parce qu'elle ne parle que des accidents mortels, pas des rescapés qu'on doit amputer ou qui finissent sur une chaise roulante... Fin 2003 c'est une femme de quatre-vingt-deux ans qui s'est retrouvée sur les rails à Saint-Lazare. Si on ajoute ceux qui se jettent volontairement sur les voies, il se produit sur le réseau francilien un accident grave tous les quatre jours... C'est pourquoi je vois personnellement d'un très bon œil la solution qu'étudie la RATP d'installer des parois le long des quais, avec des portes coulissantes qui ne s'ouvrent qu'une fois que la rame est arrêtée. Ils vont tester le système sur la ligne 13 et à terme ils envisagent d'en équiper toutes les stations.

– Tu veux dire qu'ils vont protéger les treize lignes ?!

– En tout cas je l'espère.

– Mais enfin c'est du délire, ça va coûter les yeux de la tête !

– Ah, oui ? Et à quel prix un catholique comme toi chiffre-t-il une vie humaine ?

Luc ne s'attendait pas à cette question, qui l'a désarçonné.

– La 14 est entièrement automatisée et sécurisée, aucun incident n'a jamais été à déplorer. C'est la preuve que si tu élimines la possibilité du drame, tu évites le drame.

– C'est vrai qu'elle est mortelle Météor... Moi ça m'épate, ces rames qui roulent toutes seules... J'me mets toujours à l'avant quand j'la prends, pour regarder dans l'tunnel.

– De toute façon, c'est la tendance partout, de mettre la technologie au service de la sécurité, même dans nos jobs : on automatise un maximum de tâches pour réduire les risques d'erreurs ou de malveillance.

Ma démonstration n'emballait apparemment pas Luc, mais je poussai mon avantage, stimulé par ma précédente victoire.

– Souviens-toi, il n'y a encore pas si longtemps, il fallait trois jours pour dénouer une opération. Plus personne l'accepterait aujourd'hui. D'ici peu c'est à J+1 qu'une opération devra être réglée et livrée. Dans une transaction qui implique à la fois le front, le middle et le back office mais aussi le broker et le dépositaire à l'extérieur, le temps tu le gagnes en automatisant tous les stades. Tu réduis les risques en gagnant du temps, tu gagnes du temps en automatisant, donc en automatisant, tu réduis les risques, comme à la RATP. CQFD !

Pour une fois, Luc semblait à court d'arguments. Ruszczyk, lui, dodelinait de la tête en m'observant, comme si l'intense activité neuronale qui se produisait dans son cerveau le privait provisoirement de la parole.

– Bah là tu vois Pascal, tu m'as troué l'cul, admit-il. T'en as dans la caboche toi hein ?

Le Ruszczyk, croisement approximatif de l'orang-outan et du chimpanzé, dispose d'un appareil cérébral rudimentaire qui lui permit d'articuler cette conclusion fruste, à l'énoncé de laquelle je ne pus réprimer un sourire :

– En règle générale, l'être humain est capable que de foutre la merde partout où il passe.

Je m'aperçus, en m'installant à mon bureau, que cette discussion m'avait ragaillardi. Au fond, quand il nous épargnait ses rodomontades misogynes, Lionel n'était pas le mauvais cheval. Sa mésaventure nous avait permis un échange instructif. Maintenant que j'avais mis le holà à ses obscénités, j'espérais qu'une émulation saine et apaisée nous départagerait, où seules nos compétences respectives entreraient en ligne de compte, et non ragots ou viles manœuvres.

Pour commencer, je n'accepterais plus qu'il me nomme « mon Pakal ».

XII

Je préparais ma prestation, enfermé dans la salle de vidéoconférence, quand les pas s'approchèrent.

– Nan, avec Lio, moi j'appelle ça une camaraderie sexuelle. J'en parlais avec Sabrina l'autre fois eh ben c'est cette expression-là qui m'est naturellement venue à la bouche : camaraderie sexuelle. Elle, elle disait amitié sexuelle pour son histoire avec Cédric mais moi avec Lio, j'en suis pas là, on a trop des relations distendues pour pouvoir parler d'amitié. On se prend pas la tête, on se voit quand on a envie d'se voir, voilà.

Dans la pièce contiguë, la porte du four à micro-ondes s'ouvrit, puis claqua, après qu'on y eut introduit sans ménagement une barquette cartonnée. Le moteur de l'appareil zonzonna.

– En même temps, c'est pas juste le mec d'un soir, mais enfin je suis pas amoureuse de lui, c'est clair. Là, tu vois, il est au Sénégal, bah y me manque pas. Y a un truc qui trompe pas, c'est que j'ai jamais la... la boule à l'estomac là tu sais, le cœur qui bat à mille à l'heure quand t'aimes un mec et que t'es impatiente de le retrouver.

J'économisais mes mouvements, ralentissant même ma respiration, pour que les deux femmes ne décèlent pas ma présence. Alice s'était déjà trop intimement dévoilée pour ne pas haïr d'instinct quiconque aurait éventé, même involontairement, ses confidences.

– En tout cas au pieu, il assure, ça... Il est dans la top liste de tous mes plans cul en ce moment. Mais le lendemain, il repart, ciao, ciao, et des fois on se donne pas de nouvelles pendant deux semaines.

L'heure tournait, je crevais de faim moi aussi. J'espérais qu'elles ne s'installeraient pas là pour avaler leur frugal repas.

– Tu sais je me leurre pas hein... Je me rends bien compte que ce genre de relation ça révèle ma peur de l'engagement. Si un jour je veux un bébé, bah... il faudra bien que j'dépasse ce blocage.

– Ça, c'est sûr que la vie de famille c'est pas la joie tous les jours...

– Surtout quand on voit ce que ça devient ! L'autre jour dans le TGV en revenant de Nantes y a une môme avec son père qui a pas arrêté de foutre le bronx. Elle parlait fort, elle poussait des cris, elle se roulait par terre, elle courait partout... J'avais allumé mon PC, j'arrivais pas à me concentrer tellement qu'elle m'énervait, j'ai cru que j'allais la tarter. Et le pire c'est que son connard de père s'en rendait compte qu'elle emmerdait tout le monde puisqu'il répétait « Fais attention, sinon la dame va te gronder ! » en me regardant comme un faux jeton.

– Dis donc, si tu supportes pas les enfants pendant un voyage en train, qu'est-ce que ce sera quand ce sera les tiens... Les mômes c'est pas un abonnement chez Free hein, c'est l'engagement à vie non résiliable...

– Non mais attends c'est affreux quand même, un chiard qui tyrannise toute une voiture pendant deux plombes ! Et personne disait rien ! Pas un soupir, pas une remontrance, rien... Des fois j'ai l'impression que j'suis une extraterrestre, peut-être que c'est moi qui supporte plus rien, je sais pas...

Un des gargouillements gastriques caverneux et prolongés, qui amusaient tellement Cécile aux débuts de notre union, résonna dans la salle déserte. Je contractai mes abdominaux pour le contenir, en pure perte. Les deux femmes se turent pendant une trentaine de secondes. Le sang battit à mes tempes.

– Alors comme ça, il baise bien, Ruszczyk ? C'est bizarre, j'ai toujours eu du mal à croire que les cons baisent correctement... Pour moi une sexualité inventive requiert une part d'intelligence.

Les sons se succédèrent à l'identique : ouverture puis fermeture de la porte, remontage de la minuterie, démarrage de l'engin, grincement du plateau tournant.

– Ah bah pourtant ouais, je peux t'dire qu'il baise bien ouais. D'abord il est sérieusement monté mais alors, le truc *incroyable*, c'est qu'il peut juter trois ou quatre fois dans une soirée.

Au lycée, Christophe Jeanson me certifiait que les femmes se montraient aussi ordurières que les hommes lorsqu'elles parlaient de sexe entre elles, mais jamais je n'aurais soupçonné jusqu'à quel point il avait raison.

– Des fois après le premier coup il débande même pas !

– C'est vrai ?

– Mais promis que c'est vrai !

Elles pouffèrent.

– Moi aussi au début ça m'a super fait drôle. Mais c'est pas ça le plus zarb chez lui.

– Ah ouais c'est quoi ?

– Il gicle des litres ! assura Alice en baissant d'un ton.

Elles s'esclaffèrent soudain, incapables de conserver le contrôle de leur larynx.

– Chaque fois c'est la fontaine, on dirait que ça va jamais s'arrêter !

Un remue-ménage succéda, comme si quelqu'un déplaçait des chaises. J'entendis le bruit mat d'un corps qui tombe à terre, des talons aiguilles marteler convulsivement la moquette.

– Il doit avoir un dérèglement hormonal, j'vais l'emmener chez mon gynéco...

– Arrête, j'm'étouffe !

Les femmes râlaient de douleur, de longues apnées silencieuses entrecoupées de gémissements aigus auguraient trompeusement d'une bonace, puis de nouveau la tempête se déchaînait.

– Bouuh, ouuh, putain, soupira Alice après deux ou trois minutes, j'ai failli me pisser d'ssus...

– Oh bon Dieu ça fait du bien de rigoler !

– Je te jure ça vaut le coup d'être vu. Viens avec nous une fois, il te kiffe Lio, il m'a d'jà dit que ça le bottait un plan à trois avec toi.

La sonnerie aiguë du minuteur retentit.

– Aïe c'est chaud putain...

– Je crois que j'y arriverais pas, se justifia Hélène pour décliner la stupéfiante invitation de sa collègue. Tu sais, avec Armand, ç'a jamais très bien marché, d'ailleurs je me souviens même plus pourquoi je l'ai épousé, n'empêche que j'aurais du mal à le tromper...

– Arrête... Tu mets trop de barrières entre toi et ton plaisir. Nous les femmes, on doit briser les tabous que cette saleté de culpabilité judéo-chrétienne nous a foutus dans la tête.

Les deux femmes s'éloignaient, le volume sonore diminua.

– Moi je fais peur aux mecs et tu sais pourquoi, parce que j'assume mon...

Je ne distinguai pas la fin de la phrase. Je conservai mon inertie de statue deux minutes encore, puis je quittai la salle à pas de loup et descendis à la cantine.

*

Cécile s'y prenait en dépit du bon sens en houspillant Julien pour qu'il chausse fissa ses Adidas à cent euros qu'il avait retirés la veille, sans les délacer, puis lancés au petit bonheur la chance aux quatre coins de sa chambre, au lieu de les ranger dans son armoire. Le manège se reproduisait chaque matin, alors que l'heure du départ était largement dépassée : Julien dénichait le pied gauche derrière son lit puis, après cinq minutes de prospection, extrayait l'autre d'un tas de vêtements. « Tiens, elle était là ! » constatait-il, lymphatique sous les hurlements maternels.

J'hésitais à intervenir, tandis que je nouais ma cravate, de peur d'envenimer la situation et de monter dans le RER déjà sur les nerfs. D'autant qu'aujourd'hui, Julien allait tirer sur la corde au maximum, pour se venger de notre inflexibilité. Il nous avait tannés pendant quatre heures, dimanche, sans réussir à nous faire plier. Non, il ne se mettrait pas en grève, non, il ne défilerait pas cet après-midi contre le projet de loi Fillon.

J'entrai dans la salle de bains au moment où mon épouse abattait à toute volée une serviette éponge sur la vasque Presqu'île de Jacob Delafon.

– Enfin Cécile... calme-toi quand même !

Elle, d'ordinaire si posée, réitérait chaque matin à l'identique ces crises d'hystérie, au point que je la soupçonnais, sur ce sujet spécifique, de combattre quelque fantôme invisible échappé de son enfance plutôt que l'indolence de Julien.

– Tu choisis, c'est là-dessus ou sur lui que je cogne !

Fervente admiratrice du modèle scandinave, Cécile n'ignorait pas qu'un fils maltraité a toutes les chances de devenir maltraitant à son tour. Elle n'aurait d'ailleurs pas vu d'un mauvais œil que la législation européenne s'aligne sur celle de la Suède et ajoute enfin à la Convention internationale des droits de l'enfant celui de porter plainte contre un parent violent.

Je versai au creux de ma paume quelques gouttes de Fahrenheit, mon premier après-rasage auquel je restais fidèle depuis mes années de prépa. La lotion m'incendia lorsque je m'en tapotai les joues.

– Pourquoi tu simules pas plutôt l'indifférence ? suggérai-je en grimaçant de douleur. Ça le responsabiliserait. Là, ça l'amuse de te voir dans cet état-là...

– Mais tu me prends pour une conne ou quoi ?! Comme si j'avais pas déjà essayé... C'est facile pour toi, tu pars toujours avant nous !

Je vérifiai l'heure.

– Bon sang, tu as raison, je vais rater mon train !

Je me sauvai, non sans avoir embrassé Manon qui avalait son bol de Smacks en lisant *Okapi*, nullement troublée par le vacarme ambiant.

Une bourrasque me glaça lorsque je sortis de l'immeuble. Depuis plusieurs jours, les températures approchaient du zéro. Deux SDF étaient morts, hier. Je resserrai mon écharpe. « *Tout est gris dehors, comme d'habitude, j'ai froid, je relève mon col, comme d'habitude* », fredonnai-je, épaté par ce phénomène insolite : les paroles du succès planétaire de notre Cloclo national stagnaient intactes dans ma mémoire et, jusqu'à ce matin, je l'ignorais.

Hier, à propos de la mort d'Alfred Sirven survenue samedi à Deauville, Luc nous avait encore gratifié d'un étincelant numéro d'érudition, en comparant le scandale des frégates – qui, au lieu de « faire sauter vingt fois la République », accouchait d'une souris – à l'affaire des Poisons, sous Louis XIV.

« La plus gigantesque intrigue criminelle de toute l'histoire de France : trois cents suspects, deux cents arrestations, une quarantaine d'exécutions capitales ! » s'animait Luc.

Les empoisonneuses du Grand Siècle imprégnaient d'arsenic les vêtements de leurs victimes pour donner un coup de pouce à la fatalité, lorsque celle-ci tardait à conduire au cimetière un riche mari encombrant.

« Ça avait une autre gueule que des pots-de-vin pour une paire de Berlutti... Même dans ses crimes, la République est mesquine ! »

L'insensible absorption du toxique par l'épiderme possédait l'avantage, contrairement à l'ingestion orale, de n'éveiller aucun soupçon mais elle provoquait des agonies atroces et interminables.

J'attaquai mes treize minutes de marche. Tout de même, je comprenais l'exaspération de Cécile : difficile de garder son calme face à un individu pour lequel le temps s'écoule sur un rythme si particulier. Là où, pour le commun des mortels, la trotteuse chemine selon cette régularité implacable qui terrorise les hommes depuis qu'ont été inventés les instruments de mesure du temps, pour Julien toute notion de durée s'abolissait, les secondes s'allongeaient, extensibles comme la guimauve, les minutes s'étiraient paresseusement comme des chats au soleil, jusqu'au moment où un coup d'œil à l'horloge numérique lui arrachait cette exclamation stupéfaite : « Mince, j'suis en r'tard ! » Son conseiller principal d'éducation nous prévenait en temps réel par SMS, mais nous avions épuisé la gamme des rétorsions sans parvenir à endiguer le phénomène. À part le traîner par les cheveux jusqu'à la salle de classe, je ne voyais plus comment le contraindre à la ponctualité. Même quand il décollait à temps de la maison, persuadé alors de disposer d'une marge immense, il lambinait jusqu'à l'arrêt du bus ou dans les couloirs du lycée. Si mon fils n'avait pas été affligé de ce handicap social, l'article du *Monde*, présentant la campagne de prévention contre l'usage du cannabis lancée par Philippe Douste-Blazy, ne m'aurait peut-être pas mis la puce à l'oreille, la semaine dernière. Judicieusement, le ministre avait axé sa communication sur la « dimension sanitaire » de ce fléau.

Le train bondé entra en gare du Pecq. « Ils s'endorment. Souvent on prend ça pour de la paresse », déploraient des professeurs découragés. « Élèves apathiques, indifférents », « Plus aucun désir de travailler ». « Quand on essayait de lui parler, tout glissait sur lui », ajoutait une mère d'élève, à qui son fils avait volé sa carte bleue pour se fournir en drogue. Du coup, j'étais allé visionner les spots sur le site du ministère de la Santé. Le slogan qui ponctuait les témoignages de jeunes toxicomanes repentis énumérait précisément les symptômes qui affectaient mon fils : « Isolement, repli sur soi, perte de motivation. Le cannabis est une réalité. »

Cette réalité, il me faudrait sans doute bientôt la prendre en compte puisque Julien comptait de toute évidence au nombre des huit cent cinquante mille consommateurs réguliers de cette substance. La perspective d'ouvrir ce nouveau front dans ma vie personnelle me déprimait.

À Nanterre-Université, l'afflux de voyageurs atteignit

le seuil critique. Le machiniste s'y reprit à trois fois avant de réussir à fermer les portes. La RATP fixait la limite de densité d'individus à quatre par mètre carré, m'avait informé Semeido. « C'est déjà beaucoup... Eh bien sur la ligne 13, on en est à six au mètre carré, une honte ! Une femme s'est sentie mal la semaine dernière. »

Ma Sardine reprenait du poil de la bête depuis qu'il avait rejoint une association d'usagers en colère mais son surnom lui collait à la peau, maintenant, au *desk*. Son impuissance face à Ruszczyk, assez semblable à la mienne, me tranquillisait. L'absence de la raclure, pour cause de bronzette africaine, nous laissait une semaine de répit.

Déséquilibré par un virage serré, je me rattrapai à la barre de maintien centrale, poisseuse des milliers de doigts moites qui l'empoignaient quotidiennement. Dégoûté, je me promis de me savonner consciencieusement les mains chez Credixis. N'était-il pas dommage néanmoins que la société française se raidisse de la sorte, alors que nos aînés avaient milité pendant des années pour la dépénalisation du cannabis ? Les scientifiques s'accordaient pourtant sur un point : une consommation relaxante et festive s'avérait moins dangereuse que l'alcool ou le tabac, maux typiquement français, mais mieux tolérés parce que plus anciennement ancrés dans les mentalités, et notamment à la campagne.

Les derniers temps, seule sa participation au mouvement lycéen distrayait un peu Julien. Le fait que Clémence Berger, responsable de la coordination sur les Yvelines, fût tout à la fois sa condisciple et le sosie de Claire Danes dans *Roméo + Juliette*, n'était peut-être pas étranger aux récentes convictions de mon fils, qui n'avait jamais jusque-là porté à la politique un intérêt majeur.

Toutefois, son engagement dans la vie citoyenne me rassurait. Un sociologue se montrait catégorique, l'autre soir, lors d'un débat télévisé consacré à ce mouvement : avec la disparition progressive du religieux, la fin du service militaire et même, dans une certaine mesure, du bizutage, grèves et manifestations servaient désormais de rites de passage à l'âge adulte, dangereusement abandonnés par notre modernité. En l'occurrence, nous dédaignions imprudemment l'héritage du monde antique, qui les respectait scrupuleusement. Ainsi, dans les cités crétoises, un aristocrate adulte enlevait le garçon pubère dans son char pour le conduire vers sa maison, où ils vivaient ensemble plusieurs mois, durant lesquels le petit d'homme apprenait à se comporter en grande personne. Une fois « virilisé » par une série d'initiations, au nombre desquelles le chercheur mentionnait la sodomie passive, son aîné le couvrait de cadeaux, puis lui rendait la liberté. L'universitaire réprouvait toutefois les pratiques spartiates, qu'il jugeait d'une « sauvagerie incroyable » : on lâchait l'enfant nu dans la campagne, armé d'un poignard. Il n'accédait au statut d'adulte qu'après avoir tué à mains nues le premier hilote qu'il croisait.

La mobilisation la plus symbolique restait évidemment les formidables rassemblements qui avaient suivi l'élimination de Lionel Jospin par le candidat de l'extrême droite, au printemps 2002. Moi-même, j'avais loupé le coche à l'automne 1986 en ne me joignant pas aux défilés géants contre la loi du ministre Devaquet, emmenés par le sémillant David Assouline, élu depuis sénateur. À l'époque, je ne soutenais pas cette réforme à laquelle je n'entravais que pouic, mais « descendre dans la rue » n'appartenait pas à notre culture familiale. En termes de rite, je m'étais banalement plié à celui d'un sobre mariage civil, quelques années plus tard.

Finalement, moi non plus, ce François Fillon, je ne l'aimais pas tellement. Avec ses sourcils touffus, ses cheveux couleur corbeau et son front plissé en permanence, il m'évoquait M. Roth, mon instituteur atrabilaire du CE2. Pourquoi maintenait-il sa loi, alors qu'elle énervait tout le monde ? Le contentieux portait essentiellement je crois sur la réforme du bac.

Le sociologue avait ajouté une formule dont, malgré mes efforts, je ne saisissais pas le sens : « Chez les jeunes, pour être soi-même, il faut être comme les autres. »

Comment être à la fois soi-même et comme les autres ?

Peut-être s'agissait-il d'un « oxymore », cette figure de style qu'affectionnait Cécile ? Elle m'en avait appris la définition voilà quelques mois, quand elle avait terminé ce bouquin enthousiasmant de Boris Cyrulnik, *Un merveilleux malheur*, grâce auquel elle avait trouvé le chemin de sa résilience après les brimades infligées par son père.

Pourquoi me sentais-je aussi détendu, ce matin, alors que deux dabistes avaient encore été pris en otage dimanche, à Courbevoie, au moment périlleux où ils quittaient les locaux de la société de transport de fonds Securitas ? La dixième agression depuis le début de l'année... Les malfaiteurs s'étaient emparés de cinq cent mille euros, d'après les estimations de la brigade de répression du banditisme. Vendredi, dans le 20e arrondissement, une opération similaire avait failli mal tourner. Pour la première fois dans ce type d'affaire, les braqueurs avaient fait usage de leurs armes à feu, blessant légèrement un des convoyeurs.

Le vent me transit lorsque j'émergeai du souterrain, à Palais-Royal.

« *Tout est gris dehors, comme d'habitude, j'ai froid, je relève mon col, comme d'habitude...* »

Je montais dans la voiture, lorsque j'avais appris l'électrocution de ce pauvre Cloclo, le samedi 11 mars 1978.

Papa m'emmenait au basket.

XIII

Ruszczyk arborait une mine resplendissante lorsqu'il posa son plateau en face du mien, ce mardi-là. Luc, qui se versait justement de l'eau, l'interrogea d'un haussement de sourcils avant de lui remplir son verre.

– Merci, c'est gentil mais moi j'bois que d'la Badoit.

– Alors, ton CAC a crû ? s'enquit Luc en reposant la carafe.

Pourquoi, alors que Ruszczyk nous laissait en paix sur le sujet, pourquoi Luc l'aiguillonnait-il ? Cette question me tarabustait.

– Mon caca cru ? Bah écoute oui, j'largue mon caca cru... Je l'fais pas cuire à la vapeur ou rissoler aux petits oignons avant de le catapulter dans la cuvette, désolé ! Pourquoi toi oui ?

Luc s'est esclaffé. Et moi aussi je dois le reconnaître, j'ai ri, et d'excellent cœur encore. Si Cécile m'avait entendu, pour sûr qu'elle aurait levé les yeux au ciel car alors, rien ne l'énervait comme les plaisanteries scatologiques. Cette régression infantile, cette perversion typiquement masculine, la fatiguaient à un point inimaginable.

– Aaah, tu m'as compris... Je voulais juste savoir si tu avais emballé au Sénégal !

– Surtout pas, malheureux ! Toubab Diallo pour moi

c'est les trois S, comme à la Samaritaine : Soleil, Sommeil, Solitude. Beaucoup de lecture aussi, j'ai avalé cinq cents pages de Tocqueville, puissant esprit : « L'opposition constante qui règne entre les instincts que fait naître l'égalité et les moyens qu'elle fournit pour les satisfaire tourmente et fatigue les âmes. »

Difficile de ne pas se laisser piéger par la sympathie spontanée qu'inspirait, en plein hiver, irradiant parmi les masques blafards des Parisiens stressés, le visage hâlé d'un collègue en provenance des tropiques.

– Par contre hier, j'ai replongé dans l'ambiance, direct... J'ouvre *Le Parisien* et sur quoi j'tombe ? « Un adolescent de quinze ans a tué son père de dix-neuf coups de couteau dans la nuit de vendredi à samedi. » Ah c'est gai j'te jure... Welcome back with the degenerate !

Cette affaire nous avait également horrifiés, Cécile et moi.

– Alice l'aut'fois elle m'a pris la tête quand j'disais qu'les gosses y zavaient plus de limites, n'empêche que c'est moi qu'avais raison ! Un temps j'ai espéré que les parricides se limiteraient à la Normandie, une sorte de microclimat propice à la déviance comme le laisseraient à penser les nouvelles de Maupassant... Mais pô du tout, pô du tout, l'anomie gagne l'ensemble du territoire !

La pendule venait de sonner minuit en cette banlieue de Grenoble lorsque, alertés par le remue-ménage, les voisins s'étaient précipités vers l'appartement d'où s'échappaient des appels au secours. La mère essayait vainement de retenir le bras du garçon qui s'acharnait sur son père, âgé de cinquante-quatre ans. Aucun des deux époux ne travaillait, le père alcoolique violentait son épouse après boire. Leur fils, décrit par le voisinage comme équilibré, intelligent et courtois, avait choisi une solution radicale pour délivrer sa mère de cet enfer. Il n'avait d'ailleurs pas cherché à le celer aux gendarmes, ensuite : oui, il se sentait « soulagé ».

– Cette affaire n'a pas grand-chose à voir avec l'autre, cette fois l'adolescent dispose d'un mobile.

– Ah passque maintenant un mobile ça suffit pour zigouiller son paternel ? Ah bah merci d'me prévenir ! Ça va, vous avez été gentils avec vos mioches les derniers temps ? Pas d'taloches, les cadeaux qui vont bien à Noël et tout ?

– Pourquoi tu déformes systématiquement mes propos ? Est-ce que j'ai dit ça ? J'ai dit que les deux affaires n'ont rien de comparable, c'est tout.

– Ouais bah pour moi deux parricides c'est comparable, voilà !

Il a soliloqué, songeur :

– Dix-neuf coups de couteau, c'est beaucoup quand même... Le mioche préparait peut-être un CAP de boucher-charcutier ? Les vôtres ont pas choisi la filière restauration, j'espère ? À vot'place moi les gars j'arrêterais de lire les news, ça va trop vous déprimer sinon. Vos performances vont s'en ressentir et au bout du compte vous allez vous faire tèje. Et pi alors ce soir en rentrant, vous cachez les lames et les ciseaux dans les commodes qui ferment à clé hein ? Et à table on mange avec les doigts, comme chez les Arabes !

Il agitait les cuisses avec une rapidité invraisemblable.

– Ah j'te jure, y aurait de quoi s'mettre une balle, des fois, tellement qu'le monde va d'travers... À Toubab Diallo, de regarder les ptits renois tout maig' avec leurs plaies pas soignées qui suppurent, ça m'a brisé le cœur, y a pas d'aut'mot... Heureusement hier soir j'avais une méga bataille de polochons à Notre-Dame, j'ai grave déconnecté...

– Qu'est-ce que t'as encore inventé comme connerie ?

– Ah mon ptit Luc j'aurais bien aimé mais c'est pas moi qui l'ai inventée, c'est mobile-clubbing. Tu vas sur leur site, y t'filent le thème de la teuf, l'adresse du rendez-vous et pan c'est parti pour le grand n'importe quoi. On avait des plumes partout après !

– Tu y es allé en trottinette j'espère, pour accompagner dignement la retombée en enfance ?

– Oooh, là t'es rosse avec moi, Luc.

Rosse...

Depuis la mort de ma grand-mère, plus personne n'avait prononcé ce mot-là devant moi. Comment se débrouillait-il pour associer ce vocabulaire suranné avec les néologismes du verlan de banlieue ?

– La meuf que j'ai ramenée chez moi il lui en restait même dans la culotte ! On n'a même pas réussi à kène tellement qu'on rigolait !

– C'est normal, les enfants ça s'arrête au touche-pipi. Ils avaient prévu une distribution de chamallows après ?

– Ooooh c'qu'il est rosse ! Pourtant j't'assure normalement les pannes c'est pas mon truc. J'laisse ça aux demi-mâles à sandales qui promènent leur bébé dans une poche attachée au ventre comme les kangourous.

– Et vous pouviez pas aller ailleurs que devant Notre-Dame, pour vous livrer à vos pantalonnades ?

Comme beaucoup de pratiquants, Luc perdait tout sens de l'humour dès qu'on s'attaquait à sa religion.

– C'était pas une pantalonnade, c'était une polochonnade, t'écoutes skeu j'te dis ou pas ?!

Sentant Luc proche de se vexer, Ruszczyk lui envoya un coup de coude amical.

– C'est bon, l'évangéliste, décoince ! On était juste là pour le fun hein, pas pour s'moquer du ptit Jésus !

Le fun aussi est politique, mec, c'est Ben Cummins le fondateur du premier Pillow Fight Club de Paris qui nous l'a expliqué hier.

Il a joint ses doigts et étendu ses bras devant lui en faisant craquer ses articulations.

– N'empêche, une semaine sans niquer on s'imagine pas comment ça fait du bien ! Tu te ressources, tu te régénères, t'emmagasines du sperme au fond des glaouis.

Subrepticement, Ruszczyk glissait à nouveau vers l'indécence. Si je ne mettais pas le holà, l'engrenage allait s'embrayer.

– Lionel, tes envolées lyriques nous ont manqué durant ton séjour africain.

– Oh ça j'me doute bien que tu t'es pas langui de moi mon Pakal. J'ai bien vu ta trogne ce matin quand j'me suis pointé. On était loin, très loin, de la joie des r'trouvailles. Des fois j'me demande vraiment ce que tu me reproches pour me harceler comme ça.

À moins de passer pour un mauvais coucheur incapable de s'adapter à la culture d'entreprise, je ne pouvais écouter ces insinuations sans réagir. Je m'arrachai les viscères pour articuler :

– Mais je n'ai rien contre toi, Lionel, qu'est-ce que tu vas imaginer ? Simplement je t'ai déjà dit qu...

– Oh, ça va, ça va, fais pas ton hypocrite, j'en ai pris mon parti c'est tout. Pourtant moi j't'apprécie, mon Pakal, j'suis content d'bosser avec une pointure comme toi.

– Mais moi aussi j'apprécie de travailler avec toi Lionel.

J'allais vomir sur la table, à ce rythme-là.

– Ouais ? Bah tu vois tu m'rassures, ça m'a un peu gâché mon séjour à Toubab Diallo, sur la plage ça m'trottait dans la tête, j'faisais rien qu'à me demander : « Pourquoi imme déteste comme ça, mon Pakal ? » Vrai alors, tu m'apprécies ? Moi tu sais, j'viens du Nord. Les contacts humains c'est important pour nous, on fonctionne énormément à l'affectif chez les ch'tis.

Il me tendit sa main.

– Allez man, give me five !

Impossible de me soustraire à la pantomime d'une vulgarité inhumaine que me proposait l'enflure. Nous nous claquâmes mutuellement la paume, tels deux basketteurs se congratulant après un panier à trois points.

– Tous pour Credixis, Credixis pour tous !

Son regard bleu me transperça tandis qu'il broyait ma dextre. Jamais je n'aurais soupçonné chez Ruszczyk une telle puissance physique. J'essayai de serrer aussi fort que lui mais, profitant de l'effet de surprise, il avait mieux assuré sa poigne. Un moment, je craignis que cette roulure me brise un os.

– C'est cool, mon Pakal, c'est cool.

Avec un spasme d'écœurement, il lâcha ma main tel un morceau de viande avariée.

XIV

On a souvent tort de désespérer.

J'en reçus la confirmation indubitable en ce début mars, lors de la semaine de vacances que nous nous octroyâmes en Arles. Une fois en Provence, je m'aperçus d'ailleurs que personne n'employait cette tournure précieuse. À force d'entendre les autochtones prononcer « à Arles » sans difficulté spéciale, je me demandais si mon entêtement à éviter l'hiatus ne dénotait pas d'un snobisme parisien.

Nous étions partis du Pecq à l'aube pour déjeuner à Orange avec mes parents. Les trombes d'eau, qui nous avaient accompagnés d'un bout à l'autre du voyage, m'avaient contraint à régler l'ordinateur de bord sur 110 km/h, de sorte que nous avions plus d'une heure de retard à l'arrivée. Furieux, mon père rouspétait contre mon zèle à respecter le code de la route.

– Bon écoute papa, le renvoyai-je à ses chères études, pour ta gouverne sache que le bilan de la sécurité routière en 2004 s'élève encore à 5 530 morts et blessés. Ça t'amuserait peut-être qu'on en fasse partie ?

Ma mère boudait, elle, car elle voyait un *casus belli* dans ma décision de louer un meublé à quelques kilomètres de leur grande maison, spécialement conçue pour nous accueillir. Elle n'assimilait toujours pas que

Pascal Ébodoire, malgré ses trente-neuf ans, n'était plus uniquement son fils mais également un mari et un père qui aimait à se ménager des plages de solitude avec son épouse et ses enfants. Nous récupérions Manon, qui avait passé la première semaine de vacances chez ses grands-parents ; elle resplendissait. Les filles se métamorphosent si vite à cet âge que huit jours lui avaient suffi pour gagner en maturité.

Nous avions loué un mas un peu à l'écart d'Arles.

L'anxiété qui précéda la découverte du lieu dont dépendait la réussite d'une aussi capitale semaine de vacances s'apaisa dès que les battants rose pâle du portail électrique s'écartèrent devant la 807. Le propriétaire ne m'avait pas mené en bateau : le niveau de confort correspondait à ses promesses téléphoniques. J'avais exigé des fenêtres à double vitrage et une qualité de matelas irréprochable, afin d'optimiser ces quelques jours de repos, indispensables pour récupérer de ces derniers mois éprouvants mais également pour affronter ceux à venir.

Pendant que Cécile déballait les valises, je m'allongeai quelques minutes sur le lit pour savourer, les yeux clos, la fermeté du sommier et le silence extraordinaire qui régnait au-dehors.

– Ça va mon chéri ? demanda Cécile en s'asseyant au bord du lit.

Elle passa sa main dans mes cheveux.

– Oui.

– On est bien installés, non ?

– Très bien.

– Tes parents avaient l'air en forme.

– Un peu fâchés quand même ! On a frôlé l'incident diplomatique...

En même temps qu'elle conversait, Cécile me massait savamment le cuir chevelu. Mes paupières tombèrent.

– Tu veux faire une sieste avant qu'on aille découvrir la ville ?

– Non, non, merci, on se couchera tôt ce soir.

– J'espère qu'on trouvera des magasins ouverts demain parce que j'ai la flemme de faire les courses maintenant. Le frichti de ta mère suffira pour le dîner.

Malgré mes prévisions, je m'endormis en quelques secondes.

*

Il me fallut un temps d'adaptation pour entrer véritablement dans mes vacances, dont l'agrément suivit le même crescendo que le mercure du thermomètre. Il plut encore le dimanche mais, dès le lundi, le soleil perça pour s'imposer jusqu'à la fin de la semaine. En écoutant les bulletins météorologiques qui annonçaient douze degrés de plus en Provence qu'à Paris, nous jubilions d'ajouter à notre migration un voyage temporel qui avançait d'un bon mois notre rendez-vous avec le printemps.

Le matin, je me levais comme au Pecq avant Cécile et les enfants, émoussant ainsi mes remords, et allais chercher du pain aux céréales et des croissants. Avant de partir, je mettais le thé à infuser, de sorte que le fumet du Lapsang Souchong emplissait délicieusement la cuisine quand je revenais de la boulangerie. Je préparais alors les jus d'orange, selon une habitude que j'avais contractée au retour d'un séjour à Marrakech où, tout jeunes mariés, nous dégustions à l'aube contre quelques dirhams le nectar des agrumes acidulés de la vallée de l'Ourika, pressés devant nous par les volubiles échoppiers de la place Djemaa el Fnaa.

À son tour, Cécile émergeait. Après son traditionnel débarbouillage à l'eau froide, elle me rejoignait dans la cuisine où, sans un mot, elle se collait une minute ou deux contre moi, pour sceller tacitement de nouveau notre pacte signé devant M. le maire. *Les époux se doivent mutuellement fidélité, secours, assistance.*

Hormis le dimanche, où elle nous accorda une grasse matinée et un après-midi de *farniente*, Cécile avait prévu un programme serré. Nous décollions vers 10 heures pour une heure et demie de randonnée.

Julien nous accompagna le premier jour puis, à partir du lundi, il s'arrima au canapé pour « téma » sur l'écran plasma du salon le stock de DVD qu'il avait accumulé ces derniers mois, par la faute d'un emploi du temps scolaire trop chargé. Il se réjouissait de découvrir enfin *Massacre à la tronçonneuse*, qu'il avait exhumé parmi des vieilleries VHS oubliées à la cave. Comme nous ne possédions plus de magnétoscope et pas encore de graveur, Heddie, rempli de compassion pour cet ami opprimé par des Thénardier qui le privaient d'un ordinateur personnel, lui avait gentiment fourni la galette du film de Tobe Hooper.

Le mercredi, après une balade dans les Alpilles, nous débarquâmes au moment précis où le tueur découpait un crâne par le milieu. Après avoir intimé l'ordre à Manon de filer dans sa chambre, je m'assis sur un accoudoir pour vérifier si le film conservait la même capacité d'effroi qu'au début des années quatre-vingt, lors de la projection clandestine que Patrice Ollivier avait organisée, pour quelques condisciples triés sur le volet, chez son dentiste de père toujours à la pointe en matière de hautes technologies. Ce jour-là, Pierre Sopardi et Christophe Jeanson avaient bu de l'alcool.

Non, les hurlements de la victime n'éveillèrent aucun autre frisson que nostalgique. Je ne comprenais pas d'ailleurs le prestige que Julien attribuait à ces trucages artisanaux, alors que ses jeux vidéo imitaient le réel à la perfection.

– C'est bizarre que ça te plaise, remarquai-je, c'est pourtant pas terrible comme film.

– Tu rigoles ? Tobe Hooper, c'est culte, c'est les débuts du gore !

– Même pas, le gore ça commence dix ans plus tôt, avec les films de Lewis et *La Nuit des morts vivants* de George Romero.

Sa réaction me sidéra : il pressa le bouton « stop » de la télécommande.

– Toute façon c'est pas la peine de discuter avec toi, dès que je dis un truc tu penses qu'à me contredire.

Puis il monta se préparer pour son stage de tennis. Manon quant à elle passait ses après-midi au poney-club. Je les emmenais l'un et l'autre après le déjeuner puis revenais m'affaler à côté de Cécile sur le convertible où notre avachissement digestif dégénérait en sieste crapuleuse. Au fil des jours, nos corps se détendaient. Cécile s'abandonnait de plus en plus bruyamment. Elle me griffait parfois si fort qu'elle laissait sur mon anatomie des blessures de guerre dont je concevais une certaine fierté, le soir, lorsque je les découvrais dans le miroir de la salle de bains.

Après dîner, nous essayions un nouveau glacier où les enfants se régalaient de coupes de glace gargantuesques. Lors d'une opération de reconnaissance nocturne à Saint-Rémy-de-Provence, que ses parents visitaient le lendemain, Julien avait parié avec sa sœur qu'il parviendrait à manger un banana split après sa poire Belle-Hélène. Plus débonnaire qu'au Pecq, j'acceptai de le laisser tenter, puis réussir, cet exploit puéril. À son âge, vu les toxines qu'il éliminait sur le court, les tueurs silencieux demeuraient pour l'instant inoffensifs, et probablement encore pour de longues années.

Cécile et moi profitions du quartier libre de 15 à 18 heures pour nous livrer sans retenue au tourisme culturel, péché mignon de mon épouse, toujours avide d'exhumer quelque chef-d'œuvre oublié de la peinture baroque s'empoussiérant au fond d'un musée des Beaux-Arts en quelque province française.

Dans la cité romaine où nous avions emporté nos pénates, les curiosités ne manquaient pas. Avec vingt-cinq ans de recul, je me demandais parfois si mes cours de latin n'étaient pas, de toute ma scolarité, ceux qui m'avaient marqué le plus durablement.

Après les deux heures et demie consacrées hier au musée de l'Arles antique, nous venions d'enchaîner successivement la visite des arènes, des cryptoportiques, de la primatiale et du cloître Saint-Trophime. La suite du programme prévoyait une descente au musée Réattu, où nous attendaient des sculptures de Zadkine, Bourdelle et César et, en guise d'acmé pour ce mardi, un Picasso.

– Tu sais, chérie, je ne voudrais pas retourner au travail aussi fatigué que j'en suis parti, je vais déclarer forfait pour aujourd'hui.

J'avais soigneusement sélectionné chacun de mes mots, pour ne pas blesser Cécile.

– C'est vrai, je t'ai imposé un tempo trop contraignant ?

– Oh, non, non, pas du tout, simplement j'ai besoin de m'asseoir un peu...

– Par ma faute tu ne verras pas le Picasso !

– Je peux en voir des dizaines à Paris et je n'y vais jamais, alors...

Cécile feuilleta son guide.

– Ça va, ils ne mettent qu'une seule étoile, tu manqueras rien d'essentiel.

Sitôt qu'elle eût disparu de mon champ visuel, j'achetai *L'Équipe* et *La Tribune*, puis m'installai dans un café.

Volontairement, je n'avais rien suivi de l'actualité depuis samedi. Nous étions convenus avec Cécile de ne pas allumer la télévision pendant le séjour. La satisfaction se mêla au soulagement lorsque je lus les gros titres de ce mardi. Réuni en congrès à Versailles, le Parlement avait ajouté à la Constitution de notre République la « Charte de l'environnement », dans laquelle le principe de précaution figurait en toutes lettres. À ma grande surprise, le texte n'avait pas recueilli l'unanimité des suffrages puisque seuls 531 parlementaires sur 907 s'étaient prononcés pour. Je voyais mal ce que les 376 pinailleurs en question pouvaient bien reprocher à un texte qui établissait, comme un nouveau droit de l'homme et du citoyen, celui, pour chaque individu, de « vivre dans un environnement équilibré et respectueux de la santé ». Qu'une évidence aussi urgente puisse seulement faire l'objet d'un débat me laissait perplexe.

Sans doute ne fallait-il pas en faire grand cas... Les grincheux existeraient partout, toujours. Ceux-ci appartenaient sans doute aux 27 % des Français qui, selon un sondage, s'apprêtaient à voter « Non » au référendum de mai prochain. Je m'étais récemment, pour l'occasion, replongé dans la Constitution, dont je ne gardais qu'un souvenir imparfait depuis mes années de prépa. Cette lecture m'avait procuré un vif plaisir. Nous vivions dans un beau pays, tout de même. J'éprouvais presque un pincement au cœur, à l'idée que ce texte fondateur allait devenir bientôt caduc. Mais, là comme ailleurs, à quoi bon lutter contre l'inéluctable ? En tant que nation, la France était évidemment vouée à disparaître, pour se fondre dans la vaste Europe ; voilà pourquoi j'appréhendais à présent les élections législatives ou présidentielles comme des scrutins locaux de portée mineure.

Tranquillisé, j'ai refermé *La Tribune* et parcouru *L'Équipe*, mais ni les championnats de *freeride* ni la coupe de France de football ni l'hégémonie du suisse Roger Federer sur le tennis mondial ne me captivaient. Alors, j'ai posé mon journal et simplement savouré ces instants de trêve, en observant les allées et venues dans la cité languide.

Vers 17 heures, je pris le volant pour rejoindre Cécile au musée Réattu. Comme je me garais sur les quais du Rhône, je l'aperçus dans une librairie. Je m'approchai d'elle par-derrière à pas furtifs. Elle sursauta lorsque mon corps la toucha.

– Tu m'as fait peur, idiot !

– Hé, hé, hé...

– Comment tu as fait pour me retrouver ?

– Mais je te retrouverais au bout du monde, ma chérie !

– Menteur va ! protesta-t-elle, flattée pourtant.

– Alors, il était bath ce Picasso ?

– C'était fermé, j'en ai profité pour flâner un peu. Vraiment, j'adore cette ville.

Elle passa sa paume sur ma joue.

– Ça te va bien, la barbe. Ça fait baroudeur, un peu...

Je menais une grève du Mach 3, depuis le début des vacances. Grâce au sensationnel sommier à lattes, mes douleurs lombaires avaient disparu.

– Tu as l'air détendu, qu'est-ce que tu as fait ?

– Rien, j'ai bu un café... On y va ?

Je la déposai au mas puis partis chercher les enfants. L'air iodé de la Camargue et la pratique quotidienne de quatre heures de tennis, sous la houlette d'un professeur breveté d'État, requinquaient Julien à vue d'œil. Il frappait ses coups droits avec un tonus dont je ne l'aurais plus cru capable. Oui, ce garçon véloce qui décochait en bout de course des *passing-shots* courts croisés millimétrés, c'était mon fils. Je ne me lassais pas de me le répéter. Le moniteur invita ses stagiaires à ramasser les balles pour les regrouper dans un panier à roulettes qu'il traînait derrière lui. Respectueux de la parole de son professeur, Julien s'exécuta de bon cœur puis passa le filet pour aplanir la terre battue, comme on le voit faire par le personnel d'entretien durant le tournoi de Roland-Garros, au terme de chaque manche. Il s'assit ensuite sur le banc près de la chaise d'arbitre, avala une copieuse rasade d'eau minérale, s'épongea le visage avec sa serviette puis retira son maillot pour en enfiler un sec. Avec la puberté, la pudeur de Julien augmentait tellement que je ne l'avais pas vu torse nu depuis longtemps. Malgré sa mollesse larvaire de ces derniers mois, je découvris avec surprise qu'il arborait un torse musclé et des abdominaux bien dessinés. Ainsi, en plus de ne pas être le dernier des crétins, mon fils appartenait à la catégorie des « beaux gosses », pour reprendre une expression que j'entendais couramment dans la bouche des lycéennes du RER A. Une immense fierté gonfla ma cage thoracique. Quels que seraient mes échecs et mes désillusions dans la suite de mon existence, il me resterait mes deux merveilleux enfants comme motif de consolation. Tant qu'ils seraient là, je ne sombrerais jamais tout à fait. Lourde charge, tout de même, à la fois de les protéger et de les armer contre le monde plein d'injustices, de violences et de dérèglements vers lequel avançait l'humanité et dont, vraisemblablement, les rédacteurs de la Charte de l'environnement avaient tâché de limiter les dévastations en germe.

Julien ne m'avait pas vu. Quand il s'aperçut soudain de ma présence, il m'adressa un lumineux sourire bouleversant, auquel je répondis d'un bref signe de la main, gorge nouée.

*

Nous arpentions les Alyscamps, nécropole antique qui acquit sa renommée au début du IVe siècle avec l'inhumation de saint Genès, greffier arlésien supplicié sous le règne de l'empereur Dioclétien, pour avoir refusé d'enregistrer les ordonnances de persécutions des chrétiens.

– Il a été tué comment ? demandai-je quand Cécile eut conclu sa brillante synthèse.

– Tu te rends compte, c'est quatre-vingts générations qui sont venues se recueillir ici !

Elle désigna un édifice, au loin.

– Et là-bas c'est l'église Saint-Honorat.

– Cécile, tu m'as pas dit comment les Romains ont exécuté saint Genès.

– Enfin, qu'est-ce que ça peut faire ?!

Cécile me reprochait de ne retenir de nos visites que les anecdotes horribles, voyant dans cette mémoire macabrement sélective une espèce de pathologie. À Barcelone déjà, elle s'était énervée quand j'avais admiré un bon quart d'heure le saisissant tableau de Ribera, où un bourreau ivre écorche vif saint Barthélemy avec une jubilation patente.

– C'est mon problème, ça, mais réponds-moi.

– Bon, ils l'ont décapité, t'es content ? Par contre le guide précise pas s'il a fallu s'y reprendre à deux fois ni s'il a souffert longtemps.

Elle avança de quelques pas dans l'allée.

– Je comprends mieux maintenant pourquoi mon fils est fasciné par les films d'horreur...

– Comme s'il était le seul ! ricanai-je. Franchement, tu es d'une mauvaise foi...

– N'empêche que c'est bien *ta* cassette de *Massacre à la tronçonneuse* qu'il a trouvée dans la cave. Comme tous les fils, il prend modèle sur son père, c'est tout.

Je n'épiloguai pas, peu pressé de rompre, à cause d'une broutille, l'harmonie qui régnait entre nous depuis samedi. Cécile avait si bien soigné la cohérence de nos visites que l'allée de sarcophages constituait la dernière étape du cycle romain en même temps que le point de départ du « circuit Van Gogh » qu'elle avait concocté en s'inspirant du site Internet de la commune. Pendant leur séjour provençal, qu'elle qualifiait d'« incroyable automne 1888 », Gauguin et Van Gogh avaient en effet choisi le fameux cimetière comme motif de leurs toiles.

– On y va ? proposa-t-elle, pincée.

Sous un soleil quasi printanier, nous rejoignîmes le square du boulevard des Lices, thème de *L'Entrée du jardin d'été*, descendîmes la rue du Cloître vers l'espace Van Gogh, ancien hôpital que son célèbre patient immortalisa dans *Les Jardins de l'Hôtel-Dieu* puis remontâmes jusqu'à la place du Forum où, même si ma montre n'indiquait que 16 h 02, nous découvrîmes *La Terrasse du café, le soir*. Cécile n'avait pas digéré notre chamaillerie car elle ne rompait le silence que pour marmotter d'un ton monocorde le nom des tableaux quand nous atteignions le lieu de leur composition.

– Je peux te poser une question qui m'intrigue ? demanda-t-elle alors que nous arrivions aux arènes, peintes par le maître au printemps 1888.

– Évidemment, ma chérie, évidemment, fis-je, heureux qu'elle renonce à sa bouderie.

– Pourquoi tu presses sept oranges tous les matins ? C'est bizarre.

Sa réflexion m'interloqua.

– Comment ça, bizarre ?

– Pourquoi pas six ou huit ? Six, ça fait une et demie par personne et huit, deux par personne. Mais sept ça correspond à rien. Je trouve ça vraiment bizarre.

Au bout du compte, tout au bout, n'avais-je pas en réalité commis une erreur aussi colossale qu'irrémédiable en épousant cette personne de sexe féminin qui remettait ma personnalité en question à propos de futilités pareilles ?

– En plus, ça fait vraiment vieux garçon maniaque, de presser exactement le même nombre d'oranges tous les matins, sans regarder si elles sont plus grosses ou plus juteuses.

– Bon, écoute Cécile : ce que tu fais maintenant, c'est que tu te lèves une demi-heure plus tôt, les jus tu les prépares toi-même, et comme ça tu presses le nombre d'oranges qu'il te chante. On fait comme ça ?

– Voilà, tu es piqué dans ton orgueil alors tu deviens agressif, c'est exactement la réaction que j'attendais. Ce que tu peux être prévisible parfois, mon pauvre Pascal...

Nous arrivions au guichet de la fondation Van Gogh dont la visite concluait notre parcours.

– Sept oranges..., pouffa-t-elle en ouvrant son porte-monnaie. C'est vraiment bizarre !

Je quittai les lieux, fumasse, et partis boire une bière dans le premier bar venu. Dommage qu'elle n'eût pas emmené son portable sans quoi je l'aurais appelée pour la prévenir qu'elle rentrerait en taxi au mas. Une fois de plus, la repartie me vint à retardement, après vingt minutes de ruminations : ce qui est plus bizarre encore que de presser sept oranges, c'est de fouiller la poubelle pour compter le nombre de pelures qu'y a jetées son mari !

Voilà, voilà comment j'aurais dû lui clouer le bec !

Pas étonnant dans le fond que Ruszczyk me balayât comme un fétu chaque fois que nous rompions des lances, puisque je ne réussissais même pas à tenir tête à ma femme.

Je résolus de ne pas lui adresser la parole de la soirée.

*

Les enfants étaient de si bonne humeur au dîner que je n'avais pas tenu ma promesse. Le torrent érotique de la nuit avait emporté les dernières rancœurs si bien qu'une entente cordiale régnait de nouveau entre Cécile et moi quand nous descendîmes de voiture, à Saint-Rémy-de-Provence, pour visiter l'hospice Saint-Paul de Mausole, où Van Gogh avait souhaité être interné au mois de mai 1889, dans l'espoir d'échapper aux crises de démence, dont la plus aiguë lui avait coûté le lobe de l'oreille gauche, six mois auparavant. Le soleil s'imposait si dictatorialement en ce début d'après-midi qu'aucun nuage n'osait lui disputer la possession des cieux lorsque nous nous engageâmes dans l'allée qui menait aux bâtiments des XIe et XIIe siècles. Passé le vestibule, nous découvrîmes un étroit cloître carré, sur le mur duquel un lierre effeuillé par l'hiver étendait ses racines jusqu'aux volets bleu clair du premier étage. Nous déambulâmes silencieusement dans les galeries voûtées ; nos talons claquaient sur les larges dalles de pierre. Gagné par la sérénité des lieux, je glissai mon visage entre deux colonnes jumelées pour admirer les topiaires géométriques du jardinet central. Après un détour par la chapelle romane dépouillée, nous gravîmes les escaliers jusqu'à la chambre de Vincent.

– Tu savais qu'il était croyant ?

– Non, reconnus-je. Remarque, ça colle bien avec sa maladie mentale. Faut avoir singulièrement perdu sa lucidité pour croire qu'on va monter au paradis après sa mort...

Très exaltée, elle ne releva pas mon sarcasme. Nonobstant mon scepticisme, force m'était de reconnaître qu'une puissance mystique émanait de l'endroit. Même si l'austère cellule où nous pénétrâmes n'était qu'une reconstitution de la pièce où Van Gogh avait vécu, son esprit habitait ces murs. Nous chuchotions d'ailleurs, ayant d'instinct baissé la voix. Campée devant la croisée, Cécile observait le paysage dont le tourmenté s'inspira lorsqu'il peignit *Champ de blé et cyprès*, en proie aux hallucinations dévorantes que des interprétations divergentes attribuaient à un glaucome, aux abus d'absinthe, à la schizophrénie, voire aux trois à la fois.

Dans une pièce adjacente trônaient deux baignoires d'époque, qui s'apparentaient davantage à des instruments de torture qu'à des équipements sanitaires. Accrochés aux murs, des panneaux présentaient la vie quotidienne d'un aliéné à la fin du siècle dernier et spéculaient sur le traitement médicamenteux qu'aurait reçu Van Gogh de nos jours.

– Tu crois qu'il aurait peint une œuvre aussi magistrale s'il avait bénéficié des dernières avancées thérapeutiques ?

L'interpellation de Cécile me plongea dans des abîmes de perplexité.

– C'est bizarre, moi j'ai plutôt l'impression, comment dire... que... euh, chacune de ses toiles témoigne de ses victoires contre la souffrance psychique.

Cette interprétation me séduisit énormément. J'étais verni tout de même, d'avoir séduit, l'année de mes vingt-deux ans, une femme aussi intelligente !

– Quel dommage qu'il se soit suicidé au moment où ça commençait à marcher pour lui... Tu sais, il avait obtenu un vrai succès au Salon des indépendants.

Décidément, Cécile avait sérieusement potassé. Peut-être aurais-je dû lui conseiller de se réorienter vers une carrière de guide touristique ?

– Quand même c'est tragique non ? Cet écorché qui se mêlait aux mineurs du Nord pour éprouver leur dénuement et mieux se rapprocher du Christ, maintenant il trône dans les salons des grandes banques japonaises... Si ça se trouve il aurait trouvé ça insultant que les magnats du capitalisme qui vivent à l'opposé de ses valeurs achètent ses toiles pour des millions de dollars... Peut-être même qu'il les aurait pas peintes ?

À la fin, elle me fatiguait, avec ses ratiocinations pseudo-esthétiques.

– À mon avis, contrairement à ce qu'on prétend partout, son succès actuel n'est pas la reconnaissance de son génie mais sa trahison la plus aboutie.

– Oui, enfin à ce rythme-là, on peut passer sa vie à refaire le monde.

– Tu n'es pas d'accord avec moi ? s'inquiéta-t-elle, surprise.

– En fait je vois pas l'intérêt de couper les cheveux en quatre sur des trucs que personne pourra jamais vérifier...

– Qu'est-ce que tu peux être désagréable quand tu t'y mets...

– Je suis pas désagréable, cette conversation m'ennuie, c'est tout.

– Oui, parce qu'elle vient de moi. Y a que tes sujets de conversation à toi qui t'intéressent. Ta mère a raison Pascal, tu n'es qu'un égoïste.

– Ah, je l'attendais celle-là, le règlement de comptes au débotté, c'est ta spécialité hein ?

Je la laissai là, descendis les escaliers et traversai le cloître au pas de course. Pour me calmer, je vagabondai un quart d'heure autour des ruines romaines de Glanum, préoccupé par mon indifférence absolue à la contemplation de ces vestiges. Les civilisations englouties ne me captivaient plus comme naguère, pas plus que le football ou le cinéma. Mes centres d'intérêt se réduiraient-ils longtemps de la sorte ? Était-ce là le phénomène qu'on appelait « vieillir » ?

Cécile m'attendait, assise sur le capot, lorsque je regagnai la voiture.

– Excuse-moi, dit-elle, je n'aurais pas dû parler de ta mère.

– Mais non, c'est moi, je sais pas ce qui m'a pris...

Elle se colla contre moi, attendrie.

– Tu sais bien que je ne suis pas sûre de moi... Pour une fois que j'émets une opinion personnelle, tu fais comme mon père, tu m'envoies sur les roses...

– Mais non, je t'envoie pas sur les roses, c'était intéressant ce que tu disais en plus, même si j'y connais rien en art... Simplement, Luc Landreau manque jamais une occasion de nous réciter son catéchisme et Lionel Ruszczyk est né dans le Nord, il nous rebat les oreilles avec la légendaire chaleur humaine des ch'tis... Tu m'as téléporté au desk en dix secondes chrono !

– Pardon, je pouvais pas savoir...

– Non, tu pouvais pas savoir.

Mes épaules s'affaissèrent, soudain.

– J'en peux plus de ce mec.

Ma confession m'avait comme échappé.

– Quel mec ?

– Mais Ruszczyk ! Il multiplie les provocations, c'est insupportable.

– Ah bon ? Mais quel genre ?

Quel genre ?

Je baissai les paupières. La voix retentit, aussitôt.

« J'ai appris qu'y a des parents de mineures qui laissent le petit ami de leur fille dormir chez eux ! Ce qui signifie en clair que le daron est OK pour que sa propre fille se fasse enfiler en levrette à trois mètres de lui par un péteux de dix-sept balais pendant qu'y r'garde Navarro. Alors moi les amis j'vous l'dis tout de suite, chui pas fait pour vivre dans une civilisation qui tolère ces dépravations-là. L'heure d'un repli stratégique vers la très conservatrice Pologne va bientôt sonner pour moi. Non mais t'imagine, le lendemain au p'tit déj', pendant que l'trou du cul engouffre les croissants chauds, la bouche pleine il apostrophe le paternel : "Dis donc, papa, tu voudrais pas lui apprendre à pas mettre les dents quand elle suce, la ptiote ?" »

Voilà comment Ruszczyk m'avait souhaité de bonnes vacances, vendredi dernier à la cantine. J'escamotai toutefois l'aspect sexuel de ses inconvenances :

– Eh ben, je sais pas, par exemple l'autre jour il s'est engueulé avec une fille du deuxième parce qu'il prétendait qu'il fallait rouvrir les maisons de correction ou une connerie dans le genre...

Cécile secoua la tête, en signe d'incrédulité.

– Ce que tu es fragile quand même... Qu'en as-tu à

foutre de son avis sur l'éducation des enfants ? C'est facile de parler quand on n'en a pas.

– Il flirte tout le temps avec la ligne jaune aussi, il dit « négresses » ou « niakoué », l'autre jour il nous a sorti la blague de Coluche, « les Africains seraient bien mieux chez eux, la preuve : on y va en vacances »...

– C'est du Coluche, ça ?

– Oui, oui, c'est du Coluche.

Christophe Jeanson, en plus d'imiter Yasser Arafat, récitait par cœur les sketchs du plus tendre des Enfoirés.

– Eh ben tu vois ça me déçoit de la part du créateur des Restos...

– Oui, mais Ruszczyk fait toujours plus ou moins passer ça sur le compte du second degré, on sait jamais à quoi s'en tenir, en plus, il s'entend bien avec tous les Blacks de l'étage, il leur envoie des grandes claques dans le dos, les Libanais l'adorent. Il a même un ami berbère, son Farid à la con, là...

– Et c'est ça qui te met dans cet état-là ?

Je faillis lui révéler l'offense du « mon Pakal » mais la honte m'inhiba.

– Non, pas vraiment, c'est un ensemble, il parle fort, il mange mal, il se parfume trop, maintenant dès qu'il pointe sa tronche devant moi j'ai envie de le gifler, pourtant il est bien vu de la direction, tu te souviens à l'expo Gauguin, il avait parlé au moins une demi-heure avec la femme de Glazer, il arrêtait pas de la faire rigoler.

Au lieu de répondre, Cécile réfléchit quelques secondes.

– En tout cas quand on le croise comme ça, dans un cocktail mondain, il fait pas rustre du tout, commenta-t-elle, songeuse. Il a même carrément la classe.

– C'est vrai ?

– Oui, c'est vrai. Mais t'inquiète pas, tu peux compter sur ta femme, on va mettre une stratégie au point, je te le dis moi ! On va le soigner, ce Ruszczyk de mes fesses !

Elle me serra dans ses bras. Souvent, quand je m'égarais, je me référais à l'optimisme de ma femme comme à une boussole. Sans Cécile, ma vie se serait sans doute résumée à une longue errance.

– Tu vois, c'est la preuve une fois de plus que dans un couple l'important, c'est le dialogue, affirma-t-elle.

Elle posa sa main sur mon sexe, avec une impudicité dont elle n'était guère coutumière.

– Tu m'excites quand tu t'excuses !

Le désir monta si brutalement que la distance à parcourir jusqu'au mas nous parut infranchissable. Nous sautâmes dans la 807 et je démarrai en trombe, à la recherche d'un chemin forestier où nous dissimuler pour copuler discrètement. Nous cahotions sur l'allée poussiéreuse du parking quand un exaspérant sifflement électronique se déclencha dans l'habitacle. Pendant que Cécile déboutonnait ma braguette, je repérai sur le tableau de bord l'anomalie que signalait l'ordinateur embarqué. Emporté par l'instinct sexuel, j'avais omis de boucler ma ceinture de sécurité. La stridente alarme cessa enfin quand se produisit le petit clic qui vaut mieux qu'un grand choc.

*

Un soir, à Arles, en montant me coucher, j'avais croisé Julien qui revenait du jardin où il épuisait son forfait téléphonique pour préparer sa toute première manifestation car, exceptionnellement, nous lui avions permis de se mettre en grève, le lendemain de la rentrée. Après la trêve des vacances scolaires, le mouvement reprenait.

L'odeur qui suivait Julien, cette nuit-là, ne laissait guère de doute sur ce qu'il venait de fumer mais, moitié par lâcheté, moitié par paresse, j'avais feint de ne pas m'en apercevoir.

De retour au Pecq, le dimanche, Julien me réquisitionna pour l'aider à peindre sa banderole, manière d'affermir implicitement notre complicité retrouvée. Son slogan, « DES MOYENS POUR L'ÉDUCATION », ne souffrait à mon avis guère la contestation, contrairement à « FILLON MAÎTRE À POGNON » ou « ATTENFILLON Touches pas à mon BAC » que j'avais remarqués lors des précédents défilés.

« Quand même, les parents n'ont pas honte de laisser leurs gamins se promener avec des fautes d'orthographe pareilles ! » s'échauffait Cécile quand un cancre maltraitait ainsi l'impératif.

« PLUS DE PIONS, MOINS DE FILLON », orné d'une pièce d'échecs et d'une paire de fesses, fournissait une précieuse indication phonétique quant au patronyme du ministre. Ce dernier avait lâché du lest sur le contrôle continu, grâce au succès des mobilisations de février. Julien exultait après ces premières victoires sur le gouvernement mais entendait poursuivre le combat jusqu'au bout.

– Nous ça nous satisfait pas de s'arrêter au lire, écrire, compter. Le lycée c'est le dernier creuset pour l'égalité des chances, il faut en tenir compte !

J'ai réprimé difficilement un sourire, en entendant Julien répéter mot à mot le discours de ses camarades syndiqués. Plus tard, bien sûr, il développerait son esprit critique et deviendrait comme moi un citoyen responsable, capable de se forger sa propre opinion.

– Qu'est-ce qu'y a, pourquoi tu souris ?

– Pour rien, mon fils, pour rien.

– Vas-y quoi, dis !

– Je souris parce que je suis un maladroit : j'ai complètement raté l'accent sur le E.

Nous écoutions le disque d'un groupe français. Le chanteur geignait, en proie aux affres de sa popularité.

– C'est pas mal, c'est qui ?

– C'est Kyo.

– Connais pas...

– Ils viennent de Saint-Germain. C'est bien la preuve qu'on peut être rock'n'roll aussi dans les Yvelines.

– Pourquoi Kyo ?

– C'est un personnage de *King of Fighter*...

J'ai acquiescé, conscient qu'une deuxième preuve de ringardise en moins de trente secondes ruinerait ma cote qui remontait à peine.

– Tu sais p'pa, j'écoute pas que de la musique de djeuns hein, je kiffe aussi des trucs plus pointus comme Radiohead ou Jeff Buckley.

– Je n'en doute pas, mon fils, je n'en doute pas.

– Ça fait loin de la République à Denfert ?

Julien se rendait rarement à Paris, il piaffait de découvrir la capitale, même si cette immense fourmilière l'effrayait un peu.

– Une trotte, oui, quand même... Remarque, je l'ai jamais fait à pied.

En levant le calicot, nous nous aperçûmes que la peinture, malgré nos précautions, avait bavé sur la moquette, ce qui mit Cécile littéralement hors d'elle mais provoqua, entre Julien et moi, un fou rire comme je ne me rappelais plus en avoir connu depuis mes années de prépa. Cécile partit préparer la soupe, furibonde. Parmi les bougonnements qu'elle émettait en épluchant les légumes, je déchiffrai le syntagme « dindon de la farce ». J'ignorais le sens exact de la locution, mais à mon avis Cécile surinterprétait la poilade julienno-pascalienne parce qu'elle s'en sentait exclue. Je ne remettais toutefois pas en cause la légitimité de son exaspération puisque mon épouse avait emprunté, la semaine dernière, une shampouineuse chez Kiloutou et procédé à ce qu'elle nommait son « grand nettoyage de printemps », bien qu'il se situât toujours à la fin de l'hiver.

Je me couchai tôt, ce soir-là, afin d'arriver en forme le lendemain au *desk*. Je me sentais dispos après cette semaine de congé. Pourtant, lorsque j'éteignis ma lampe de chevet et me retrouvai dans l'obscurité, une sensation de vide intérieur inexplicable mais terrifiante m'envahit, me gardant éveillé jusqu'à 3 h 04 du matin.

XV

– Pour le fion, c'est un filon Fillon !

Personne ne broncha.

– Eh les amis, c'est un filon Fillon pour le fion !

Voilà.

En ce mardi 8 mars 2005, à 13 heures approximativement, mes vacances s'achevaient *réellement*. Hier, je lui avais échappé mais aujourd'hui il m'avait coincé. Évidemment, il employait les puérils calembours des lycéens, ses égaux en âge mental.

– Pas besoin de répéter, le contrai-je. Quand on ne rigole pas du premier coup à tes blagues, c'est pas forcément qu'on les a pas comprises.

– J'espère que vos gars vont à la manif au moins ? Faut les y amener de force sinon ! Vous les avez vus les canons qui défilent ?

Quoiqu'il m'en coûtât, en mon for intérieur, je partageais le point de vue de cette crevure. Les cortèges recelaient des gisements érotiques considérables, d'autant que le climat de fraternité dans lequel baignaient les mouvements sociaux favorisait à n'en pas douter le rapprochement entre les sexes. Avec un peu de chance, Julien en profiterait pour nous présenter une conquête... À la longue, Cécile et moi nous inquiétions qu'il ne flirte pas encore, à son âge. Après tout, le beau sexe ne s'incarnait pas tout entier en Clémence Berger.

– Y vont faire un carton, vos garçons, y a qu'à s'servir ! Personnellement les pisseuses c'est pas mon truc mais d'après ce qu'on m'a raconté elles passent direct de la tétine à la turlutte maintenant. Dès douze ou treize ans ça pompe à tout va dans les collèges. Je sais pas si elles avalent par contre, c'qui dans la négative gâche un peu le plaisir...

Il a vérifié le nom du correspondant sur son téléphone qui vibrait, puis refusé l'appel.

– Les ptits saligauds, ils s'emmerdent pas quand même... Quand j'pense que moi j'ai attendu mes vingt-deux piges avant d'cracher ma purée sur la glotte d'une demoiselle !

Il m'a envoyé un vigoureux coup d'épaule en se contorsionnant pour caser son Nokia dans la poche arrière de son pantalon.

– Fais attention quand même Lionel, j'ai failli me planter ma fourchette dans le palais !

– Les beurettes surtout elles sont carrément bonnes ! Et pas coincées du tout contrairement aux conneries qu'on entend partout. Par contre faut s'dépêcher d'en profiter parce qu'une fois contaminées par le féminisme, c'est radical : en une génération, elles deviennent aussi hautaines et névrosées que les de souche.

Il n'avait même pas prononcé un mot d'excuse. Rarement je m'étais senti aussi transparent.

– Eh bien, mon cher Lionel, nous te félicitons pour ta manière très personnelle de célébrer la Journée internationale des femmes !

– C'est pas compliqué elles sont tellement vissées à la maison que dès que leur dabe ou leurs frangins ont le dos tourné elles pensent plus qu'à se faire remplir tous les trous ! Surtout après le ramadan, quand elles se sont retenues trop longtemps.

Il était si naturellement passé outre l'épigramme de Luc que je doutai un moment qu'il l'eût entendue.

– Des fois quand j'les vois en levrette, Nesrine ou Farida, la tête dans les coussins en train d'me supplier de les défoncer plus fort encore, je r'garde glisser ma queue dans leur jolie boîte à caca histoire de pas les dévierger avant le mariage, eh ben ça m'rend quasi mélancolique. Des filles polies, discrètes, instruites et tout, qui font sagement le ménage et la cuisine, serviables comme on peut pas s'imaginer, qu'ont jamais eu l'droit d'traîner avec des garçons, rigoureusement éduquées suivant les préceptes du Coran, s'retrouver avec le feu au derche à c'point-là, moi j'trouve ça malheureux. Merde, y a quand même pas que l'cul dans la vie !

Jamais l'enflure n'avait autant lâché la bonde à sa gravelure. J'ingurgitai mon repas en hâte, pour ne pas en écouter davantage, impatient aussi de découvrir les effets positifs de l'excellente nouvelle que mon écran Bloomberg avait miraculeusement affichée avant le déjeuner : General Motors annonçait une provision avant impôt de 121 millions de dollars au premier trimestre, mais aussi la fermeture de sa chaîne de montage de Lansing, dans le Michigan, avec trois mille licenciements à la clé ! Le marché allait forcément saluer cette décision de gestion hardie et avisée. Je ne laisserais pas Ruszczyk m'empêcher de profiter pleinement de ce rebondissement providentiel que j'attendais fébrilement depuis des semaines.

– À c'degré de fournaise, c'est plus des pénis jutant quelques millilitres qu'il leur faut les chéries, mais des extincteurs, des lances à incendie, des Canadair ! Ça confine à la maladie mentale c'besoin de se faire enfiler chez les rebeus. Comme quoi hein : trop de tabous tue le tabou.

– C'est pourquoi Paul enseigne l'imitation du Christ plutôt qu'il n'édicte des interdits. « Toutes choses me sont permises, mais toutes choses ne sont pas avantageuses ; toutes choses me sont permises, mais je ne me laisserai, moi, asservir par aucune. »

À quoi Luc jouait-il ? Le simple fait de commenter ces obscénités les légitimait alors qu'il convenait seulement de se débrouiller pour que la pourriture rabatte un jour son claque-merde. J'avais hâte que la boîte fusionne, maintenant, qu'on en termine, une fois pour toutes, et *basta* !

– Oh hé Luc, on m'la fait pas à moi hein ! Y a aucune différence entre les religions, aucune, c'est toutes des balivernes inventées par des puissants pour manipuler les naïfs. En tout cas mon copain Farid le Berbère y s'tape grave des barres quand il les voit les beurettes qui essaient de s'occidentaliser mais qui ressemblent toujours à des blédardes. « Tiens, v'là Maghrebland », il rigole quand il en croise un troupeau qui sort trop maquillé du McDo avec les faux sacs Vuitton et les lunettes Gucci made in Marrakech.

Je me levai ostentatoirement, sans manger fromage ni dessert. Une seconde de plus et je le giflais. En fait, non : j'avais plutôt envie de malaxer sa sale face comme une boule de pâte à pizza, pour empêcher ses hideuses lèvres épaisses de s'agiter.

– Bah mon Pakal, tu pourrais l'filer aux autres ton calendos quand tu le bouffes pas ! Faut pô gâcher hein comme y disait Guy Roux aux Guignols...

De le voir ainsi tellement surexcité, j'en déduisis qu'il usait massivement de la cocaïne, substance particulièrement prisée dans les milieux qu'il fréquentait. Ce tricheur m'évoquait ces coureurs du Tour de France qui s'injectent dans les veines des produits illicites grâce auxquels ils laissent sur place leurs adversaires dans l'Alpe d'Huez. Pourriture, va ! Pas difficile dans ces conditions d'écraser ses collègues sains d'esprit et de corps.

Néanmoins, cette hypothèse m'a rasséréné. Dans l'ascenseur, je rêvais aux milliers de neurones irrémédiablement détruits dans le cerveau de Ruszczyk à chaque fois qu'il sniffait un rail. Quelle fabuleuse perspective pour ma retraite, lorsque, à l'instar d'un Mohammed Ali, il n'alignerait plus trois mots... Le dimanche, je me déplacerais jusqu'à sa résidence de gérontologie, pour admirer le parkinsonien sénile dans son fauteuil roulant.

J'ai bu un express, seul devant la machine, puis couru à mon poste, fou d'espérance mais rien à faire, la capilotade s'aggravait, et merde, merde, *merde*, je commençais à prendre cher, là... Les CDS cinq ans General Motors avaient encore ramassé dix centimes supplémentaires, générant de nouvelles moins-values pour mon fonds.

Je perdais bonbon, là...

En désespoir de cause, j'allais devoir me résoudre à la couper, cette saleté de pose qui se barrait complètement en sucette.

En vérité, parfois, on se demande ce que fout le marché...

Alors maintenant trois mille suppressions d'emplois ne suffisent plus à assainir une situation ni à retrouver de la valeur pour les actionnaires et les détenteurs de dette obligataire ?

Visiblement non.

Je m'étais emballé, aussi, qu'est-ce que ça représente hein, trois mille postes par rapport au nombre de salariés chez GM ? De toute façon, il faut se rendre à l'évidence : produire des bagnoles rapporte que dalle à notre époque.

C'est trente mille licenciements qu'il aurait fallu pour restaurer la confiance, pas trois mille !

Une fois de plus, qu'on le veuille ou non, le marché a toujours raison : il faut fermer les usines, et vite, virer tout le monde dans la vieille Europe comme aux States, fabriquer *low cost* en Chine ou en Inde. Ce qui paie maintenant, c'est de distribuer du crédit. La preuve ? C'est GMAC, la filiale financière de General Motors qui affiche la santé la plus florissante du groupe !

On a changé de monde, il est mort et enterré le capitalisme du génial Henry Ford, tacticien philanthrope qui voyait en chacun de ses employés un consommateur potentiel. La voiture en elle-même passe à l'arrière-plan désormais, elle doit juste servir de support à l'octroi d'un crédit grassement margé. Dans ces conditions, au nom de quel dogme archaïque s'obstiner à lutter contre les délocalisations vers les pays émergents ?

Ils se rasseyaient à leur poste, Luc, Hélène, Lionel, comme s'il ne se passait rien, comme s'ils ne flairaient pas la révolution irréversible de l'économie planétaire qui plongeait définitivement dans l'immatériel ! Moi je partais avec une longueur d'avance décisive par rapport à ces bourrins.

Après tout, les Chinois, avec tout le pognon qu'ils ramassent, ils vont bien être obligés de s'y mettre aussi, à financer indirectement l'endettement des ménages américains. Il faut peser sur ce levier-là pour décrocher le jackpot, jouer sur la frénésie de consommation et d'endettement de ces connards de *Yankees* qui achètent tous deux lave-linge, trois congélateurs et quatre télés, frénésie également alimentée par la hausse du marché immobilier.

Admiratif de mes facultés à rebondir, je regardais fonctionner mon cerveau, où, avec une célérité stupéfiante, germait ma nouvelle idée qui laisserait cette fois loin derrière moi mes concurrents de Credixis, mais aussi des autres transnationales financières dont les chasseurs de têtes me débaucheraient à coups de bonus dès qu'ils auraient vent de ma trouvaille : aux oubliettes l'économie réelle « à la papa », à la poubelle General Motors ; place à l'investissement dans la dette *subprime* et à ses fabuleux rendements ! On pouvait même compter sur la complaisance et la cupidité des agences de *rating* qui étaient visiblement prêtes à utiliser des modèles plus que douteux pour attribuer de bonnes notations financières à ces cochonneries. Les bonnes notations, ça rassure les clients du fonds.

Ah ils m'avaient pris pour un guignol chez Credixis ? Seulement j'allais leur montrer, moi, j'allais me refaire, et en beauté, et *fissa* encore, et après moi le déluge.

*

J'ai regagné mon gîte telle une bête brute. Ahuri par l'extrême tension de l'après-midi, je n'ai même pas réussi à feuilleter *20 minutes* dans le RER. Un comité d'accueil singulier m'attendait : Cécile et Manon m'observaient depuis le couloir, l'œil inquiet.

– Bah qu'est-ce qu'y a ? m'enquis-je, les bras ballants.

– C'est Julien, répliqua Cécile énigmatiquement.

– Quoi Julien ?!

– Il a été blessé pendant la manif.

Merde, j'avais oublié la manif ! Donc la terre tournait, pendant que je combattais sur les marchés ?

– Les CRS les ont matraqués ?

– Non.

– Mais quoi alors ? Parle !

– D'autres jeunes.

– Comment ça d'autres jeunes ?!

– Écoute, tu lui demanderas...

Manon guettait mes réactions d'un air compatissant.

– Où est-ce qu'il est ?

– Dans sa chambre, il se repose mais j'ai dû aller le chercher à la Salpêtrière.

– À la Salpêtrière ! Mais c'est grave ?

– Ç'aurait pu, il est pas mal amoché. Enfin il a passé un scanner, pas de lésions cérébrales, pas de traumatisme crânien, il s'en tire plutôt bien...

Je posai ma mallette, accrochai mon manteau à la patère puis me dirigeai vers la chambre du fils. Cécile me saisit le poignet.

– Prépare-toi, je te préviens ça fait un drôle d'effet de le découvrir dans cet état-là. Essaie de ne rien montrer, il a peur d'être défiguré à vie, il pleure dès qu'il se regarde dans la glace.

La pièce baignait dans la pénombre. Allongé sur le lit, à moitié couché, adossé à ses deux oreillers qu'il avait calés sous ses reins, Julien écoutait un disque vieux de trois ou quatre ans, comme si les réminiscences lénitives associées à cette chanson facilitaient le repli psychique qu'il opérait dans l'ultime place forte de sa personnalité.

L'interprète évoquait à l'instant une génétique en bandoulière, des taxis pour les galaxies et un tapis volant que le vent emporterait...

Décidément, je resterais toujours hermétique à la poésie.

J'ai dégagé le variateur de l'halogène qui traînait au sol sous un jean Carhartt, puis, avec la pointe de ma

Weston, fait glisser le curseur pour augmenter l'intensité de l'éclairage.

Le terme de « nez » ne convenait plus pour désigner la patate informe et violacée, à la fois camarde et désaxée sur la gauche, identique à celle qu'arbore comme un clown triste le vaincu descendant du ring après douze rounds épiques. À l'intérieur des narines coagulait un sang brunâtre. Quelque chose s'est effondré dans ma poitrine, j'ai revu Julien gamin, fabriquant des châteaux de sable sur la plage avec sa pelle et ses seaux.

J'approchai sa chaise de bureau.

– Bon Dieu Julien, qui t'a fait ça ? demandai-je une fois assis.

– Je sais pas, a-t-il nasillé, j'ai pas bien vu, ç'a été trop vite...

– Tu t'es bagarré ?

– Non, on peut pas appeler ça une bagarre...

– Alors pourquoi tu te retrouves dans cet état ?

Il contemplait les motifs de ses draps, hébété. Je craignis un moment qu'il se bute mais le contraire s'est produit.

– En fait, quand on est arrivés à République vers deux heures et demie c'était déjà chaud, même dans le métro en venant y avait pas que des motivés, y avait aussi plein de mecs chelous. Pendant qu'on montait les escaliers du métro y avait des racailles avec des bâtons et des barres de fer qui nous guettaient, appuyés aux grilles. Ils se moquaient de nous, du style « tiens v'là un nouvel arrivage »...

Il inspira. Le chuintement d'un brûleur de gazinière avant l'étincelle s'échappa de la morille où les divers os, cloison et cartilage réduits en bouillie n'assuraient plus leur fonction de filtre ni de canalisation vers les voies respiratoires.

– Tout de suite des mecs de la JCR nous ont dit que ça ressemblait pas à une vraie manif, qu'il y avait pas mal de casseurs, que des blessés étaient partis en ambulance et tout. Dans le métro déjà j'avais peur, mais une fois sur zone j'ai vraiment flippé, surtout qu'un des mecs du SO criait dans son mégaphone pendant qu'on défilait, il disait : « Ne sortez pas du cortège, ne téléphonez pas, c'est la seule façon d'être en sécurité ! » Franchement, on pensait plus à se protéger qu'à chanter les slogans ou à pogoter, moi j'avais envie de partir mais j'ai pas osé pour pas passer pour un trouillard devant les autres. Et pi d'un coup ç'a hurlé de partout, mais vraiment des cris d'horreur que j'oublierai jamais, des lascars ont foncé au milieu du cortège, ils ont mis un lycéen par terre et ils l'ont emmené de force sur le côté pour s'acharner dessus à dix ou quinze. Ils ont arraché sa banderole à un mec, ils lui ont cassé les piquets sur la tête. Ils tabassaient partout, partout y avait du sang, des cris, des corps traînés... On les repérait facilement les casseurs, ils étaient lookés typique cité, casquette, survêt, capuche, ils agressaient que ceux qui leur ressemblaient pas, les cool man genre skater, rocker ou baba, les boloss comme y disent, de préférence ceux qui avaient un téléphone.

Julien tripotait sa couette, pour mieux se replonger dans le contexte.

– Heddie m'a conseillé d'enlever mon bandana parce qu'avec nos têtes de Blancs c'était comme si y avait marqué « Viens prendre mes affaires » sur not' front. Je le mets dans ma poche, et là je vois un mec du lycée en train de téléphoner sur le trottoir, un grand cainf s'approche de lui par-derrière, il lui fait une balayette pour le faire tomber et après il lui envoie deux trois coups de pied dans le ventre, comme ça, sans aucune raison ! Mais le pire c'est que les CRS ils voyaient ça et ils bougeaient pas, y en avait même qui riaient, j'étais trop dégoûté. À ce moment-là j'entends des cris à côté de moi, les casseurs avaient attaqué Clara, une fille de ma classe, elle se débattait par terre pendant qu'ils essayaient de lui arracher son sac, ils la tiraient par les cheveux pour l'emmener sur le côté, alors je sais pas ce qui m'a pris tellement ça m'a mis la haine qu'ils tapent une fille, d'un coup j'ai plus eu peur, j'ai ressenti une force incroyable en moi, je me suis précipité sur eux, manque de pot y en a un qui s'est retourné, j'ai vu son poing arriver en plein dans ma figure, j'ai entendu craquer dans ma tête, j'suis tombé à genoux, ça a pissé le sang direct, j'ai vu une énorme tache qui grossissait sur mon blouson. Pourtant c'est bizarre j'ai pas eu mal, peut-être parce que j'avais fumé un bédo, je me suis relevé mais j'arrivais plus à marcher tellement que j'avais le vertige, Clara m'a conduit vers un banc pour que je m'assoie. Seulement dès qu'y en avait qui s'écartaient du cortège, ils les attaquaient alors on s'est cachés dans des petites rues sur le côté, mais c'était encore pire, ils dépouillaient tous les isolés, heureusement à ce moment-là Clara a repéré deux keufs en vélo, elle les a suppliés de nous aider, ils nous ont indiqué une cour où on pouvait se cacher en attendant que ça se calme, après on a trouvé un commissariat, et après ils nous ont transféré à l'hôpital...

Son interruption m'a soulagé. Son récit me donnait le tournis, à la longue.

J'aurais aimé enfouir quelques secondes mon crâne dans mes mains, le temps de récupérer, mais je puisai dans mes ultimes ressources psychiques pour surmonter cet instant d'abattement. Pour le moment, Julien avait besoin de soutien, pas que son père s'effondre devant lui. Bon sang, quelle poisse ! Pourquoi lui avais-je permis de participer à cette manifestation ? Si je l'avais envoyé en cours, à cette minute précise, je me délasserais dans un bain bouillant aux huiles essentielles, chipées dans l'armoire de Cécile. Au fond de moi, je me demandais si Julien n'exagérait pas un peu. Quand même, en plein Paris, ces scènes d'un autre âge... Sans que la police lève le petit doigt...

Jamais de ma vie, je n'avais vu quelqu'un frapper un inconnu sans raison. Le ton montait d'abord, lors d'une bagarre. Les invectives fusaient, même brièvement, avant que l'altercation dégénère en affrontement physique. Ah si, au CM2, peut-être, pendant la classe de neige... Le gros Aubain giflait les CM1 dans le dortoir, pour les punir des dimensions microscopiques de son pénis et de son obésité.

– Mais enfin Julien, tu es sûr que vous ne les avez pas provoqués ?

– Mais non, non, je te jure, on savait même pas pourquoi ils nous tapaient. Ils rigolaient, comme si c'était un jeu pour eux... Des fois, ils volaient un portable et ils le cassaient juste après, devant son propriétaire. Comme s'ils croyaient qu'on est hyperriches pour s'en repayer un le lendemain...

Julien s'est mis à sangloter.

– Nous on s'bat pour défendre leurs droits et voilà, gémit-il en désignant son nez qui le hissait, dans un autre style, au niveau d'un Cyrano dans le domaine du spectaculaire. Ils s'en prennent à nous comme si on était dans le camp du gouvernement...

– Et les médecins qu'est-ce qu'ils t'ont dit ?

– L'interne a dit que j'ai le nez cassé, il a dit que ça se remet bien droit mais je le crois pas, c'est pas possible... Il va rester tordu toute ma vie...

– Mais non... De toute façon tu sais bien que tes parents te laisseront pas avec un nez de travers, au pire il y a la chirurgie esthétique.

Ma détermination l'a rassuré.

– Maman va m'emmener à l'hôpital du Chesnay demain matin.

– Alors, tu vois, on s'occupe de toi !

Pourquoi Julien avait-il appelé sa mère, plutôt que moi ? J'encaissais mal cette disgrâce mais je n'osais le questionner sur les motifs de son choix. La porte s'est ouverte dans mon dos.

– Ça va les hommes ? On va dîner tôt ce soir...

– J'arrive.

– Du coup, papa, ma banderole a même pas servi, tu m'as aidé à la préparer pour rien...

– C'est pas grave. Allez, repose-toi, on t'appelle quand c'est prêt.

Je rejoignis Cécile qui surveillait ses endives au jambon.

– Pourquoi tu ne m'as pas prévenu plus tôt ?

– J'ai failli t'appeler, et puis une fois à la Salpêtrière, l'interne m'a rassurée, je me suis mise à ta place, tu te serais encore fait un sang d'encre. Tu crois vraiment que tu as besoin de ça en ce moment chez Credixis ?

J'admirais son sang-froid, pourtant, au fond de moi, je lui en voulais.

– C'était vraiment impressionnant aux urgences, y avait plein d'autres blessés, des arcades sourcilières fendues, des bras en écharpe...

– Il en a profité pour m'annoncer qu'il avait fumé du haschisch, avant d'aller manifester.

– Oui, moi aussi, il me l'a dit.

– Seulement moi ça ne me plaît pas du tout, cette

histoire-là ! Je m'en doutais un peu, mais je vais mettre le holà, et vite !

– On va peut-être attendre qu'il soit d'aplomb pour en parler, non ? Il faut y mettre les formes pour mieux le dissuader.

Elle me tendit le saladier et les bifidus.

– Tiens, apporte ça.

L'édition nationale du 19/20 commençait quand nous sommes passés à table.

« Aujourd'hui à Paris, manifester n'était pas simple. »

Julien nous intima le silence pour ne rien rater du compte rendu des bastonnades.

« Lucie, Julie, Étienne et les autres auraient voulu que cela soit une fête mais l'ambiance très vite s'est tendue. Bousculades, incidents, les visages se ferment, la déception s'installe. »

À l'écran, une jeune fille accusait certains jeunes de « foutre la merde » et de n'être « pas respectueux ». Ses amis et elle désiraient participer à une prochaine journée de protestation, à condition qu'elle fût organisée dans un « esprit moins casseur ».

– Et toi, Manon, tu le trouves vraiment tordu mon nez ?

Elle sauta de sa chaise pour ausculter à bout portant l'appendice tuméfié.

– Oui, il est très tordu. Mais si le docteur t'a dit qu'ils te le remettraient droit, ils vont te le remettre droit, affirma-t-elle en retournant s'asseoir.

Rassuré, Julien changea de chaîne. Sur TF1, on comprenait mieux la nature des incidents. Dix minutes plus tard sur France 2, un grand lycéen aux cheveux roux passa dignement devant la caméra, l'arcade en sang.

« Ils m'ont rouée de coups, ils m'ont déchiré mon

sac, déclarait une photographe, en état de choc. J'ai jamais vu des mecs d'une violence pareille, c'est aberrant, aberrant, aberrant... J'ai plus rien. Il me manque même ma godasse. Voilà. »

La caméra plongea vers ses pieds : en effet, elle marchait en chaussette sur le pavé.

Dans l'ensemble, les télévisions diffusaient les images au compte-gouttes, dans le but louable de ne pas stigmatiser certaines minorités visibles, majoritairement représentées parmi les agresseurs. La visite de la commission du CIO chargée d'évaluer le dossier parisien des JO 2012 a un peu allégé l'ambiance.

– J'ai vu un truc marrant quand même à la manif, affirma Julien, peu intéressé par le sujet suivant, qui narrait l'exécution de l'indépendantiste tchétchène Aslan Maskhadov par l'armée russe.

– Ah bon ? l'encourageai-je à poursuivre, réjoui qu'il conservât son sens de l'humour.

– Oui, un moment deux Blacks ont attaqué un blond rasé qui téléphonait. Il devait avoir genre la trentaine mais au lieu de se laisser faire, il s'est défendu, il a sorti une lacrymo et il les a gazés. Pendant que les mecs se frottaient les yeux en hurlant, il les a cognés. Après il a sorti des menottes et il les a attachés ensemble et là seulement il leur a montré sa carte de police.

Cécile et moi avons échangé un regard complice.

– C'était pas leur jour de chance ! a conclu Julien.

Bravant le mauvais sort qui s'acharnait contre eux, les quatre membres de la famille Ébodoire ont alors éclaté de rire, ce qui a provoqué une grimace de douleur chez le fils, qui a machinalement tâté son nez.

XVI

« Cécile », afficha l'écran de mon portable.

Je décrochai avant la fin de la première vibration.

– Oui ?

– Ça y est, on est sortis de l'hôpital.

– Alors ?

– Le radiologue dit que chaque heure d'attente supplémentaire compliquera le travail du chirurgien et augmentera la probabilité de séquelles. Du coup ils l'opèrent demain à l'aube, sous anesthésie générale. Il rentre ce soir et il sort samedi.

La nouvelle me scia littéralement les pattes.

En me fiant à mes souvenirs de champions sportifs affublés de cet appareillage biscornu, je m'étais stupidement imaginé qu'un plâtre maintenu par deux grossiers morceaux de sparadrap suffisait à réduire une fracture du nez.

Au lieu de descendre à la cantine, je commandai une pizza que j'avalai en entamant une longue navigation sur la Toile, au terme de laquelle je reçus la confirmation cinglante de mes appréhensions.

Vers 18 heures, délaissant ma ligne A, je traversai la Seine pour monter dans le RER C au musée d'Orsay. Je grelottais sur le pont des Arts, balayé par la bise. Parvenu à Versailles après trois quarts d'heure de trajet, je montai dans un taxi qui me déposa au Chesnay devant un immense bloc d'architecture moderne.

Des patients en anorak et pyjama fumaient debout devant l'entrée. Dans le hall, je croisai des visiteurs éplorés et des aides-soignants pressés, torse nu sous leurs blouses. Un bandage de fakir entourait le crâne d'un invalide en fauteuil. J'appelai l'ascenseur. Comme le battant de la cabine coulissait, un vieillard qui claudiquait en poussant devant lui sa potence de perfusion à roulettes me signifia de l'attendre. J'appuyai sur le bouton qui retardait la fermeture des portes. L'homme me remercia d'un sourire édenté puis tira de sa poche un mouchoir à carreaux constellé de verdâtres mucosités séchées, dans lequel il enfouit son nez avant d'expirer bruyamment. Sa chétivité diaphane aimantait mon regard, malgré moi, et me retournait l'estomac. Se livrait-il encore lui-même à ses ablutions ? Je frissonnai et chassai à grand-peine l'image d'une infirmière en train de lui prodiguer sa toilette intime qui me traversa l'esprit. Avait-il au moins bien vécu sa vie ? Avait-il appris à profiter pleinement des moments de grâce ténus, chaque fois que ceux-ci s'étaient présentés à l'improviste ? Avait-il, aussi souvent que possible, même pendant les mauvaises passes, tendu son visage vers le ciel pour se griser du bonheur purement sensoriel d'être au monde ? Avait-il extrait de ses beaux jours la quintessence précieuse ? Mon tour viendrait, aussi, de décliner physiquement.

Les beaux jours, c'était maintenant, pour moi.

Soudain j'eus un étourdissement. À la poursuite de quelles chimères les gaspillais-je, grand Dieu ! Par contraste avec l'univers parallèle de cet hôpital où tant d'infortunés affrontaient maux et mort, la quiétude de ma vie quotidienne m'apparut brusquement comme un miracle perpétuel dont je négligeais chaque jour de jouir, bouffi d'une inconscience orgueilleuse mêlée d'une obstination proche de la démence. Comme si je disposais encore d'une éternité à vivre, alors que le rapetissement de ma peau de chagrin s'accélérait à mesure que défilaient les années...

Je soupirai de soulagement lorsque l'ancêtre quitta l'ascenseur, deux étages avant moi. Parvenu au huitième, je parcourus le couloir sous les néons blêmes, l'estomac noué par les vapeurs médicamenteuses et l'anxiété. Cécile et Julien m'attendaient, ils avaient laissé la porte ouverte. La vue de ces visages familiers m'apaisa, même si je m'accoutumais difficilement à la truffe de Julien. Je lui déposai un baiser sur le front.

– Ça va, t'es en forme ?

– Hmmm...

J'observai la pièce, qui disposait ma foi d'un bon niveau de confort.

– Au moins, tu es bien installé...

Je lui souris.

– Alors c'est pour demain ?

Il acquiesça.

– J'espère que je vais me réveiller...

L'espace d'un instant, je me demandai si chaque patient se posait ce genre de questions avant son opération ou si une part d'atavisme expliquait pour partie l'inquiétude de Julien.

– Quelle idée ! Évidemment que tu vas te réveiller.

Un bref coup de boutoir sur la porte précéda de peu l'irruption d'un solide quinqua bronzé au sourire franc et déterminé, pour qui l'existence ne semblait poser que d'anodins embarras épisodiques. Il emplit immédiatement la pièce de sa présence écrasante. Après nous avoir énergiquement serré la main, il sortit d'une enveloppe kraft deux radiographies, l'une prise de profil, l'autre du dessous, les tendit à la lumière puis livra le diagnostic en désignant de son auriculaire une courbe noire sur le premier cliché :

– Fracture des os propres du nez, avec enfoncement des fragments et affaissement de l'arête nasale sans hématome sous-cutané. Le traitement est simple : réduction de la fracture dans les plus brefs délais. L'intervention va permettre de restaurer la morphologie du nez au plus près possible de l'état précédant l'accident, et de rendre une respiration nasale normale. C'est dur d'inspirer depuis deux jours, hein ?

Julien confirma. Le professeur cligna de l'œil.

– Ce sera pénible aussi pendant les jours qui suivront l'opération parce qu'on va établir une double contention : en endo-nasal grâce à des mèches grasses qu'on glissera sous les os fracturés, en externe par la pose d'un plâtre qui va protéger la pyramide nasale et mouler les os. T'inquiète pas mon grand, en général tout se rétablit bien. Par contre les cartilages fracturés peuvent avoir tendance à se redéformer ultérieurement, il faudra surveiller ça.

Je n'entendais rien à la terminologie du chirurgien. Je faillis, pour moquer son jargon, lui demander si les « os sales » avaient été touchés également, mais je me concentrai sur le sujet qui me taraudait depuis ce matin :

– Les risques d'infection nosocomiale sont élevés dans ce type d'intervention ?

Mon interlocuteur se figea, comme si je venais de lui envoyer une décharge au Taser. Il me jaugea avec mépris avant de s'en tirer par la pirouette rituelle :

– Le risque zéro n'existe pas, à l'hôpital pas plus qu'ailleurs.

J'étais usé, assommé, découragé qu'on me resserve partout la même sempiternelle formule, cuisinée à toutes les sauces... C'est l'institutrice de Julien, voilà plus de dix années maintenant, qui avait pour la première fois ânonné cette idiotie devant moi, alors que je lui reprochais son défaut de vigilance pendant la récréation, le jour où mon fils s'était éraflé le front en chahutant avec ses camarades.

– On peut tout de même s'efforcer de le limiter le plus possible, rétorquai-je, glacial.

– Et à quoi d'autre croyez-vous que je m'applique chaque jour, monsieur ?

Il attrapa Julien par le menton, d'un geste à la fois ferme et protecteur :

– Allez dors bien, bonhomme. C'est à nous de jouer demain ! Il va falloir être costaud, d'accord ?

– D'accord ! fit Julien, valorisé que le ponte sollicite ainsi sa coopération.

Le bellâtre salua froidement Cécile, m'adressa un signe de tête martial, puis quitta la chambre. Une aide-soignante qui arrivait avec les plateaux-repas nous pria d'interrompre notre visite. Après un quart d'heure d'encouragements poignants, de recommandations éperdues et d'effusions déchirantes, nous retrouvâmes les sièges en cuir de la 807.

– Mais qu'est-ce qui t'est passé par la boule ? s'emporta Cécile sans attendre d'avoir claqué sa portière. Ce mec va opérer Julien demain et toi tu viens l'enquiquiner ! Non mais ça t'arrive de réfléchir un peu ?

Ses paupières gonflées par l'intense activité de ses glandes lacrymales l'enlaidissaient franchement.

– Infection nosocomiale, non mais je te jure... Et devant Julien en plus !

J'écrasai le volant en serrant les mâchoires pour me retenir de répliquer.

– Mais n'importe quoi !

N'importe quoi...

Sûr qu'elle n'avait pas navigué sur la Toile, elle, cet après-midi. Pas difficile, dès lors, de me juger, du haut de son inconscience du danger... Car si les accidents d'anesthésie demeurent extraordinairement rares, de l'ordre de 1 sur 12 000, les infections nosocomiales tuent quant à elles chaque année quelque quatre mille malchanceux ! Les médecins eux-mêmes qualifient de « véritable problème de santé publique » ce fléau qui frappe 7 % des personnes hospitalisées.

Cécile ignorait que 35 % de l'ensemble des staphylocoques résistent à la méthiciline, tandis que les bêtalactamines échouent fréquemment à vaincre non seulement les klebsielles, mais également les entérobactéries. Et que savait-elle des récurrentes complications engendrées par des germes multirésistants tels que les *Pseudomonas aeruginosa* ?

Rien.

Elle n'en savait rien.

La meilleure façon de rester vivant c'est encore de pas mettre fin à ses jours, ce truisme ironique élaboré par David Borel le 1er janvier tournait en boucle dans ma caboche. Eh bien moi, après une heure de recherches pourtant superficielles, je pouvais affirmer avec certitude que le moyen le plus efficace de demeurer en bonne santé, c'était de ne JAMAIS POSER LE PIED DANS UN P... D'HÔPITAL !

Pendant la suite du trajet, seul l'autoradio branché sur Radio Classique rompit le silence. Quand les premières notes du *Miserere* d'Allegri emplirent l'habitacle, Cécile explosa :

– Mais tu le fais exprès ou quoi ! Change-nous ce truc, merde !

Nous ingérâmes à trois un dîner sinistre. Depuis longtemps, Julien n'avait pas manifesté sa présence à table avec autant d'intensité que ce soir où il s'endormait loin de nous. Seule notre imperturbable Manon, qui avait décroché ce matin un 19/20 en anglais, égaya l'ambiance. Une fois la petite couchée, je rejoignis Cécile, qui remplissait le lave-vaisselle.

– Bon, tu as raison, marmonnai-je. Je n'aurais pas dû demander ça au chirurgien...

Elle logea un dernier verre dans le compartiment du haut puis se blottit dans mes bras, où elle s'effondra en sanglots.

– J'ai de la chance d'avoir un mari qui se remet en question, hoqueta-t-elle. L'important, c'est de reconnaître ses erreurs.

Décidément, mon épouse m'idéalisait.

– Non..., soupirai-je en lui caressant les cheveux. L'important, c'est que l'opération de Julien se déroule sans pépins.

*

Il sifflait.

Oui, il sifflait.

À table.

Sans aucune raison, des brutes avaient l'avant-veille rossé mon fils qui était passé sur le billard à l'aube, l'intervention et le réveil s'étaient certes déroulés le mieux du monde mais malgré les paroles apaisantes du vieux beau je doutais que le nez de ma progéniture retrouvât sa rectitude originelle, miné par l'inquiétude et le spectre de la violence crue, cause de ces dégâts, j'avais regardé cette nuit pour la dernière fois le réveil à 3 h 38 du matin et *Lionel Ruszczyk sifflait à ma table.*

– Putain ces keublas quand même, ils sont trop stylés. D'ta l'heure j'ai trippé sur Harry Belafonte, devant mon bol de Chocapic, ça m'a grave donné la frite. Faut toujours écouter des disques pêchus le matin. Ça et les kiwis bios, c'est une des recettes toutes bêtes pour une journée réussie.

Quel bienfaiteur me débarrasserait-il un jour de ce crampon ?

Quel voyou lui rectifierait-il le portrait ?

Quel possédé le précipiterait-il sous un métro ?

– Y a un aut'truc aussi auquel y faut scrupuleusement s'astreindre de nos jours, c'est d'embrasser affectueusement sa ptite famille avant de partir au taf.

Personne ne commenta cette assertion saugrenue qui suait les préparatifs d'un coup fourré comme la roulure affectionnait en ourdir.

– Quel âge il a ton fils, mon Pakal ?

Une sirène d'alarme se déclencha dans un coin de mon cerveau.

Pourquoi Julien ?

Pourquoi *aujourd'hui* ?

– Seize ans, grognai-je, sur mes gardes.

– Seize ans, ça va, t'as encore un peu d'temps d'vant toi...

Il trempa théâtralement une de ses frites dans la pyramide de ketchup qu'il avait confectionnée au bord de son assiette.

– Et le tien Luc ?

– Treize et vingt, pourquoi ?

– Vingt ! Ouh la vache ! Vingt ans, là ça craint là ! Rassure-moi, il joue pas au base-ball au moins ?

Luc lui sourit, sans répondre.

– Bon, comme j'vous l'disais l'aut'fois je conseille non seulement l'élimination des couverts, ciseaux et coupe-papier, mais alors les objets contondants, tout ce qui est vases, pots de fleurs, chandeliers, on évite aussi hein, on œuvre dans l'dépouillement, on conserve que l'strict nécessaire : une table, des chaises, un canapé. Ça tombe bien, la mode est à l'épure, je l'ai lu dans *ELLE Déco*.

– Allons bon, je sens qu'il a une histoire bien sordide à nous raconter not'pépère... Allez, vas-y, on t'écoute.

– Oh non, Luc, j't'assure, me d'mande pas ça. C'est trop moche, ça nous couperait l'appétit.

– Mais si, crache-la ta Valda sinon elle va te peser sur l'estomac et tu vas rester constipé, ce serait dommage.

– Bon, bon, si t'insistes...

Il farfouilla dans sa poche intérieure dont il tira un feuillet imprimé.

– AFP, infos françaises.

Il se racla la gorge.

– « Un étudiant de vingt et un ans a avoué être l'auteur de l'assassinat incompréhensible de sa sœur de seize ans, à coups de batte de base-ball, dimanche soir à leur domicile des environs de Mulhouse, parce qu'il avait décidé de tuer le premier membre de sa famille qui rentrerait à la maison. "Interne dans un lycée agricole de la région où il préparait un BTS, il a déclaré aux enquêteurs avoir frappé sa sœur une vingtaine de fois à la tête et ne s'être arrêté que lorsqu'il était sûr de l'avoir tuée", a indiqué le procureur de la République. »

Nous avions eu beau nous préparer, ce qu'il nous lisait nous glaçait tellement que personne ne songeait à l'interrompre. Luc avait posé sa fourchette et ne mastiquait plus.

– « Le jeune homme, décrit comme très perturbé par

la séparation de ses parents et souffrant de désordres psychologiques dus à sa solitude, avait prémédité la veille de tuer le premier membre de sa famille – son père ou sa sœur – qui rentrerait à la maison. Vers 21 h 45, la jeune fille est rentrée la première. “Elle est allée dans sa chambre, au premier étage, et s'est installée devant son ordinateur. Il y a eu un bug informatique, elle s'est penchée pour redémarrer l'appareil, et c'est à ce moment-là que son frère l'a frappée”, a raconté le procureur, se fondant sur les déclarations du meurtrier présumé. »

On aurait entendu voler une mouche. La raclure avait plongé son auditoire dans un état de proche de la sidération.

– « “Elle s'est très peu défendue. L'effet de surprise a dû être immédiat, il n'y a pas eu de dispute”, a encore précisé le magistrat. Après le drame, le jeune homme a appelé lui-même les gendarmes. “Il a indiqué qu'il n'avait pas jugé utile d'appeler le SAMU, car il savait que sa sœur était morte.” Les faits sont aussi horribles qu'incompréhensibles et aucune motivation particulière ni dispute ne peut être avancée pour les expliquer. »

Ruszczyk a brusquement jeté la dépêche à côté de lui comme il aurait chassé un cafard énorme parcourant son ventre.

– Mais c'est pas vrai quoi, ça fait TROP FLIPPER ces trucs de malade ! Je vais vous l'expliquer, moi, la motivation particulière, et pas bzoin d'un psy ! Le pur plaisir de détruire, la v'là la motivation !

– Tu m'emmerdes Ruszczyk avec tes conclusions à la mords-moi-l'nœud, souffla un Luc cadavérique. Tu m'emmerdes vraiment !

– Mais oui, j'ai raison, mais oui ! D'allieurs avant-hier à la manif c'était la même. Vous les avez vus les frappadingues qui défonçaient les ados ? Pareil, le pur plaisir de détruire !

Le sang afflua à mon visage, mon rythme cardiaque s'accéléra, au point que je craignis un moment l'infarctus.

À combien montais-je, à l'instant ? 100, 110 ?

– Quand je vous l'disais que les jeunes y z'ont plus de repères, vous vouliez pas me croire... Même dans la chienlit c'est l'bordel maintenant, on peut plus s'fier à rien du tout ! Avant au moins on comprenait ski s'passait dans les manifs : les étudiants battaient l'pavé, après ils en lançaient aux CRS/SS qui les battaient pour s'venger. Seulement mardi ça ressemblait plus au bon vieux temps ! Les gamins y croient combattre l'oppression libérale, y s'mettent en grève contre les inégalités machin et tout, et au lieu de r'cevoir des applaudissements y voient des baraqués blacks ultracapitalistes en Lacoste et Burberry leur tomber dessus à sept ou huit pour leur latter la tronche, forcément ça leur fait drôle, les pauvres... Du coup ils en sont réduits à quémander la protection des forces de l'ordre, c'est moche !

Avec son couteau mal aiguisé, il désossait si malaisément son poulet qu'un instant je craignis qu'il y mette les doigts.

– Tu m'diras, rien qu'à entendre les slogans des insurgés, t'as compris... Les v'là qui chantent des comptines, ces benêts ! « Les lycéens sont révoltés, pirouette, cacahuète. Et y sont v'nus bloquer l'lycée, pirouette, cacahuète ! »

Il s'arrêta net, comme traversé d'une illumination. Il tendit son bras, paume ouverte devant lui, pour prévenir une objection que personne ne songeait à lui opposer.

– Attends ! Je te le dis en slam,

Même si c'est pas vraiment ma came.
Non mais t'imagines Lénine,
Et puis Trotski et puis Staline,
De Moscou jusqu'à Sakhaline
Chanter cacahuète et pirouette ?
Elle aurait pas eu l'air chouette,
La révolution des soviets !
C'est Karl Marx qu'on assassine,
Avec pirouette et cacahuète !
En plein milieu de la manif
Tu te ramasses un bourre-pif
C'est la cacahuète finale,
Celle qui t'envoie à l'hôpital
Et bourre et bourre, et ratatam,
Comme dans du Maxime Chattam !

Mes derniers doutes s'effacèrent : ce type était un drogué dangereux. Et ces yeux bleu azur, toujours, qu'il plantait dans les miens...

– Tu m'diras j'les comprends moi les racailles, à leur place aussi j'aurais envie de distribuer des paires de baffes aux révoltés, rien que pour le plaisir d'les entendre pleurnicher après devant le micro des journalistes : « Les casseurs ont gâché la fête, c'était pas une vraie manif, snif, snif. »

Mes oreilles bourdonnaient, maintenant.

Peut-être qu'un jour, il me rendrait fou ?

– Enfin pour dire la vérité, personnellement je ressens toujours un peu de peine quand je vois des Français qui vivent sur leur terre depuis quinze ou vingt générations laisser leurs mioches s'faire fonceder par des keumés qui sont peut-être même pas nés ici. Quand même, faut pas avoir beaucoup de respect pour ses ancêtres... C'était bien la peine qu'y zaillent clamser à Waterloo ou à Verdun, les malheureux.

Probablement avait-il intercepté une de mes conversations téléphoniques avec Cécile, hier ou ce matin ?

– Vous les de souche vous avez qu'les mots « justice sociale » à la bouche pour retarder l'plus longtemps possible l'heure du fight qui vous attend contre l'ennemi quand ça pétera comme au Liban. En tout cas, moi, si ça m'arrive un jour, c'est pas compliqué : je paie un détective pour identifier laçui qu'a confondu mon fils avec un punching-ball, avec deux trois potes j'organise une descente dans leurs cités pourries là, façon Poutine chez les Tchétchènes jusque dans les chiottes, et le coupable je l'pends par les pieds à un abribus, avec « TOUCHE PAS À RUSZCZYK » écrit dans le dos au rasoir, pour l'exemple, qu'ses copains sachent à quoi y s'exposent la prochaine fois. Ça leur f'ra des photos trash à publier sur leurs blogs débiles. Faut s'méfier, on est un peu sanguins des fois nous les Polaks, les Allemands y s'en sont souvenus quand le vent a tourné en 44, je veux dire, les *rescapés* y s'en sont souvenus.

Les deux fois, j'avais parlé à voix basse pourtant ; et vérifié que personne ne traînait dans les parages. Mais j'avais peut-être été victime de la même mésaventure qu'Hélène et Alice ?

– Remarque, l'Éduc' nat' pourrait relever l'aspect positif des lynchages en lançant un concours de scénarios citoyens sponsorisés par SFR sur le thème : « Nous allons vous faire aimer la CRS. » Là-dessus, Kassovitz réalise un clip rebelle avec des jeunes discriminés issus des quartiers et tout l'monde est content.

Il me dévisagea d'un air bonasse en écrasant un grain de raisin entre deux prémolaires.

– T'es pas d'ac, mon Pak, pirouette, cacahuète ?

– Laisse-moi.

– Oh là là, quelle humeur, mais quelle humeur !

Heureusement qu'y r'vient de vacances mon Pakal, sinon qu'est-ce que ça s'rait !

– Il t'a demandé de lui foutre la paix, est intervenu Luc, redoublant mon ridicule.

– Ah, je vois, je vois, c'est le complot maçonnique contre ma pomme, alors ? OK, OK, j'm'incline devant la bêtise au front d'taureau.

Je décidai de crever l'abcès.

– Tu es courant, c'est ça ?

– Plaît-il ?

– Tu m'as entendu téléphoner ?

– Bé hé, mon Pakal, t'as pété une durite, là. Fais gaffe, t'es mûr pour Sainte-Anne. Tu veux pas demander quelques jours à Glazer ? « Trop d'pression, je tiens plus, j'ai besoin de souffler un peu », nana, machin, t'enrobe ça bien quoi. J'appuie ta d'mande si tu veux, il m'a à la bonne le boss.

Je ne croisai que des regards fuyants cet après-midi-là dans l'*open space*. Le soir, Semeido se crut même obligé de prononcer quelques paroles réconfortantes, lorsque nous empruntâmes ensemble l'ascenseur.

– Tu sais, Pascal, il est allé trop loin cette fois. Tôt ou tard, ses excès se retourneront contre lui.

Il prêchait pour sa paroisse, bien sûr, horrifié à la perspective que Ruszczyk ne lui flanque à son tour semblable déculottée.

Ma Sardine et mon Pakal entamèrent de conserve leur chemin de croix quotidien dans les transports publics. À la station Opéra, ma Sardine et mon Pakal descendirent pour rejoindre leurs correspondances respectives.

Ma Sardine tendit la main à mon Pakal, qui la lui serra mécaniquement.

XVII

– C'est vrai qu'il a eu une bonne idée, Delanoë, avec ses couloirs de bus, n'empêche qu'à force de supprimer des places de stationnement, il a oublié les banlieusards comme nous.

Nous tournions depuis une demi-heure.

– Bon, soupirai-je, ça va se finir au parking souterrain...

– Ah non, non, ça va nous coûter la peau des fesses. Gare-toi sur la livraison, là.

– Je n'aime pas me garer où c'est interdit.

– Écoute Pascal, tout le monde le fait.

Je déclenchai mon clignotant.

– C'est pas parce que tout le monde fait n'importe quoi qu'on doit faire la même chose, maugréai-je en braquant pour mon créneau.

À la Salpêtrière, après avoir tué en sa compagnie d'angoissantes minutes dans la salle d'attente, Cécile avait échangé ses coordonnées avec Nathalie, la mère d'un autre manifestant cabossé. En début de semaine, Nathalie nous avait envoyé un courriel pour nous convier à la réunion qu'elle et son époux organisaient dans un bar du 11e arrondissement, en vue de recueillir des témoignages sur la journée du 8 mars. Et voilà comment un honnête père de famille se retrouvait dehors un vendredi soir, arraché à son doux foyer, à *Thalassa* et à Georges Pernoud, par une épouse convaincue qu'un échange avec des parents confrontés à des difficultés similaires aux siennes l'aiderait à mieux accompagner son fils dans un salutaire « processus de dévictimation ».

Je me sentais dépaysé en arpentant les trottoirs. Comme je ne fréquentais jamais ces quartiers bigarrés, j'ignorais qu'il existait en certaines parties de la capitale une telle concentration de taxiphones, de librairies musulmanes et de boucheries *hallal*. Je savais par contre qu'un peu plus haut, vers Belleville, certains généralistes se plaignaient de devoir être secondés par un interprète chinois pendant leurs consultations.

– Simplement, on aimerait bien avoir des réponses aux questions qu'on se pose : pourquoi la police est pas intervenue ? Pourquoi des jeunes exclus s'en sont pris massivement à des manifestants de leur âge ?

Nous arrivions tellement en retard que la discussion faisait déjà rage quand nous pénétrâmes dans le café, une étuve enfumée, excessivement mal ventilée.

– On sait même pas exactement combien de lycéens ont été agressés, affirmait un type en chemise de cowboy à carreaux rouges et noirs. Il faudrait que la préfecture communique les chiffres.

Il ne restait plus de places assises, aussi commandâmes-nous un demi et un Perrier au comptoir. Nathalie adressa un salut amical à Cécile.

– C'est difficile à dire, puisque plein de parents ont pas porté plainte.

Cécile approcha ses lèvres de mon oreille, en même temps qu'elle levait le bras, comme une écolière du cours moyen.

– Celui qui vient de parler c'est Manu, le mari de Nathalie.

J'imaginais que sa conduite allait susciter des moqueries mais ma femme maîtrisait mieux que moi les us et coutumes du débat d'idées car Manu, qui notait les tours de parole, l'a désignée tout naturellement.

– Bonjour, je m'appelle Cécile. Nous, notre fils a eu le nez cassé. Je n'ai pas porté plainte, je le regrette aujourd'hui parce que symboliquement, ç'aurait pu lui faire du bien.

– Moi j'ai ppporté plainte, l'agresseur de mon fils a ap pris deux mois ferme en compaparution immmmédiate, a précisé une femme mûre qui ne manquait pas de charme, bien qu'une calvitie dégarnît le haut de son crâne.

– J'aurais très mal supporté ça, a glissé nonchalamment une baba cool à tignasse frisée qui se roulait une cigarette.

Elle portait des bottes à bouts carrés que j'aurais plutôt vues aux pieds d'un homme.

– Pouourquoi ? Moi ça me choque pas qqqu'un abruti quisam qui s'amumuse à casser du pppetit Blanc se retrouve enpri enpri en prison.

– Ah voilà, ça y est ! s'est exclamée la baba contestataire en allumant le clou de cercueil remarquablement cylindrique qu'elle s'était fabriqué. C'est parti pour la dérive ethnique ! Aujourd'hui un site juif a lancé un appel contre les ratonnades anti-Blancs, signé par Julliard, Kouchner, Taguieff, Finkielkraut et toute la clique, vous savez ski vous reste à faire...

– Je signerai certainement po cette pétition, est intervenu un costaud à lunettes, n'empêche que mouo, mon fils devait aller manifester mais qu'il o changé d'avis quand il o reçu un texto qui disait : « Viens po touo avec to tête de Blanc. »

– Non ! J'refuse cette essentialisation à la couleur de peau ! On assiste dans cette affaire à une ethnicisation d'la question sociale vraiment dramatique, parce qu'elle constitue ni plus ni moins qu'un alignement sur les thèses du FN. En son temps, Badinter appelait ça la lepénisation des esprits.

Essentialisation.

Ethnicisation de la question sociale.

Je ne risquais pas de savoir qu'elles correspondaient aux thèses de l'extrême droite puisque je n'avais jamais entendu ces expressions. Contrairement à ce que j'imaginais, j'avais suivi de très loin la vie politique de mon propre pays, ces dernières années. Je culpabilisais de n'avoir jamais réfléchi à ces questions, bercé par le redressement du marché. Le CAC, le vrai, avait presque doublé depuis mars 2003.

– Ça sert à rien de se voualer la fosse. Chui prof de sport dans un collège de ZEP, eh boh les insultes que s'envoent les gamins entre eux sont souvent à coractère rociste...

Manu a désigné un type qui tendait l'index.

– Je m'appelle François, j'suis prof moi aussi. J'étais sur place le 8 mars. Y avait une grande majorité de Blacks parmi les casseurs, oui. Au départ, je constatais surtout une démarche de pillage, et ensuite, c'était une démarche de... frapper. Mettre à terre et donner des coups de pied et des coups de poing. J'ai vu un manifestant se faire frapper la tête contre un rideau de fer, oui, c'était vraiment excessivement violent. Et y zétaient à cinq, six, sept sur une personne, à le rouer de coups. Ils disaient qu'ils niquaient l'État français, ils niquaient les manifestants, enfin ils niquaient tout l'monde quoi...

– Moi aussi j'étais là, a enchaîné un jeune homme qui s'est présenté comme membre des Jeunesses communistes révolutionnaires, et ce que j'ai vu, c'est une manifestation où y avait plusieurs dizaines de milliers de lycéens, et où à l'arrivée y en avait deux mille, et où on a dû arrêter la manifestation avant son terme, parce que plus la manifestation a avancé et plus y a eu des violences, des vols, contre les lycéens. On n'a pas eu, contrairement à ce qu'on a pu lire à droite à gauche, des centaines de jeunes de banlieue qui seraient arrivés à la manifestation dans l'seul but de taper et voler mais y avait dès l'début quelques groupes, bien organisés, qui étaient là dans un seul but c'est se faire du fric en piquant les trucs des lycéens et progressivement, de ces quelques dizaines, on est passé à plusieurs centaines et à la fin un bon millier qui ne faisaient plus partie entre guillemets d'la manifestation mais qui s'occupaient uniquement de piquer des trucs aux lycéens en les frappant parfois quand y refusaient d'leur donner ce qu'y leur demandaient. C'qui fait qu'la manifestation s'est coupée en deux et ce qui était frappant c'est que on avait au centre, enfin sur la route, une manif à 95 % avec des lycéens blancs et sur les trottoirs que des jeunes Noirs ou Arabes qui euh faisaient plus partie du cortège euh en tant que tel, voilà.

Cette fois, plus moyen de remettre en question la version de Julien puisque ces deux témoins la corroboraient peu ou prou. Leur intervention a plongé l'assistance dans la consternation.

– Attention, je voudrais pas qu'on récupère mes propos à des fins xénophobes, a précisé François, d'autant que mon analyse c'est qu'tout ça c'est un retour de flamme de l'exclusion que la société française fait subir à ces jeunes des quartiers défavorisés.

– Le ressentiment social n'est pas incompatible avec le racisme, a objecté une petite blonde aux cheveux longs.

– Pardon, tu nous précises juste ton prénom, l'a reprise Manu d'un ton agacé, sinon on va pas y arriver...

– Annick, je suis sociologue. Je trouve ça dangereux de la part de certains de nos camarades de gauche de se voiler la face sur ce racisme à l'envers.

Elle exprimait son opinion avec une absence complète de volonté polémique qui décuplait sa force de persuasion.

– Je savais depuis longtemps que, quand les banlieues exploseraient, ça ferait mal. Maintenant les banlieues explosent, et c'est à mon fils qu'elles font mal. Parce qu'il est blond. Et ça c'est grave.

– Attends, a contesté le militant des JCR, je pense que dans la tête des cogneurs ç'a jamais été : on va casser du Blanc. Ils ont pas génétiquement le truc de solidarité passe qu'on est black ou passe qu'on est rebeu mais c'est aussi un produit de la marginalisation sociale et d'la ghettoïsation dont y sont victimes tous les jours, de l'abandon complet des banlieues euh depuis vingt ans euh et où on a l'impression que les seuls qui ont vraiment les mêmes intérêts que nous c'est ceux qui sont de la même couleur. Moi je dis que c'est une revanche sociale dévoyée passeque ça s'attaque à... au lycéen blanc entre guillemets passe que y symbolise c'que le jeune de banlieue noir ou arabe pourra jamais être mais je dis c'est préventif passe que c'est pas en tant que lycéen qui s'fait taper c'est passe que dans l'imaginaire malheureusement c'est lié à des faits qui sont bien réels les ptits Blancs entre guillemets du centre d'Paris euh sont les futurs ministres ou patrons qui continueront d'en foutre plein la gueule aux jeunes de banlieue. Donc c'qu'il incarne le lycéen blanc ça l'dépasse complètement.

– Après la guerre préventive du Pentagone contre Saddam Hussein, a ironisé un certain Pierre qui s'est présenté comme professeur de géopolitique dans une université parisienne, nous voilà dans l'ère du tabassage préventif, au cas où le lycéen blanc militerait au MEDEF d'ici dix ou quinze ans... Intéressant !

Sa raillerie a jeté un froid. Il portait un costume-cravate qui détonnait avec l'allure décontractée des autres intervenants. Sa propre fille avait été rouée de coups.

– Il est pour le moins manichéen d'opposer veinards des villes et vandales des cités, a-t-il ajouté. Rassurez-vous, les petits Blancs qui défilent grossiront eux aussi les bastions du sous-prolétariat comme opérateurs de saisie ou hôtesses de caisse, avec leur bac+3 de psycho ou de socio dans la poche. On va aussi très mal dans les classes moyennes, croyez-moi. Si certains professeurs parmi vous sont fatigués de l'Éducation nationale, c'est le moment de changer de crémerie ! Les cliniques psychiatriques recrutent à tour de bras pour enseigner à des mômes qui n'osent même plus sortir dans la rue tellement ils crèvent de trouille...

– Annick ?

– Oui... Je voulais rappeler qu'envoyer des brutes sur des manifestants, c'est un truc du pouvoir aussi vieux que les manifs. Moi ces jeunes casseurs me font penser à un nouveau Lumpenproletariat fabriqué par le capitalisme et instrumentalisé par le gouvernement pour faire passer ses réformes ultralibérales et donner un nouveau tour de vis sécuritaire à chaque soubresaut.

– Ouais, sauf que Marx et Engels, ils étaient pas si indulgents que toi envers le Lumpenproletariat !

– Attends, attends, t'interromps pas les gens sur ce

ton et tu t'présentes s'il te plaît..., l'a repris le grand ordonnateur.

– OK, OK, je m'appelle Sébastien, chui étudiant en histoire, précisa le gaillard, fâché d'avoir été freiné dans son élan. Dans le *Manifeste du parti communiste*, ils les traitent de racailles, de lie de la société, ils applaudissent les grévistes qui en zigouillent quelques-uns pour l'exemple. C'est nouveau ça, de préférer le voyou à l'ouvrier, je me demande même si ça fait pas partie de la disparition de la lutte des classes...

Cécile se pencha vers moi.

– C'est quoi Lumpenproletariat ?

– Une référence marxiste. Littéralement ça signifie « prolétariat en guenilles », en allemand.

Afin de consolider auprès de mon épouse ma réputation d'homme instruit, je ne précisai pas que je n'avais jamais ouvert un livre du philosophe, mais simplement appris mes fiches de culture générale en prépa.

– La lutte des classes qu'y a aujourd'hui, est intervenu un jeune Noir, membre de la coordination lycéenne, c'est plutôt des classes pauvres qui essaient de s'imposer et les classes pauvres c'est vrai que c'est souvent les immigrés, ça on va pas se le cacher mais euh de l'autre côté on va pas nier non plus que les classes aisées c'est souvent des Blancs donc voilà. Et c'est pour ça que quand y a un choc, eh ben tout de suite ça tourne à la guerre raciale et bon voilà, c'est dommage. On parle de communautarisme mais j'ai plutôt l'impression que c'est une bataille rangée qui se prépare quoi, plutôt qu'aut' chose. Faut moins d'inégalités sociales pour éviter ce genre de choses.

– Même si c'est pas très populaire en ces périodes sarkozystes, l'a soutenu Annick, il faudra le redire tant que ça sera pas rentré dans les têtes : ces jeunes ne deviennent pas casseurs pour le plaisir, mais parce qu'ils sont victimes eux-mêmes d'une terrible violence sociale, relégués scolairement dans des filières sans débouchés qu'ils n'ont pas choisies, de discrimination à l'embauche et au logement, du racisme ordinaire de la société française. Remédier à toutes ces injustices est le seul moyen de restaurer le vivre-ensemble.

– Y a une confusion dans les termes qui prouve qu'y a plus aucune culture politique dans c'pays ! Dans les manifs, quand on a commencé à voir des cailleras piller les magasins au moment de la dispersion pour se ravitailler en Nike et en Nokia, on a parlé de casseurs. Mais un casseur c'est pas ça.

Sébastien martelait ces percutantes nuances sémantiques d'une voix rocailleuse épicée d'une gouaille de titi parigot qui produisaient un cocktail corsé mais gouleyant.

– Un casseur c'est soit un gaucho soit un anar qui r'fuse la négociation et le compromis avec l'État et qui s'attaque aux forces de l'ordre comme bras armé du capital. Il dévalise pas les boutiques et en aucun cas il s'en prend aux manifestants. Sa cible ça reste le pouvoir.

– Si c'est ni des casseurs, ni le Lumpenproletariat, alors qu'est-ce que c'est ? a naïvement demandé Cécile.

– C'est notre avenir ! a riposté Sébastien. Vous avez voulu la France multiculturelle, vous l'avez !

Un tollé indescriptible a suivi cette déclaration.

– Quel rapport ?! a hurlé quelqu'un.

– C'est scandaleux des propos pareils !

Cette pagaille me hérissait le poil.

– Ne nous dispersons pas, ai-je fermement recadré le débat. Ce pour quoi nous sommes là, ce qui pose question d'abord et avant tout, c'est le manque de sécurisation de cette manifestation.

Peu à peu, la cacophonie s'est atténuée.

– Le PS a demandé une commission d'enquête parlementaire, a rappelé Nathalie.

– C'est vrai ça : pppourquoi les cacasseurs étaient si nombreux ? Pouourquoi ont-ils agi en toute impunité ?

– Qu'est-ce tu crois ? a vociféré Sébastien, indifférent à l'évidente timidité de cette femme. Dans les cités aussi ils sont nombreux et ils agissent en toute impunité ! Moi j'habite à La Courneuve et je peux vous dire que c'est vraiment des relous, ces mecs qui zonent avec leurs pitbulls pas muselés en bas des barres jusqu'à 3 heures du mat' en poussant la zique à donf dans leur BM.

La femme à bottes est revenue à la charge :

– N'empêche que moi quand je vois des jeunes se faire tabasser par plusieurs individus sous le regard des CRS qui lèvent pas le petit doigt, la question qui m'vient à l'esprit c'est : à qui profite le crime ? Et si c'était un coup monté du gouvernement qui aurait délibérément choisi de pas intervenir, dans le but de casser le mouvement lycéen tout en laissant le sale boulot aux jeunes des banlieues ? La fin de non-recevoir des parlementaires UMP sur la commission d'enquête va dans le sens de cette hypothèse...

– En tout cau, cette strotégie a payé puisque les incidents de la précédente monif du 15 février ont découragé po mal de lycéens.

– Pourquoi y a eu un black-out dans la presse sur les premiers incidents ? a demandé Nathalie.

En effet, je n'avais pas entendu parler de ces individus violents, lors des précédents défilés festifs, sans quoi je n'aurais jamais autorisé Julien à descendre dans la rue avec ses camarades.

– Moi j'avais lu des comptes rendus circonstanciés dans certains journaux, a précisé Annick. Mais en février, c'était pas pareil, ils n'avaient attaqué que les voitures et les flics.

– Si, c'était pareil ! l'a violemment contredite Manu. Ils s'en étaient pris aux manifestants. Écoute, j'ai toujours milité à gauche, j'ai fait Mai 68. J'te dis pas que Raffarin est super triste de voir les casseurs disperser les manifs à la place des CRS... Dans une certaine mesure, c'est de bonne guerre que les grévistes et la police jouent au chat et à la souris. Seulement là, c'est pas une manipulation d'la police. J'aimerais bien, mais c'est plus grave. Ça ressemble à rien de ce que j'ai connu. Je peux vous assurer que les mecs que j'ai vus dans le cortège avaient vraiment la rage, une rage que personne peut prétendre avoir, ni les lycéens anti-Fillon ni les vieux syndicalistes, même les plus radicaux comme moi.

– Y a qu'à les vacciner s'y z'ont la rage !

– Y s'foutent complètement de toute forme de lutte sociale, a poursuivi Manu sans se laisser distraire par la boutade de Sébastien. Ce qui les stimule c'est l'ultra-violence gratuite et le business, un mélange détonant, high-tech et archaïque à la fois. Je pense vraiment qu'ils méprisent les manifestants, les boloss comme ils les appellent, un mot qu'aucun d'entre eux peut définir exactement. Comment on reconnaît un boloss ? Comment prouver qu'on n'est pas un boloss si personne sait ce que c'est ? C'est encore un être humain, un boloss, ou c'est juste le stade en dessous ? Ça souffre ou pas un boloss, quand on l'tape ?

– Vous me faites marrer avec vos grands discours, protesta un certain Malik. Vous pouvez pas comprendre ce qui se passe dans la tête d'un môme d'une cité qui tient le mur toute la semaine entre deux provocations des keufs qui se comportent comme des gamins au lieu de calmer le jeu. Tout ça c'est l'effet de groupe aussi. Ils s'engrainent les uns les autres. Quand on les prend séparément, ils sont gentils ces gosses-là.

– Moi je suis éducatrice de rue et je vois de plus en plus d'ados qui prennent plaisir à se battre collectivement.

– Très bien, et ton prénom ? a demandé Manu, visiblement excédé par les manquements répétés à ses consignes.

– Émilie.

– La maaanif ça devient Didisneyland, un terrain de jeu géant pour laba laba la bagarre !

– Oui, sauf que c'est toujours les mêmes qui tapent et toujours les mêmes qui encaissent ! Croyez-moi, le 8 mars, c'était une terreur massive, plutôt *Orange mécanique* que Disneyland ! a rectifié Manu.

– Je le vois tous les jours que la violence des jeunes augmente, a assuré Émilie. Entre eux et envers les institutions.

Pierre a réclamé la parole. Manu a souscrit à sa requête.

– *Orange mécanique* a rejoint Disneyland, pour reprendre vos références. On la perçoit bien, cette allégresse juvénile, quand on regarde les images, d'ailleurs les agresseurs n'en font pas mystère quand ils commentent leurs cogneries. Et puis soyons objectifs, avouons qu'ils ne sont pas les seuls à confondre la rue avec un terrain de jeu : certains bloquent la circulation pour traverser Paris sur patins à roulettes le vendredi soir, d'autres s'assassinent pour de faux avec des pistolets à eau, d'autres organisent des batailles de polochons à

Notre-Dame, les mères s'habillent comme leurs filles et les enfants jaloux s'amusent à en tabasser d'autres pour se faire de l'argent de poche... Normal.

La porte du bar grinça et Ruszczyk Lionel, honteux, glissa son visage par l'entrebâillement. Il hésitait à franchir le seuil mais Pierre l'a agrippé sans ménagement par la manche et l'a poussé au milieu de la salle. La crevure portait un pyjama jaune à nounours, tellement grotesque que des rires vexatoires n'ont pas tardé à fuser, auxquels ont succédé noms d'oiseaux et huées. Rapidement l'assistance s'est liguée contre cette ordure, lui reprochant amèrement son immaturité catastrophique, son irresponsabilité calamiteuse. Les fumeurs lui lançaient leurs mégots. Bouteilles et verres ont suivi, que Ruszczyk esquiva d'abord aisément jusqu'au moment où les projectiles plurent si dru que l'un d'entre eux le blessa sérieusement au front, occasionnant une hémorragie abondante.

– Pour rebondir sur ce que disait Émilie, a ajouté Pierre, rompant douloureusement mon extase hallucinatoire, j'ai étudié le rapport de l'Observatoire national de la délinquance, pour sortir des fameux fantasmes sur l'insécurité, comme on dit.

– Ouais enfin l'Observatoire natio...

– S'il vous plaît, je FINIS ! a tonné Pierre en tendant sa paume dans la direction de l'importun. Je ne vous ai pas interrompu, j'aimerais que la réciproque fonctionne, merci.

Sébastien a rongé son frein, saumâtre.

– Donc j'ai lu le dernier rapport de l'OND et le moins qu'on puisse dire c'est que cette lecture n'est pas spécialement réjouissante car on y devine à quoi ressemblera le monde de demain si on continue sur ce rythme, c'est-à-dire : une vaste cour de récréation sans la surveillance d'un adulte.

Ses références, aussi bien que la manière dont il les exposait, dénotaient l'homme cultivé. J'enviais son art consommé de la rhétorique. Il n'élevait pas la voix mais cette retenue produisait l'effet inverse que pour les autres intervenants : au lieu que des conversations parasites couvrent son propos, le brouhaha s'estompait progressivement dès qu'il parlait.

– Les rapporteurs constatent une explosion de la violence des mineurs, qui représentent un quart des personnes mises en cause dans les violences sexuelles, qui ont augmenté de 67 % ces huit dernières années. Sur la même période, les mineurs mis en cause pour des violences physiques non crapuleuses, c'est-à-dire, pour parler clairement, des brutalités gratuites, qu'on justifie généralement par « j'ai pété un plomb », progressent de 83 %. Motifs crapuleux et non crapuleux confondus, le nombre des mineurs mis en cause pour les violences envers les dépositaires de l'autorité augmente également de 83 %. Alors on peut toujours se cacher derrière son petit doigt, signaler qu'en chiffres réels, ça ne représente que quelques milliers de cas, prétendre qu'il ne se passe rien et que Sarkozy manipule les statistiques pour créer en cachette un État policier : pas de problème pour moi, je n'éprouve aucune espèce de sympathie pour ce type-là. Seulement si nous ne sommes pas capables d'identifier les raisons de ces déchaînements pour essayer d'y remédier, il ne faudra pas nous plaindre le jour où la bombe à retardement que nous sommes en train de fabriquer nous pétera à la gueule !

Je réentendais les mots de la photographe, en chaussette sur le trottoir, au journal de France 2. *J'ai jamais vu des mecs d'une violence pareille, c'est aberrant, aberrant, aberrant...*

– N'imputer ces phénomènes d'ultraviolence qu'à des difficultés d'ordre socioéconomique, c'est se méprendre gravement sur le type d'individus déculturés, déracinés, privés de repères symboliques, gavés de télévision, de publicité et littéralement schizoïdes engendrés par nos sociétés modernes.

Un blanc a ponctué son envolée.

Les débatteurs se lorgnaient l'un l'autre.

– Merci pour ce brillant exposé théorique, a conclu Manu d'un ton méprisant. Sébastien ?

D'un geste de découragement, celui-ci a renoncé.

– Bon, concrètement ça nous dit pas comment on pourrait éviter que nos mômes se fassent racketter la prochaine fois qu'ils iront manifester.

– Racket, racket, tout d'suite les grands mots, s'est moqué Malik... Ils font juste de la redistribution équitable de plus-values...

Manu est sorti de ses gonds :

– Ah oui, c'est d'la redistribution équitable quand ils éclatent l'arcade sourcilière de mon fils ?

Un silence a suivi.

– On pourrait ptête porter plainte contre les CRS pour non-assistance à personne en danger ? suggéra Nathalie.

Sébastien a éclaté de rire.

– Depuis quand les CRS, y sont chargés de protéger les manifestants ?

– Ce qui est sûr, a certifié Manu, c'est qu'il faut que les mômes puissent se défendre dans les prochaines manifs. Ils peuvent pas éternellement jouer le rôle de pigeons...

– Enfin s'ils doivent enfiler l'attirail d'un GI à Bagdad, autant qu'ils restent chez eux..., a noté Sébastien, avec un certain bon sens.

– La solution temporaire, ce serait de descendre avec eux dans la rue pour les protéger..., a rétorqué Manu. Moi ça m'effraie pas, je sais défendre mes proches, personne me marche sur les pieds, personne touche à mes enfants.

Disposais-je personnellement d'assez de bravoure pour protéger Julien ? De me battre, et même de mourir pour lui ? Le simple fait de me poser la question m'humilia. Ma lâcheté me dégoûtait. Dans les circonstances les plus noires de l'histoire de France, comment me serais-je comporté ? Dire que mon propre père avait combattu en Algérie...

– On y va ?

– Déjà ? protesta Cécile.

– Y a trop de fumée, j'étouffe.

– Tu as raison, c'est vraiment insupportable.

Je réglai nos consommations tandis que Cécile saluait Nathalie. Une fois sur le trottoir, j'ai inspiré profondément.

– Vivement qu'ils interdisent le tabac dans les lieux publics !

– Pffou, j'ai froid...

Cécile a glissé son bras sous le mien pour se blottir contre moi. Elle paraissait ravigotée.

– C'était intéressant non quand même ? En tout cas moi, ça m'a apporté... Elle était forte la sociologue, là... C'était quoi son prénom déjà ?

– Annick.

– Ah oui, voilà, Annick... Elle a peut-être écrit des bouquins, je demanderai son nom de famille à Nathalie.

De retour à la voiture, une contrariété plus inattendue qu'un papillon sur le pare-brise nous attendait :

un abruti avait déchiqueté l'antenne, dont le moignon pendouillait sur le toit. Rageusement, je jetai les lambeaux sur le siège arrière. J'allais perdre mon samedi matin chez Peugeot à cause d'un couillon... Je regrettais d'avoir accompagné Cécile. Contrairement à elle, cette réunion ne m'avait rien apporté du tout. Elle avait fait vaciller mes rares certitudes, à un moment où je cherchais plutôt de la stabilité. Le professeur de géopolitique m'avait perturbé, surtout.

« Violences envers les dépositaires de l'autorité »...

Sa formule bureaucratique m'obsédait. Parmi les « dépositaires de l'autorité », en plus des policiers et des professeurs, les parents se trouvaient à l'évidence particulièrement visés, et le père au premier chef. Enfin que nous reprochaient-ils donc, ces jeunes crétins, pour nous molester avec autant d'acharnement ?

Il avait parlé de bombes à retardement, aussi... Comme ce type, à la radio, pour qualifier les terroristes du 11 Septembre. Enfin, *terroristes du 11 Septembre*... Qu'en savait-on au bout du compte ? Sur Internet beaucoup de blogueurs dénonçaient l'omerta sur le sujet. L'autre soir, je m'étais laissé happer par le réseau, et j'avais été confronté à des théories pour le moins troublantes, qui battaient en brèche la version officielle... Des témoignages de policiers, de pompiers, de journalistes, qui ne pouvaient pas être niés, signalant des explosions dans les tours jumelles. Sérieusement, avec seulement quelques heures d'entraînement, un homme peut-il prendre le contrôle d'un Boeing, couper tous les contacts au sol, parcourir cinq cents kilomètres en pilotant *de visu* et percuter sa cible ? Pas UN homme d'ailleurs, mais QUATRE ! En même temps ! Et l'aviation américaine, avec son budget faramineux, n'aurait pas réussi à intercepter des avions détournés alors qu'elle l'avait fait plus de soixante fois avec succès dans l'année précédant les faits, et dans des délais très courts ?

J'avoue, après deux heures sur la Toile, je m'étais senti égaré, indécis... Je ne voulais pas non plus retomber dans les travers de l'avion mystérieux sur le Pentagone, l'effroyable imposture plus personne n'y croyait... Un moment je m'étais levé pour aller uriner, mais alors, un complot de l'administration Bush contredisait la thèse de ce passionnant travail de recherche, dont les références m'échappaient, publié par un ancien agent secret américain qui avait passé au peigne fin le profil de tous les activistes impliqués dans les attentats, pour en brosser le portrait moyen... C'était un ouvrage de propagande, un tissu de mensonges ? Bombes à retardement, oui, bombes à retardement, le type de la CIA utilisait cette expression pour qualifier les islamistes qui s'étaient adaptés à l'*american way of life* avec une aisance plus vraie que nature... Ils occupaient des emplois stables à rémunération convenable, buvaient de l'alcool et ne dédaignaient pas à l'occasion de tirer sur un joint ni de s'en payer une bonne tranche avec une *escort girl*. Ils ne fréquentaient évidemment pas les mosquées où prêchaient les imams radicaux. Aucun signe particulier, rien. Pourtant au jour J, à l'instant T, les taupes avaient cessé d'hiberner et déclenché le cataclysme.

Comment repérer les éléments potentiellement dangereux d'une société, dans ces conditions ?

Chacun d'entre nous devenait suspect, finalement.

Nonobstant leurs arsenaux nucléaires sophistiqués, nos démocraties occidentales demeuraient vulnérables, incroyablement vulnérables...

Je ne me souvenais plus du nom de ce gars, ni du

titre du bouquin ni s'il avait été traduit en français, avec Google je n'arrivais à rien, je ne savais même plus où j'avais entendu son interview, sur France Info je crois... Trop loin, un an peut-être, trop de K€ et de ruszczykeries pour moi depuis... Dire que Pierre, tout à l'heure, avait énuméré *de tête* les chiffres de l'Observatoire national de la délinquance, sans recourir à la moindre note... De quel patrimoine génétique exceptionnel la biologie l'avait-elle doté pour qu'il dispose d'une mémoire aussi éléphantesque ? Quelle injustice, pendant que moi j'oubliais tout si vite ! Peut-être les premiers ravages d'Alzheimer. Il faudrait que je demande à Truche comment prévenir la maladie, quel type d'hygiène alimentaire freine le déclin progressif et insidieux des fonctions cogniti...

– Tu vois, je suis de plus en plus convaincue que pour affronter le monde complexe et incertain qui nous attend, et que personnellement je trouve effrayant par bien des aspects, les enfants ont besoin de repères et d'une cellule familiale stable.

Surprise par mon silence, Cécile a tourné son visage dans ma direction.

– Tu n'es pas d'accord ?

Je roulais sur la voie de droite de l'A13. Le faible trafic m'autorisa à détacher ma main du volant pour la poser sur la cuisse de Cécile, sans mettre notre vie en danger.

– Si ma chérie, soupirai-je. Je suis d'accord.

*

À peine rentré du lycée le lendemain midi, Julien se délesta de son sac à dos Eastpak en plein milieu du vestibule et investit ma chambre.

– Alors ça s'est passé comment hier ?

Je refermai *Les Échos* puis résumai scrupuleusement les échanges de la veille, certain des potentialités cathartiques de cette conversation.

– Y en a beaucoup des parents qu'ont porté plainte ?

J'étais à cran, après mes deux heures gaspillées ce matin à la casse automobile des Mureaux.

– Je ne sais pas, Julien.

– Et vous, pourquoi vous avez pas porté plainte ?

Plus les jours passaient, plus Julien souffrait de ne pas avoir obtenu justice, je le percevais clairement.

– Mais enfin, ta mère te l'a répété mille fois... Elle voulait te ramener le plus vite possible à la maison, si c'était à refaire elle ne commettrait pas la même erreur. Dans la précipitation on prend pas toujours la bonne décision...

Le sujet m'embarrassait d'autant plus que je n'avais pas digéré que Cécile m'ait tenu à l'écart, lors de ce crucial 8 mars. Je ne laissai toutefois rien percer de mon amertume pour que Julien ne flaire pas qu'un différend m'opposait à sa mère dans cette histoire.

– Ils l'ont dit que les racailles tapaient en premier sur les Blancs ?

– Oui, en effet, le sujet a été évoqué.

Il s'immobilisa au milieu de la chambre pendant une bonne minute, en tapotant nerveusement du pied. J'espérais qu'il allait cesser de m'asticoter mais il en avait si gros sur le cœur qu'il ne se résolvait pas à clore le sujet. Soudain, il se composa une mine de garçonnet ingénu qui réclame à son père des explications sur la couleur bleue du ciel.

– Papa, quand t'es renoi ou quand t'es rebeu, t'as le droit de dire qu'un renoi ou un rebeu est une caillera.

Quand t'es céfran t'as pas l'droit sinon t'es raciste, pourquoi ?

Bon.

À force d'ingéniosité stratégique, il avait réussi à m'entraîner sur ce terrain miné où je ne souhaitais pas m'engager. J'allais devoir désamorcer ses explosifs avec un sang-froid d'artificier aguerri.

– Mais eux aussi ils sont français, Julien.

– Alors quand t'es blanc si tu préfères.

– Julien, il ne faut pas raisonner en termes de couleur de peau, sinon on dérive très vite vers le racisme. Scientifiquement parlant, la notion de race n'existe pas. Nous appartenons tous à la même race, la race humaine.

– Alors à quoi y sert ce mot ? Y a qu'à l'supprimer du dictionnaire dans c'cas-là.

J'étais en math spé, en 1986, au moment de la mort de Malik Oussekine, cet étudiant tabassé par un peloton de voltigeurs en marge des manifestations contre la loi Devaquet. J'étais encore passé récemment devant la plaque commémorative du drame, rue Monsieur-le-Prince. Particulièrement choqué, le prof de français nous avait donné un exposé à présenter, sur le thème du racisme. J'avais bûché là-dessus plusieurs nuits et conservais de mes recherches une conception très précise du sujet, notamment quant à l'inanité de la notion de race.

– Tu as raison, on pourrait très bien le supprimer. Cependant, il reste utile pour séparer les différentes espèces animales dans la nature : deux espèces qui peuvent se reproduire ensemble forment une même race. Nous les humains, nous ne pouvons nous reproduire qu'entre nous. C'est ça une race.

– Mais alors pourquoi eux ils arrêtent pas de parler du bled ? Ils ont que l'Algérie ou le Mali à la bouche, y en a plein qui disent qu'ils sont pas français. Pourquoi ils nous appellent les céfrans s'ils sont français aussi, pourquoi ?

– Parce qu'ils manquent d'instruction, Julien. C'est peut-être paradoxal, mais tu te poses des questions qu'ils n'ont pas le luxe de se poser...

– C'est facile de parler pour toi, on voit bien que tu les entends pas dans les manifs. Ils disent qu'ils niquent la France, qu'ils baisent nos blondes, qu'ils vont nous coloniser.

– Tu exagères Julien.

– Rien du tout j'exagère !

J'admettais mal que sa haine des cogneurs vire au ressentiment contre moi. Et puis, pourquoi ne harcelait-il pas plutôt sa mère, alors que je ne portais dans cette histoire strictement aucune responsabilité ?

– Et pourquoi sur Meetic ils demandent l'origine ethnique si elle a aucune importance, hein ?

– Tu t'es inscrit sur Meetic ? Mais c'est interdit aux mineurs !

– Pas besoin de s'inscrire, juste tu peux checker les membres online.

– Je te défends d'aller sur Meetic, tu m'entends ?!

– D'abord l'aut'jour au CDI, j'ai lu dans un article qu'une équipe américaine a réussi à greffer des cellules souches humaines dans des cerveaux de fœtus de chimpanzés, vers la douzième semaine de gestation, pour essayer de créer des singes anthropoïdes, alors ?

Fichtre !

M. Merlot avait beau se désoler de la baisse du niveau scolaire, je ne me documentais pas sur des thèmes aussi pointus, à l'âge de Julien... L'envergure intellectuelle de mon fils m'en imposa. Il avait proféré son objection avec un sourire malveillant, réjoui par avance à l'idée de me piéger. De fait, je ne savais quoi lui répondre, le sujet des races ne m'intéressait pas, il était réglé pour moi depuis vingt ans et je n'avais aucunement l'intention de tergiverser face à cet emmerdeur.

– Écoute Julien, je vais être clair : le racisme, c'est quand on interdit à quelqu'un de s'asseoir à l'avant d'un autobus au simple prétexte qu'il est noir. Le racisme, Rosa Parks ou Nelson Mandela pourraient t'en parler. Et de ça, eh bien, les Blancs n'ont pas été victimes dans l'histoire de l'humanité.

Ma mise au point parut le convaincre, à tout le moins lui donner suffisamment à réfléchir pour qu'il ne chicane pas davantage. Se trouver à court d'arguments renforça son agressivité.

– En tout cas, on va s'défendre, on s'laissera pas faire, on défile pour eux et eux ils nous défoncent. Même Priscillia elle l'a dit que c'était la honte pour elle de voir que c'étaient en majorité des renois qui nous tapaient.

Priscillia était une jolie Guadeloupéenne, condisciple de Julien depuis l'école primaire.

– Ils nous tapent passe qu'on a peur d'eux, passe qu'ils nous prennent pour des baltringues, voilà.

– Ils se vengent de vous, ç'a été souligné aussi hier soir. Tout le monde n'a pas ta chance, Julien.

J'admirais son nez, splendidement rectifié par l'orfèvre du bistouri.

– Tout le monde a pas ma chance, tu parles...

– Eh oui, Julien, tout le monde n'habite pas un bel appartement dans un quartier agréable entouré de parents qui l'aiment, qui l'emmènent en vacances et qui l'aident à faire ses devoirs.

Sans compter qu'au retour de ses trois jours d'hospitalisation, flambant neuf, trônait sur son bureau un Pentium IV Hewlett Packard de 512 Mo à 2,5 GHz, disque dur de 80 Go, webcam et connexion wi-fi intégrées...

– Crois-moi, la mondialisation et le métissage nous permettront de dépasser pas mal de différences.

Il n'attendait qu'une phrase de cet acabit pour prendre l'avantage.

– Ouais bah d'ici là, eux ils tapent au faciès, alors nous aussi on va taper au faciès.

Sur ces mots, il décampa, enfin. La porte de sa chambre claqua violemment.

XVIII

« **Votre système est exposé à des risques.**

Cette version de Windows n'est pas originale. Il se peut que vous soyez victime d'une contrefaçon de logiciel. Vous ne pouvez plus choisir vos mises à jour de sécurité. »

J'étais victime d'une contrefaçon de logiciel.

Cet avertissement, qui s'affichait régulièrement à l'écran, m'inquiétait d'autant plus qu'il demeurait pour moi extrêmement nébuleux.

Je ne pouvais plus choisir mes mises à jour de sécurité.

Quelle menace exactement planait sur mon ordinateur ?

Si un virus attaquait mon disque dur, tel un tueur silencieux ?

Tous mes dossiers engloutis ; des mois de travail réduits à néant. Cécile quant à elle perdrait les deux cent quatre clichés qu'elle avait rapportés d'Arles et les milliers d'autres butinés au cours de nos précédentes pérégrinations.

Jamais je n'aurais dû accepter que Julien remplace la version XP familiale livrée de série. Il me vantait tellement les mérites de XP Pro que je m'étais finalement laissé convaincre, seulement j'ignorais qu'il installerait une version piratée.

– Non moi ce qui m'alarme le plus c'est cette spirale négative dans laquelle il est entraîné...

Accoudée à la fenêtre de la cuisine, Cécile fumait une cigarette, ce qui lui arrivait parfois quand elle papotait au téléphone avec sa mère ou ses copines. Sans s'en apercevoir, elle jouait cependant avec la lanière en cuir de ses mules, coincée entre ses orteils. Depuis qu'elle ne payait plus les communications vers les fixes grâce à notre Livebox, elle passait ainsi des heures combiné collé à l'oreille. En l'occurrence, elle s'entretenait avec Agnès Borel.

– Plus il reste seul, plus il est mal, et plus il est mal, plus il reste seul, tu comprends ? Alors qu'il aurait justement besoin de parler pour s'en sortir.

J'avais craint que Julien dérive vers des groupuscules d'extrême droite, après ses déclarations revanchardes.

Bien à tort.

Il se repliait simplement un peu plus sur lui-même. À tout prendre, je préférais d'ailleurs sa colère et sa volonté d'en découdre à l'hermétisme de mollusque qu'il nous opposait désormais, chaque fois que nous essayions de dépasser avec lui le stade des banalités usuelles.

Nous nous mordions les doigts de lui avoir acheté ce portable. À peine rentrait-il du lycée qu'il se lançait, après l'ingestion d'un plateau-télé qui remplissait simultanément l'office de goûter et de dîner, dans des séances de *chat* qui se prolongeaient parfois jusqu'à une heure avancée de la soirée. Alors qu'elles étaient reparties à la hausse depuis janvier et que le deuxième conseil de classe avait encouragé cette progression, ses notes dégringolaient de nouveau. Je pressentais un dernier trimestre désastreux, sanctionné par un redoublement.

– En plus, je crois bien qu'il s'est pris un vent avec

Clémence Berger. J'ai l'impression que son fiasco sentimental l'a encore plus démoli que le coup de poing...

Au bout du compte, Cécile perdait les pédales, un peu comme moi. L'autre mercredi, le fils aîné de Semeido était passé chez Credixis pour déjeuner avec ma Sardine et me prouver par la même occasion que tous les garçons n'essuyaient pas des grains aussi houleux lors de leur traversée de l'adolescence. La sérénité du visage de Martin ravalait à leur rang d'infâmes calomnies les ragots de Ruszczyk sur la prétendue violence conjugale de mon comptable. Julien et Martin vivaient dans des milieux socioculturels si voisins que l'écart entre leurs deux personnalités me stupéfiait. Quelle partie de son éducation avais-je ratée ? Parfois, j'observais discrètement ma Sardine pour tenter de deviner quel don paternel m'avait été refusé.

À dix-huit ans, Martin était un garçon accort et fringant, doté d'une malice pince-sans-rire peu fréquente chez un si jeune adulte. Probablement les demoiselles lui couraient-elles après, mais il n'en retirait aucune gloriole puisqu'il ne s'en apercevait même pas – ingénuité qui redoublait évidemment son charme : six mois plus tôt, il avait conquis la plus belle fille de son lycée, passion exclusive qui lui rendait invisibles les autres jouvencelles.

L'index replié, en suspension dans l'air, j'hésitai une bonne minute avant de frapper contre le panneau de bois qui protégeait l'inexpugnable antre filial.

– Mmmh, entendis-je après m'être décidé.

– Julien ?

Il était allongé sur son lit, immobile, les yeux perdus au plafond.

– Mmmh ?

– Tu penses à mettre le couvert ?

Il émergea de l'insondable songerie où il s'était abîmé par un ahurissant :

– Dans dix ans avec Heddie, on remplira l'Olympia, comme Kyo.

Puis il jaillit de sa couche tel un ressort.

Avant-hier, il m'avait gratifié d'un « Le jour où j'gagne la super cagnotte, je m'achète une Ferrari 360 » pas piqué des hannetons non plus.

Seulement, il ne jouait jamais au Loto, pas plus qu'il n'étudiait la guitare ou le chant... En attendant que richesse et gloire choient par enchantement sur son auguste personne, lorsque sa mère lui suggérait une consultation chez un pédopsychiatre, il s'emportait au prétexte qu'il n'était pas « un ouf ». Par contre, il avait accepté volontiers un rendez-vous chez le dermatologue, à cent quarante euros du quart d'heure. Depuis, Julien perdait le matin vingt minutes dans la salle de bains pour dissimuler, avec force onguents, les boutons d'acné qui constellaient ses pommettes.

Un préservatif traînait sur son bureau, au milieu d'un paquet de feuilles doubles, de stylos éparpillés et de brochures diverses.

– Qu'est-ce que c'est que ça ?

– C'est rien ! se renfrogna Julien.

– Comment ça c'est rien ?

– C'est l'infirmière qui nous les a donnés au lycée.

Je feuilletai une des plaquettes posées là, un guide des corps masculin et féminin imprimé tête-bêche, intitulé *Les Filles. Les Garçons.*

« Ton pénis te paraît plus petit que celui des autres parce que tu le regardes d'en haut. Il te paraîtra plus grand dans un miroir. »

Les exhortations de Cécile sonnaient comme des reproches, à cet instant précis. « Tu devrais parler de la sexualité avec lui. C'est au père d'aborder ce genre de difficulté. »

J'avais fait la moue. Franchement, je ne possédais guère les compétences pour coacher Julien dans le domaine de la drague. Même si je gardais un souvenir délectable de mon amourette avec une superbe Allemande prénommée Iris, je n'avais connu que quatre ou cinq aventures assez pitoyables, avant Cécile. D'ailleurs, je remerciais la destinée d'avoir placé sur mon chemin une femme qui m'avait accepté pour mari, car si je m'étais retrouvé célibataire aujourd'hui, j'aurais fait piètre figure sur ce marché ultraconcurrentiel, face à des compétiteurs aussi affûtés que Lionel Ruszczyk et consorts.

Et puis, Cécile exigeait de moi un comportement absolument contraire à ma nature. Sans qu'il constituât réellement un tabou, nous n'abordions pas couramment ce thème dans ma famille. Mon père m'avait toujours laissé me débrouiller seul, sans que j'en conçoive une carence particulière. Pour moi, un des attraits de la sexualité résidait justement dans le fait que mes parents ne possédaient sur elle aucun droit de regard. Adolescent, je sauvegardais farouchement mon « jardin secret », selon la tournure un peu désuète usitée à l'époque. Mais enfin, à quoi bon se perdre en regrets stériles d'un passé peu reluisant à bien des égards ?

« Tu peux pas rester éternellement à la traîne, Pascal, le succès du congé paternité prouve bien que les hommes s'investissent de plus en plus dans l'éducation de leurs enfants. Moi je réponds à Manon, quand elle me pose des questions.

– Enfin Cécile ! Manon est en sixième...

– Et alors ? Les préados aussi ont droit à une éducation sexuelle. »

« Si tu ne te laves pas régulièrement sous le prépuce, une substance crémeuse d'un blanc jaunâtre, qui ne sent pas bon, apparaîtra. Alors, lave-toi tous les jours là aussi ! »

– Bah dis donc, toussotai-je, mal à l'aise, y a plein plein d'infos géniales là-d'dans...

Mentalement, je me répétai mes paroles, niaises à souhait. Comment me débrouillais-je pour louper chaque fois la cible ? *Toujours autant à la masse hein mon Pakal.*

Julien, qui passait à côté de moi, s'arrêta.

– Qu'est-ce qu'y t'prend p'pa, pourquoi tu parles commass ?

– Quoi, je parle comment ?

– Comme un djeuns. C'est naze les vieux qui essaient de s'exprimer comme les djeuns.

– Merci pour « les vieux », c'est délicat de ta part...

– C'est bon, prends pas tout mal, c'est une façon de parler...

J'observai le capharnaüm alentour.

– Il faudra que tu ranges ta chambre, un jour...

– MMMMH.

– Y a au moins trois mois que tu n'as pas passé l'aspirateur, non ?

– Chai pas..., reconnut-il en s'éloignant.

Mon tour vint, après le dîner, d'utiliser le forfait illimité de Wanadoo. Je décrochai de son socle le téléphone sans fil et m'enfermai dans notre chambre, paré pour une conversation fastidieuse. Mon père me sollicitait sans vergogne pour dénicher à sa place toute sorte d'informations sur Internet qu'il refusait d'installer chez lui, par crainte de sombrer dans une addiction aux nouvelles technologies. Du coup, je gaspillais des heures sur la Toile, pendant qu'il perfectionnait son swing sur le *green* du Provence Country-Club ou s'envolait avec ma mère vers quelque destination paradisiaque. Après un séjour à Cuba au mois de janvier, ils revenaient d'un *trekking* en Corse et repartaient bientôt pour l'Islande, qu'ils voulaient découvrir avant que la fonte des glaciers ne dénature définitivement l'identité de ce pays si particulier.

– Bonsoir, papa, c'est moi...

– Salut, ça va ?

– Ça va, ça va... Je vous réveille pas ?

– Non, quand même, il est que dix heures moins le quart...

Je consultai mon pense-bête.

– Bon, l'entrepreneur t'a pas menti hein... Depuis le 1er janvier 2004, les piscines privées nouvellement construites, à usage individuel ou collectif, doivent bel et bien être pourvues d'un dispositif de sécurité normalisé.

Mon père accusa le coup.

– Ils nous emmerdent, hein... Ils nous emmerdent vraiment avec leurs lois à la con !

Je savourai son agacement, que je percevais néanmoins inférieur à celui que j'avais ressenti en naviguant sur la Toile pour lui pêcher ses renseignements.

– À terme, il faudra en équiper aussi les piscines construites avant la promulgation de la nouvelle loi, le bon sens l'impose.

– Bon sens, mes fesses ! Tout ça, c'est qu'une question de gros sous, pour faire tourner le commerce. Ça doit coûter bonbon des installations pareilles !

– Papa, ne rouspète pas systématiquement... Je t'assure, la dernière enquête « Noyades » publiée par le ministère de la Santé fait froid dans le dos. En 2003, on a retiré 435 cadavres de l'eau, dont 52 rien que pour les piscines privées. C'est la deuxième cause de décès accidentel chez les enfants... On peut parler d'hécatombe.

– Oh, Pascal, hécatombe ! Tu exagères toujours...

Le je-m'en-foutisme de mon père face aux dangers de la vie quotidienne ne m'étonnait qu'à moitié. Venu au monde avant la seconde conflagration mondiale, il avait grandi à une époque où on n'attachait pas à la vie humaine la même importance que de nos jours.

– Non, je n'exagère pas. Simplement je ne tiens pas à ce que Manon se noie après avoir glissé dans une piscine.

– J'espère au moins que vous viendrez nous voir plus souvent..., répliqua-t-il perfidement.

– Écoute, papa, on n'a rien demandé. Si tu trouves que c'est trop cher, ne construis pas de piscine...

– Tu es odieux, Pascal. Littéralement odieux !

– Et toi tu as de drôles de façons de me remercier... Quand est-ce que vous achetez un ordinateur ?

– On y pense, on y pense. Après la piscine, je m'en occupe.

Je savais au contraire qu'il repousserait cet investissement *ad vitam æternam*. Je prendrais le prétexte du prochain Noël pour lui offrir un PC, à lui aussi.

*

– J'ai baisé Fatou hie' soua'. Elle est guinéenne Fatou.

Il avait respecté sa tactique habituelle : il attendait avant de descendre manger. Une fois à la cantine, si par malheur aucune femme ne se trouvait à portée d'oreille, il s'asseyait à côté de moi.

– Il te faudra mieux analyser les spectacles de Michel

Leeb, a objecté Luc. Là tu nous fais plutôt les Antilles que la Guinée.

– T'as ouaison, pat'on, t'as ouaison ! C'est où la Guinée ?

– Tout dépend de quelle Guinée tu parles. Il y a trois Guinée : Conakry, Bissau ou équatoriale.

Lionel a claqué de la langue, agacé.

– T'sais quoi Luc ? Jamais de ma life je vais jouer au Trivial Pursuit avec toi. Ça doit être trop énervant de perdre tout l'temps.

Il a enchaîné, malgré la copieuse fourchette de paella qu'il venait d'emboucher :

– Fatou c'est Conakry. J'étais déçu, j'espérais que j'allais faire des progrès en géographie, mais quand jui ai demandé où c'était son pays, elle a pas été foutue de m'le situer par rapport au Sénégal ! Moi j'connais qu'Toubab Diallo en Afrique.

Enfin, il déglutit.

– En tout cas la Guinée c'est au bord de la mer, ça elle en était sûre Fatou. Vingt-trois ans, Fatou. En France depuis onze piges. J'l'ai pécho dans le métro. Elle m'matait nerveusement en s'maquillant, coup de bol elle descend en même temps que moi à Palais-Royal, j'la suis et en haut des escaliers jui demande si elle a le temps de boire un café. La pauvre, elle était super stressée, elle allait à un entretien d'embauche dans une boîte de striptease pas loin d'ici. Elle m'file son numéro en me suppliant de l'appeler avant 19 heures, quand son mec est pas encore rentré du boulot.

– *Ja-mais* je n'oserais aborder une femme dans le métro, a affirmé Zacharias qui suivait la conversation avec attention.

– Eh bah t'as tort mec, t'as tort. T'as rien à perdre et c'est compris dans le prix du ticket ! Trois jours plus tard, on s'retrouve à Odéon. J'ai eu un choc quand elle s'est pointée Fatou, j'avais oublié comment elle était bonne. J'l'emmène au Relais Saint-Germain, dans le ptit boudoir super classe, en général ça les fait craquer. Bon, j'commande deux coupes, j'allume mon havane et au bout d'un quart d'heure la patronne déboule emmerdée : « Pardon monsieur, les clients se plaignent, je vais vous demander d'éteindre votre cigare. » Des Ricains évidemment. Ils peuvent pas rester dans leur pays ces connards ? Merde, ça leur suffit pas d'envahir Bagdad ? Y s'inquiètent de savoir si c'est bon pour la santé des Irakiens les tapis d'bombes ? L'aut'blaireau de Colin Powell il nous a montré de la terre battue de Roland-Garros dans une pipette pour nous faire flipper de Ben Laden alors qu'en vrai ils voulaient juste contrôler les puits d'pétrole. Y z'ont qu'à visiter l'Irlande s'y sont pas contents, ils viennent d'interdire le tabac dans les lieux publics en Irlande...

– Personnellement, je trouve ça normal de ne pas être obligé d'inhaler la fumée des autres. J'étais dans un bar vendredi soir, c'était une infection, j'en suis ressorti au bord de l'asphyxie !

Ruszczyk a théâtralement posé ses poings sur ses hanches.

– Tiens, tiens, tiens... mais c'est qu'y s'encanaille dans les lieux interlopes mon Pakal. Il mènerait comme qui dirait une double vie...

Cette manie de tourner en ridicule le moindre de mes propos, toujours... Ordure !

– Si les gens veulent attraper des cancers, libre à eux, mais qu'ils ne les imposent pas aux autres. Tu serais le premier à te plaindre si quelqu'un te soufflait sa fumée dans les poumons chez Credixis. Il va falloir t'y faire : l'heure de la dernière cigarette approche.

20 minutes avait titré un article de la sorte, la semaine dernière. Cette formule, sous couvert de l'humour, véhiculait un message plus profond qu'il n'y semblait, en nous ramenant aux heures sombres des exécutions capitales, lorsque les condamnés livides et grelottants grillaient à l'aube leur ultime cibiche, tel Serge Reggiani dans l'inoubliable *Casque d'or*... À force d'un labeur ingrat et patient, nous, citoyens français, avions réussi à expurger ces barbaries du code pénal, et passerions bientôt de la dernière cigarette avant la mort à la dernière cigarette avant la vie.

– Oh, toi mon Pakal t'as lu *20 minutes* la semaine dernière hein ? Moi ça me fait flipper quand j'monte dans un wagon et que j'vois tous ces clones en train de lire le même gratuit. Comment tu veux qu'ils pensent pas tous la même chose après ?

– Je reconnais qu'on se croirait un peu chez Orwell, parfois.

– Oh naaan, Luc, c'est quand même malheureux qu'tu puisses pas t'empêcher d'tout intellectualiser, merde... D't'façon, ça m'intéresse pas l'interdiction du tabac, je sais qui c'est qui a lancé cette conversation idiote, c'est toi encore mon Pakal ?

– Mais pas du tout, c'est toi !

– Ah ouais, c'est vrai, c'est moi !

Il a claqué dans ses mains.

– Bref, avec Fatou on émigre au Palais-Royal, sur la terrasse chauffée du Nemours, devant la station de métro avec des boules multicolores comme un sapin d'Noël. On discute sympa, sur son pays, sa famille, les coutumes, tout ça, un moment elle fait : « Dès que l'hiver arrive à Paris, plutôt que de dormir dehors, mes oncles, ils s'débrouillent pour aller en prison. – Nan ? – Sissi, ils sont au chaud, nourris, logés, plutôt qu'à se galérer dans la rue. » Quand jui ai dit qu'à mon avis c'était une légende colportée par les racistes, elle a insisté : « Pas du tout, c'est vrai. » Après elle a dit : « Y a pas de maisons de retraite en Guinée. On garde les vieux chez nous. En France la solidarité entre les gens a disparu mais en Guinée elle demeure très présente. D'allieurs y a pratiquement pas de suicides. »

Ces propos me frappèrent, tant ils entraient en résonance avec ceux que tenait David Borel le soir de la Saint-Sylvestre.

– Fatou elle a ajouté : « Les femmes s'engueulent moins avec leurs maris parce qu'y a de l'espace, les gens sont tout le temps dehors, ici vous vivez trop les uns sur les autres. » Bon moi la sociologie de l'Afrique ça m'intéresse mais seulement cinq minutes, rapidos j'la branche cul, un moment, elle me sort : « Presque toutes les filles sont bi, en Guinée. Y a des pédés aussi mais c'est caché, moi ces mecs dans le Marais qui se prennent la bouche en pleine rue franchement y me dégoûtent. » Plus tard elle a dit Fatou : « Je vais arrêter de voir ma mère. – Pourquoi ? jui d'mande, c'est horrible comm'décision ! – Sissi, emme soûle trop, chaque fois que je la vois emme demande quand c'est qu'j'vais m'marier, chaque fois, chaque fois, j'en peux pu. En plus elle veut qu'je m'marie qu'avec un Guinéen, mais pas n'importe lequel, un Malinké comme nous. "Si tu m'ramènes un esclave peul t'es plus ma fille !" emme répète tout le temps. » Là elle s'est tue Fatou pi elle a ajouté : « Toute façon, je préfère les Blancs, je couche jamais avec les Noirs, je les trouve pas beaux et en plus ils ont aucune conversation. » Si c'était pas une invitation ça hein... « Vivement qu'je me tire de Paris, qu'è s'lamente... Y a plus d'avenir dans c'teu bled, y a trop de Noirs et trop d'Arabes. » Son rêve à Fatou c'est d'habiter dans une masure au milieu des vaches en Normandie. Après, elle balance : « Avec mon copain des fois on fait des plans échangistes. » Je compatis : « Ton mec est un obsédé, c'est ça ? » È répond pas, è r'garde devant elle, l'air préoccupé, è tire sur sa paille pour aspirer quelques centilitres de son Coca avec ses grosses lèvres de suceuse et là, emm'sort...

Il avala le morceau de pain avec lequel il avait saucé son assiette.

– Emm'sort : « Non, c'est moi l'obsédée, je pense au sexe tout le temps, ça commence vraiment à m'inquiéter. »

Je jetai un coup d'œil sur Luc et Zacharias. L'aventure avec la jeune Guinéenne les passionnait, l'un comme l'autre. À la fin, d'où Lionel Ruszczyk, petit-fils de mineur polonais, fils d'instituteur de la République, originaire d'Orchies, chef-lieu de canton approximativement situé dans l'anus de la France, comme l'indiquait son nom malsonnant évoquant irrésistiblement la défécation, d'où Lionel Ruszczyk tenait-il ce don pour capter l'attention de ses interlocuteurs, où en bref puisait-il cette capacité à *vaincre* ?

– Ah là là ma parole ça m'a court-circuité le cerveau d'entendre ça. Tu crois qu'è s'serait arrêtée là ? Nan, elle déballe son iPod, elle me montre des photos d'elle en guêpière, j'en pouvais plus, j'lui pose la main sur le genou, elle s'laisse faire, j'remonte entre ses cuisses et là d'un seul coup emme lance un regard vindicatif. « Je suis en train de tromper mon mec, là », qu'emme fait. Dans ma tête j'pensais : « Tout juste, Fatou, tout juste ! Et si tu voyais le goumi façon rouleau à pâtisserie qui grossit dans mon futal à l'heure qu'il est, tu comprendrais que c'est encore que le commencement ! » Mais je sais plus c'que j'ai répondu. « Écoute parler ton corps », j'crois bien ou une connerie dans l'genre.

Il a englouti la dernière bouchée de sa poire Belle-Hélène.

– C'est vraiment des cochonnes ces keublas. Elles remuent sur ta teub comme si leur foune les démangeait grave, tu vois c'que je veux dire ? Ça, faut pas avoir d'angoisse de castration, des fois t'as l'impression qu'elles vont jamais te la rendre ta teub. Et l'pire c'est que plus elles sont foncées plus elles sont cochonnes. Elles s'adaptent aux températures : elles se réchauffent à mesure qu'on approche des tropiques.

– Eh bien mon cher Lionel, la prochaine fois que je croiserai Bruno Mégret, je ne manquerai pas de lui soumettre ces poncifs racistes pour lui demander ce qu'il en pense.

– Oooh bah là mon Pakal tu m'fais du chagrin, d'porter des accusations pareilles ! La veille j'avais baisé Danielle l'Ivoirienne qu'est plus claire de peau et j't'assure qu'elle a moins remué sur ma teub. J'ai pu comparer à vingt-quatre heures d'intervalle, c'est juste la conclusion empirique d'une enquête de terrain, ça vaut ce que ça vaut.

– Ce que tu prétends est d'autant plus stupide que la Guinée est située au nord-ouest de la Côte-d'Ivoire, a soutenu Luc.

– C'est vrai ? Mince alors, pour une fois qu'j'avais l'impression d'avoir élaboré une théorie qui tenait la route... Qu'est-ce que je peux raconter comme conneries quand même ! Des fois quand j'y réfléchis l'soir chez moi, j'ai honte.

– D'abord je croyais que ça n'avait pas marché avec l'Ivoirienne.

La réflexion m'avait échappé.

– Aaah, c'est qu'y s'intéresse mon Pakal. Bah tu vois ça me fait plaisir parce que c'est vraiment la preuve qu'on n'est plus fâchés. Nan elle m'a rappelé Danielle l'Ivoirienne. Bon, je me suis un peu fait prier, pour la punir, mais finalement j'ai cédé. Elle a démocratiquement reçu sa giclette elle aussi. Faut pas être psychorigide non plus. Et résultat les gars, c'est comme ça qu'on dort quatre plombes en deux nuits ! pérora-t-il en s'étirant.

Il consulta sa Piaget.

– Bon j'tarde pas moi, faut que j'retourne entuber mes Américains pauvres.

Il me sembla percevoir chez Luc et Zacharias une certaine frustration à cette interruption brutale.

XIX

Pour tenter de déceler un indice sur son visage apparemment serein, j'épiais Cécile qui, lovée sur le lit, feuilletait le dernier *Marie-Claire*.

« PERVERS OU LIBÉRÉS ? Ces couples qui jouent à se faire mal pendant l'amour. »

Cette femme, la mienne, qui lisait en passant machinalement la main dans ses cheveux, cette épouse à laquelle m'unissait un serment de fidélité prêté devant M. le maire, cette femme m'avait-elle déjà trompé ?

Avait-elle offert son corps à un autre que moi ? Avait-elle cédé aux avances d'un de ces play-boys qui jouent au *beach volley*, le torse bombé luisant de sueur, narguant le placide père de famille dont, la quarantaine approchant, le ventre s'alourdit, tandis qu'à ses hanches, les charmantes poignées d'amour se muent en une disgracieuse bouée ?

Sa peau avait-elle frémi sous les caresses expertes d'autres doigts, les aréoles de ses seins avaient-elles durci sous les lèchements avides d'un éphèbe aux cheveux longs que, folle de désir, elle avait fermement attiré entre ses cuisses, en lui susurrant à l'oreille : « Prends-moi fort », brûlant de sentir le glaive ardent s'empaler dans son fourreau humide ? Avait-elle répété, exténuée d'extase après le coït animal, les mêmes gestes d'affection qu'avec moi ? L'odeur du stupre s'exhalait-elle de leurs draps illégitimes, comme elle s'échappait des nôtres aux débuts de notre union lorsque, certains dimanches pluvieux de novembre, nous nous enfouissions tout le jour sous l'édredon, dans le minuscule studio que lui louaient ses parents rue Vercingétorix ?

Les larmes embuèrent mes yeux, je me dirigeai vers les toilettes pour épancher discrètement mon chagrin, postérieur posé sur l'abattant Villeroy et Boch.

Oh, j'imaginais parfaitement selon quels sordides canons de la trahison ordinaire s'était noué le drame : d'abord un verre dans un *lounge bar* suivi trois jours plus tard, dans une garçonnière à Saint-Germain-des-Prés, par l'inévitable dîner aux chandelles justifié par un mensonge odieux au mari collant... Puis le premier baiser au dessert, après le « pop » de la bouteille de champ', avant que le séducteur n'entraînât par la main son illicite conquête vers la chambre à coucher enveloppée d'un clair-obscur à rendre jaloux Georges de La Tour. Alors, enfin, sur la couche impure, le corps à corps sauvage des amants éperdus qui, essoufflés de convoitise, s'arrachent mutuellement leurs vêtements pour se livrer la céleste et si tendre bataille.

Immémorial vaudeville, sinistrement rebattu...

Soudain, tel l'éclat d'obus fauchant le poilu durant l'assaut, un prénom transperça ma poitrine.

Miguel !

J'enfouis mon crâne au creux de mes paumes, mes larmes redoublèrent.

« *No vale la pena, no vale la pena, enamorarse...* »

Miguel, le prof de salsa !

« *No vale la pena, no vale la pena, enamorarse...* »

Je comprenais mieux, maintenant, pourquoi les stagiaires du bellâtre gominé se trémoussaient sur cette antienne, en juin dernier, lors de la représentation de fin d'année.

Taraudé d'angoisse, je ne pus retenir un gémissement de mâle blessé.

Au moment ultime, alors qu'elle écartait les cuisses, malgré ses yeux chavirés, l'épouse fautive avait-elle conservé suffisamment de sang-froid pour fouiller à tâtons dans le tiroir de la commode du Noureev colombien, déchirer d'un coup d'incisives rageur le conditionnement puis, d'une main rendue fébrile par la volupté, enfiler sur la verge roide le préservatif qui, à condition que le modèle disposât de l'épaisseur et de la dimension requises pour ne pas crever sous les heurts taurins du *latin lover*, sauverait peut-être la vie de Pascal Ébodoire ?

J'avais repoussé aux calendes grecques mes analyses de sang tellement je redoutais d'apprendre l'étendue du travail de sape effectué dans mon organisme par les tueurs silencieux. Voilà quinze jours pourtant, préoccupé par une oppression persistante dans la poitrine, qui irradiait vers l'épaule et même le bras gauches, j'avais téléphoné à Truche et prétexté un état de fatigue chronique, pour solliciter une batterie de tests hématologiques. Il avait volontiers souscrit à ma requête mais, sans aucune justification, avait ajouté sur l'ordonnance les trois lettres maudites : VIH.

Or, Truche suivait toute la famille. Plus je m'interrogeais intérieurement sur ses motivations, plus l'explication coulait de source : Cécile, bourrelée de remords une fois sa compulsion charnelle assouvie, s'était confiée à son médecin traitant, afin de soulager sa petite, ô, sa toute petite conscience de *traînée irresponsable* !

À jeun, ce matin, je m'étais rendu au laboratoire où une cinquantenaire élégante avait enfoncé une aiguille dans la veine de mon bras droit et rempli quatre tubes de sang. Les résultats tombaient demain. En sortant du RER, je me rendrais directement chez Truche, vraisemblablement pour entendre l'énoncé de ma sentence de mort.

Oh pourquoi, Cécile, pourquoi ?

C'est vrai, ces derniers temps je n'ai pas toujours accompli le devoir conjugal avec l'énergie et la régularité qu'une épouse est en droit d'attendre ! Commis-je pourtant jamais faute si lourde qu'elle méritât la peine capitale ?

Je chus, anéanti, sur le carrelage et me recroquevillai en position fœtale, les yeux au niveau du Canard WC.

Oh, pitié, Cécile, pitié, songe aux enfants, crois-tu qu'ils méritent de voir leur père soumis à une aléatoire et contraignante trithérapie ? Je me remémorais le visage hâve de ce sidéen en phase terminale, entouré de sa famille, photographié par l'infatigable et subversif militant contre la souffrance humaine Oliviero Toscani, sur des affiches publicitaires qui m'avaient plusieurs fois incité à acheter chez Benetton des chandails à col roulé, bénéficiant selon moi d'un des meilleurs rapports qualité/prix du marché.

Oh non, Cécile, non !

Au moment où j'allais hurler ma douleur, les paroles humoristiquement citoyennes d'une ritournelle populaire en ma jeunesse lointaine – où des trublions chantaient les louanges du « plastique fantastique » et du « caoutchouc super doux » – versèrent quelque baume sur mon âme à vif.

À quelques mois près nous avions le même âge, Cécile et moi. Elle aussi vraisemblablement dansait sur ce refrain dans les sauteries entre potaches... Peut-être mon épouse se l'était-elle rappelé, malgré l'enivrement des sens ?

– À table !

Arraché à ma torpeur, je me redressai, me mouchai puis m'essuyai les yeux pour me composer un visage présentable. Je tirai la chasse, déverrouillai le loquet. Dans le couloir, je tombai nez à nez avec la chienne lubrique, qui me jeta un regard étrange.

– Bah qu'est-ce qui t'arrive, t'as les yeux tout rouges !

– Ah bon ?

– Mais oui, je t'assure !

– C'est l'ordinateur, je crois.

– Tu as peut-être besoin de porter des verres antifatigue ? Tu devrais voir un ophtalmo. Parles-en à Truche au moins, tu le vois demain, non ?

Quel aplomb !

Quelle désinvolture désarmante !

Comme les femmes manœuvrent habilement...

– Oui, tu as raison, peut-être...

Au fond de moi, je ne tenais pas réellement rigueur de cette incartade à mon épouse. Après tout, si elle avait découvert, sous les impétueux assauts migueliens, des orgasmes phénoménaux qui l'avaient distraite de la routine alpicoise, tant mieux pour elle... Il faut bien que le corps exulte !

Oh, Cécile comprends-moi, simplement ! Je suis jeune encore, et j'ai si peu vécu...

Je veux parcourir le vaste monde, découvrir à mon rythme Louksor et les merveilles de l'ancienne Thèbes, admirer sur une plage des Seychelles aux rochers de granit, où, vierge encor, la nature se donne en spectacle, la ponte des tortues géantes et l'envol majestueux d'oiseaux aux noms évocateurs. Je veux répondre à l'appel du Sahara, bivouaquer au creux des dunes pour des nuits de rêve sous le ciel étoilé tunisien, après une journée de marche à l'allure tranquille des dromadaires de bât. Je veux lézarder en Casamance sur une chaise longue au bord de la piscine d'un quatre étoiles en pension complète avec punch et buffet à volonté puis savourer l'hospitalité des Diolas au cours d'excursions dans les méandres de bolongs à l'indescriptible beauté.

Oui, Cécile, oui !

Si tu n'as pas oublié la capote, je pardonne, tout, TOUT, je te le promets, je passe l'éponge sur un, voire plusieurs adultères, mais par pitié, ma mie, entends mon cri, je t'en conjure, écoute ma supplique car *je ne veux pas mourir*.

*

Le thé, voilà ce qui passionnait Hélène Pellin, le thé.

Elle arriva un matin et nous avertit, radieuse, qu'elle venait à l'instant de poser sa lettre de démission sur le bureau d'un Glazer ébahi. Elle se laissa choir dans son fauteuil.

– Je me suis pris un panard, mes enfants, mais un panard ! Trop, trop *bon* !

Elle rejeta sa tête en arrière, gorge offerte. Je la trouvais sensuelle dans cette posture abandonnée.

– Tu sais, cette seconde de toute beauté où tu fais sentir à ton supérieur que t'as plus peur de lui ? Lui et toi, d'un seul coup vous jouez plus dans la même catégorie ! Il a plus *aucun pouvoir* sur toi, tu te retires de la comédie... Tu es *libre* !

Elle imprimait à son fauteuil des pivotements à 180 degrés par brèves impulsions de ses deux pieds qu'elle avait coincés sous des branches du socle.

– Je vais enfin me l'ouvrir, ma boutique à thé, comme j'en ai toujours rêvé.

À Semeido qui la titillait à propos de la précarité d'un tel projet, elle répliqua avec assurance qu'elle ne paierait pas de cotisations sociales grâce à l'ACCRE, bénéficierait d'une aide financière dans le cadre du dispositif EDEN, sans compter que le FGIF encourageait les femmes à créer une entreprise en leur facilitant l'accès au prêt bancaire.

– Je suis chômeuse, bon Dieu ! À moi les transports gratis, les entrées à volonté dans les musées, les réductions partout ! Je vais enfin comprendre où allaient mes impôts !

Je m'expliquais mal la jalousie qui me gagnait pendant que ma future ex-collègue exhibait sa jubilation. Elle nous aurait annoncé que Glazer l'avait désignée à la place de Flaherty comme gérant obligataire pays émergents de Londres, j'aurais compris, mais là, qu'en avais-je à foutre qu'elle mène à bien ses ambitions ? Je ne désirais pas me lancer dans le thé, moi ! En secret, j'espérais pourtant que sa boutique se casserait la gueule et contraindrait Hélène à réintégrer la finance, à un poste inférieur et moins rémunéré, jusqu'au moment où la contemplation trop prolongée de cette allégresse m'ébranla intérieurement. Après tout, qu'est-ce qui m'empêchait, moi aussi, d'accéder à ce large éventail de possibles, au lieu de me polariser sur mon CDS General Motors et de remâcher indéfiniment la meilleure stratégie pour me payer la crevure ? Je découvrais subitement dans ma conscience de vastes territoires inexplorés. Je me retournais vers ces derniers mois, rempli d'une espèce d'effroi. Que de jours heureux j'avais laissés filer pendant que je me noyais dans mon verre d'eau ! Que d'égarements, notamment dans mes rapports avec

Julien, quelle lourdeur bornée, quelle absence de la plus élémentaire psychologie... Ce mioche avait besoin de moi, comme n'importe quel fils a besoin de son père... Il comptait sur mon aide, tout bêtement ! Je devais l'épauler, au lieu de m'en méfier jusqu'à le traiter parfois comme un ennemi.

Quelle expression avait-il employée déjà ce psychiatre, l'autre samedi sur France Inter pendant que je roulais vers le Carrefour de Montesson pour y effectuer le ravitaillement hebdomadaire ? *Apprendre l'intimité et les échanges affectifs*, ou quelque chose d'approchant. Le nombre de ses patients masculins explosait, constatait-il. Il leur conseillait, à ces hommes lessivés qui se bousculaient à la porte de son cabinet, de *se transformer au contact de leurs enfants. Gain identitaire*, aussi, il promettait un *gain identitaire*, là je reprenais sa formulation exacte, j'en aurais mis ma main au feu. Oui, Cécile avait raison : la posture de hérisson recroquevillé face aux transformations sociétales que j'adoptais depuis des années ne me mènerait nulle part. Comment pourrais-je, par exemple, guider Julien vers son épanouissement sexuel, alors que les mœurs de la génération montante demeuraient pour moi une *terra incognita* ? J'étais engagé dans une course contre la montre maintenant, je devais *illico* rattraper le temps perdu, sinon j'allais rater cette étape décisive dans le développement personnel de mon fils qui, à juste titre, ne me le pardonnerait pas.

C'est assez symboliquement chez Credixis que je lançai mon offensive de reconquête, quelques jours plus tard. Je m'attardai au *desk* pour naviguer sur la Toile en toute discrétion. En général, les dames de service ne prêtaient aucune attention aux activités des cadres dont elles nettoyaient les locaux.

Voilà quelques semaines, j'étais incidemment tombé,

dans *20 minutes*, sur une recension de portails numériques qui veillaient sur notre bien-être. Leurs noms avaient dégringolé depuis aux oubliettes de mon cerveau, hormis l'un d'eux, tasante.com, un site exclusivement consacré à l'adolescence, développé par Skyrock. Ce choix d'établir d'emblée, dès le titre, le caractère primordial de la question sanitaire, m'avait séduit. Il épousait la philosophie que, sur ce sujet-là comme sur les autres, je m'échinais à défendre autour de moi – avec un succès parfois relatif, je l'avoue non sans une réelle aigreur.

Je tapai tasante.com dans la barre d'adresse, mis en confiance par cet usage du tutoiement qui notifiait à l'internaute en culotte courte qu'une ambiance *cool* régnait dans cette communauté électronique où il ne risquait pas de se prendre la tête.

Là, tout n'est que pote et santé,
Sexe, webcam et puberté.

Bon sang ! Mon obsession de la rime m'inquiétait, à la longue... À cause du *slam* de Ruszczyk, qui me filait des boutons, j'inventais, comme des tics, des vers de mirliton.

La sobre charte graphique de l'interface plutôt réussie se composait principalement de kaki et de bleu foncé.

Dans la rubrique « Sexe et sentiment », des renseignements abondaient sur des sujets fondamentaux tels que : « Pourquoi les mecs sont timides avec les filles ? », « Le guide des zones érogènes ! » ou « Ta première fois en douceur ! » J'imprimai une vingtaine de feuilles puis poursuivis ma navigation au gré des titres qui m'accrochaient l'œil. J'ignore comment j'atterris sur la page « En couple ».

Dans l'immense liste qui se déroula, je ne savais guère quels articles compulser. « Le sexe avant 18 ans et la loi », « Où faire l'amour ? » ou « Orgasme et santé ! » – autant de thèmes qui concernaient Julien... « Pipe, cunni, tout sur l'amour à l'oral », m'évoqua vaguement le lexique ruszczykien. Choqué par cette crudité, je cliquai sur le lien, qui m'amena sur la fiche technique : « Le sexe à l'oral, c'est mieux qu'à l'écrit », qui énumérait les commandements à respecter avant, pendant et après l'exercice, au premier rang desquels figurait une hygiène irréprochable des organes génitaux, condition *sine qua non* pour une escalade sereine vers le septième ciel.

« Rejoins les accros d'oral sex sur les forums ! » m'exhortait le webmestre au bas de l'écran.

Je suivis son conseil puis imprimai quelques témoignages du fil de discussion : « Fellation, de l'aide s'il vous plaît ». Après avoir fourré dans ma mallette les feuillets empilés dans le bac de l'Epson laser, je saluai, guilleret, les dames de service que je croisai dans l'ascenseur.

Je nageais en pleine euphorie depuis ma consultation chez Truche. Non seulement j'étais séronégatif mais en plus les résultats de mes analyses dépassaient toutes mes espérances, en hématologie comme en enzymologie et biochimie. Je ne me lassais pas d'admirer ces pourcentages et proportions dont les valeurs se situaient magnifiquement dans les fourchettes indicatives.

14,9 grammes d'hémoglobine par décilitre...

Quelle merveille !

Ô, bonheur des 5 700 leucocytes par millimètre cube !

Et comme les angoisses existentielles se tempèrent, dès lors que dans ses veines coule un sang dont le volume plaquettaire moyen s'établit gentiment à 7,9 mu^3 avec un cholestérol total chiffré à 1,64 gramme par litre – ou 4,23 millimoles, si toutefois l'on se réfère à la méthode ABBOTT/ Architect.

Last, but not least, Truche avait triomphé en apprenant que je laissais désormais la voiture au garage pour aller travailler.

« Et vous êtes loin du RER ?

– Quand même, oui : treize minutes à pied.

– Eh bah alors ?! Treize et treize vingt-six ! Vingt-six minutes d'exercice quotidien c'est pas mal du tout. Tout le monde peut pas en dire autant, croyez-moi ! Vingt-six minutes ça réduit nettement les risques de développer un diabète ou des troubles cardiovasculaires qui sont des pathologies liées à l'inactivité physique, comme l'anxiété ou la dépression d'ailleurs... Ce serait bien si vous me rajoutiez une demi-heure le samedi et le dimanche, hein ? Là je serais vraiment heureux. Et Cécile ça va ?

– Ça va...

– Vous deux, ça roule ?

– Ce n'est pas l'illumination permanente mais enfin dans l'ensemble on se débrouille pas mal.

– Dites donc, l'illumination permanente c'est dans les contes de fées ça hein ?! Moi je pense comme les Rita Mitsouko : "L'amour c'est du taf et ça se travaille" ! Et les enfants ?

– Aucun problème avec Manon mais Julien en a pour deux. »

Truche avait grimacé :

« C'est vrai que les ados sont durs, en ce moment. Ils dégustent, les pauvres. Tout craque de partout autour d'eux, pas évident de rester solide quand on a seize ans. Pourtant leur vaillance m'impressionne. J'en vois défiler pas mal qui vivent des trucs pas faciles mais qui font face, avec une énergie incroyable. Personnellement je suis plutôt optimiste. »

Seule la culpabilité diffuse d'avoir douté d'une épouse aussi loyale que Cécile assombrissait légèrement le tableau.

Selon quel processus mystérieux la paix intérieure influe-t-elle parfois positivement sur le cours d'événements qui lui sont complètement étrangers ? Je l'ignore, mais à Charles-de-Gaulle-Étoile, un siège se libéra juste devant moi, de sorte que je bénéficiai du privilège rarissime de voyager assis pendant la majeure partie de mon trajet. J'en profitai pour sortir de ma mallette les témoignages glanés sur le forum.

L'échange avait commencé voilà plus de deux ans maintenant. Le 17 janvier 2003, à 11 h 05 exactement, Janah avait sollicité l'avis de ses congénères sur ce sujet sensible :

Comment faire une fellation, que c'est sucer le sexe du mec mais comment s'y prendre ? comment on peut évité que le mec n'éjacule pas dans la bouche. Pour les filles vous trouvez ça kiffant/dégueulasse ? j'aimerai avoir vos temoignages. Merci

Une jeune fille au pseudo évocateur avait répondu avec autant de simplicité que de clarté en fin d'après-midi :

Marlene69 Date : 17/01/03 17 :47
salut janah ! sa va ? Bah c pa très compliké !Tu commence par le branler et tu approche ta bouche et...

Voila koi !!!!Tu le suce doucement et surtou, continu a le branlé,ils adore sa généralement !Tu peux meme déscendre et lui touché les boules !!! Moi je kiffe !! bisous. Marlène

Veni, vidi, vici, triomphait cha2b, quelques mois plus tard, à 21 h 51 :

moi avant sa me dégouté un jour jme suis décidé a le faire et depuis jle fé pratikement a chake foi. mais par contre fo ke se soi mon initiative ! genre si c le gars ki me dis "tu me suce stp" sa va me bloké et jaurais pu envie de le sucé ! mais si jy vais toute seule il prendra son pied !!! lol a plus

baby_boom Date : 26/04/04 19 :06
ben c vrai que la première fois que on suce un type c pas tjrs cool pour lui mais on s'ameliore très vite ! alors moi mon ptit secret j'essaye de le faire bander en le touchant partt le leché dans le cou ect.. puis je m'approche doucement de sa queue je la masturbe avec un peu de bave pour que sa fasse effet penetration ! puis je leche sa queue surtt son gland et op c partit pour un vas et vient tout en continuant a le branlé avec ma main et puis tu lui monte dessu et tu te fait chevauché lol !

Peu enclin à passer pour un satyre, je rapprochai la feuille de mes yeux pour en cacher le texte à mon voisin de gauche, dont le regard lourd pesait au-dessus de mon épaule. Affligé d'embonpoint, le type respirait bruyamment. Il transpirait si abondamment que de la buée voilait le verre de ses lunettes.

Janah avait formulé une préoccupation fréquemment

répandue chez les jeunes filles de ce début de siècle, puisque le 11 mai 2003, à 16 h 43 exactement, le *World Wide Web* avait vibré du déchirant appel de SCLcrew, repris en écho l'année suivante par Esiorys :

J'ai trés peur de sucer mon mec ça fait 1 an et demi qu'on est ensemble et je n'y arrive pas ça me dégoute même si j'aurais trés envie de partager ça avec lui. AIDEZ-MOI SVP

Esiorys Date : 04/04/04 15 :15
juste pour te dire que je suis dans le même cas que toi, et j' aimerai bien savoir moi aussi, qu' est ce que je pourrais, faire, j' ai trop trop peur !!! chui avec toi, j' éspère que ça se passera bien.

L'esprit de solidarité qui se développait dans la nouvelle génération n'était pas un vain mot puisque misslove6 avait ainsi volé aux secours des deux infortunées, le 29 janvier 05, à 19 h 12 :

pour vous repondre les filles, moi aussi la fellation m'attirait pas plus que ca. Mais maintenant, c'est genial ! Ma premiere fellation, c'etait pendant le 69 et je peux vous dire que donner du plaisr a votre mec et en prendre vous en meme temps, c'est vraiment le paradis ! bon courage a vous !

Le titre d'un livre que j'avais vu dans les mains de nombreuses voyageuses du RER A me vint à l'esprit : *Ensemble, c'est tout.*

Ptichamoi, quant à elle, usait du système D pour contourner les écueils :

Date : 30/05/06 16 :30
Pour celle qui s'inkiète de prendre tout le sperme dans la figure il suffit de demander à votre partenaire de vous prévenir et vous le terminer à la main ! C'est une solution ke g je pratique et qui ne parait pas décevoir mon copain

Prendre tout le sperme dans la figure...

Ce problème épineux tourmentait visiblement celles que Ruszczyk aurait probablement nommées des « pétasses en chaleur ». La fourberie n'était d'ailleurs pas exempte des rapports entre adolescents, si l'on en jugeait par la mésaventure de kifeuzZ :

Date : 22/01/03 14 :00
salut, la premiere fois que g fais une felation je n'est pas trop aimer... Mais au fil tu temp je kiff... ! La premiere fois j'avais demander a mon copain de ne pas jouir ds ma bouche mais il m'a pris la tete et g pas pu l'enlever... g fais semblant d'avavaler et d'aimer.. G fais style de me rincer la bouche mais g tout garder et je l'ai emballer juste après pour ma vengeance. maintenant je suis avec quelqu'un s'autre et je kiff ca... si il te fais un coupp comme ca fais ce que g fais.. ! =) Bizous !

Mavaya Date : 22/10/05 20 :49
LOl chu daccor ke les mecs adorent ca, mai tu peu pas dir cb de tmp ca peu durer, moi un foi chu resté 30 min a le sucer koi , pourtan jsuce bien pq la plupar d mec ca par vite koi lol donc voila, ca depen du lieu, de lexitation, du mec.. fin ché pas ya pas tro de limite de tmp koi :s cki est tré con pour celle ki naime pas se fair gicler ds la boucĥ

À Nanterre-Préfecture, l'indélicat obèse descendit, immédiatement remplacé par une Africaine à tresses blondes et à la mine lasse.

moi un foi chu resté 30 min a le sucer koi.

Une demi-heure !!!

Cécile quant à elle ne prisait pas particulièrement cette pratique. Lors de sa dernière tentative, qui remontait à l'année dernière, elle s'y était adonnée gauchement, avec un manque d'envie si patent, que je lui avais conseillé d'arrêter.

Lorara Date : 06/04/06 20 :19
Pour repondre a tt le monde sur ce sujet, fellation c mon domaine :p lol rentré vous dans le crane que sa depend du gars mé je sais pu ki la di on pe prendre le controle c tt con vous allé comprendre. 1 : si vous voulez kil prenne son pied et que o bout de 2min c'est chose faite, ben vous le sucé tres tres fort en veillant bien a mouillé, bavé leché faite tt ce que vous voulais pourvu que se soi humide, acharné vous sur le gland de temps en temps mé pas tro fort sinan il riske de pété mais quand meme rigoureusement, et essayé le fond de gorge si vous pouvé. 2 : si vous voulais que sa dure c facile, vous faite le 1 mais avec des poses douces, du style juste léché la verge ou passé sur les boules, ou le branlé tres tres doucement, et recomencé ect ect mais en continue sans s'arreter la durée varie en fonction du gars, meme moi ki suce tres tres tres bien une fois sa ma prix 1heure pour arrivé a le faire giclé enfin voila koi en esperant que ceci pourra aidé certain.

Essayé le fond de gorge.

J'ignorais en quoi consistait concrètement cet exploit, je ne le saurais sans doute jamais. N'étant pas un séducteur, répugnant à recourir à des professionnelles et ne souhaitant pas tromper ma femme, je mourrais sans avoir de nouveau goûté l'extase de ces *blow jobs* que, l'année de mes dix-huit printemps, à la faveur de je ne sais quel quiproquo, Iris m'avait généreusement prodigués durant les deux semaines de notre commun séjour linguistique à Los Angeles. J'éprouvais une si profonde nostalgie de ces minutes de félicité consécutive à l'orgasme, après qu'Iris eut goulûment englouti l'ultime goutte de ma semence que, l'espace d'un instant, j'enviai ces garçons qui se faisaient sucer très très fort pendant une heure avant de gicler.

Une nuit d'automne, à 1 h 03, bisouxx77 avait posté ce cri, ce SOS :

Moi j'ai 13 ans et jm un mec jaimerai le sucé mais il veut pas comment je doit faire.

13 ans...

Ruszczyk ne mentait donc pas. Les fellations accompagnaient bel et bien le sortir de l'enfance... Dans quelques semaines, comme bisouxx77, ma puce se heurterait peut-être à ce genre de casse-tête insoluble ? Ou bien alors y songeait-elle déjà ?

Cette éventualité me ravagea intérieurement.

J'arrivais au Pecq, je rangeai les feuilles dans ma mallette et entamai mes treize minutes d'opiniâtre combat contre les tueurs silencieux. Effaré par mon machisme involontaire, je m'aperçus en cheminant que je n'avais imprimé que les témoignages des demoiselles, alors que je visitais ce site pour voler au secours de Julien, à l'origine !

Je trouvai sa porte close, en arrivant ; je décidai de le laisser tranquille. De toute façon, je ne voyais guère quoi lui apprendre sur la sexualité, s'il était aussi renseigné que les délurées du forum.

Mon baiser rituel à Manon perdit de son naturel, ce soir-là. Je la regarderais différemment, maintenant. Enfin, à quoi bon batailler contre l'évolution des sociétés modernes, en niant l'avènement d'un droit au plaisir de plus en plus précoce ? La balle se retrouvait dans le camp de Cécile. Il lui échoirait d'avertir instamment notre fille sur les dangers inhérents aux caresses bucco-génitales pour que Manon, jamais, ne suce son chéri sans préservatif.

Je n'avais rien oublié des propos du médecin, l'autre soir, à la radio. Dans ce type de rapport, le risque est infime, mais il existe.

XX

– Cette nuit, j'ai dévoré le bouquin de Dubner qui vient d'paraître aux States.

Ruszczyk lisait non seulement dans le texte la langue de Shakespeare, mais aussi celle de Cervantès. Les séjours qu'il effectuait régulièrement chez son frère à Berlin lui offraient également l'opportunité de perfectionner son allemand. À l'inverse, à force de ne le pratiquer qu'au *desk*, dans les limites étroites du jargon de la finance internationale et des articles en ligne du *Wall Street Journal*, la qualité de mon anglais se détériorait, alors que le polyglottisme compterait au nombre des compétences requises, lors de la sélection. L'été dernier, j'avais essayé de me remettre dans le bain, mais les polars américains que j'avais achetés chez Galignani m'étaient tombés des mains, sur la plage du Touquet. Je m'amusais davantage en jouant aux raquettes avec Manon.

– T'as déjà lu Dubner mon Pakal ? m'interrogea l'enflure, à seule fin de me placer en position d'infériorité.

– Non, grommelai-je.

– Aaah, bah, t'as tort, t'as tort ! Dubner, c'est l'économiste d'un genre nouveau : il en a rien à taper d'la Bourse et des marchés. Lui c'est un psychopathe du fait de société. Il en récolte des milliers, et après il épluche, y décortique, il analyse. Perso, ça m'botte vachement comme démarche. Résultat, il a découvert que c'est pas la tolérance zéro ni toutes ces conneries répressives qui ont fait baisser la criminalité aux States dans les années quatre-vingt-dix, mais la légalisation de l'avortement en 1973 ! Eh ouais, les statistiques prouvent qu'y a beaucoup plus de chances qu'un enfant non désiré d'une famille pauvre devienne un assassin qu'un enfant attendu dans un milieu favorisé. Par parenthèse, ça montre bien que c'est une connerie d'interdire aux homos d'avoir des mômes. Souvent ils ont un gros pouvoir d'achat et un bon niveau d'études, le petit va grandir entouré d'amour et devenir un adulte plus tolérant que les autres, c'est d'notoriété publique.

Depuis quand Ruszczyk réfléchissait-il à ces problématiques ?

– La notion de frappe chirurgicale inventée par le Pentagone s'appliquerait alors ici mieux que nulle part... Je trouve cette idéologie détestable.

– Ouais, bah je t'avouerai que d'ta part, ça m'surprend qu'à moitié, Luc. En tout cas, idéologie ou pas, y a un moment, faut s'rendre à l'évidence : certaines personnes, vaut tout simplement mieux pas qu'è viennent au monde, n'en déplaise au Panzer Kardinal, là, comment y s'appelle déjà l'ancien nazi, j'm'en rappell'pu ?

– Je te préviens, Lionel, affirma calmement Luc, je n'hésiterai pas à en passer par l'affrontement physique.

– Ah bah, bravo, bravo, et moi qui croyais que les vrais chrétiens tendaient l'aut'joue, quelle déception...

La semaine précédente, Luc m'avait avoué que la vue de Jean-Paul II, défiguré par la souffrance, incapable de prononcer son message *urbi et orbi* lors de son ultime apparition place Saint-Pierre, lui avait tiré des larmes.

« Il s'applique à lui-même les principes qu'il a défendus sa vie durant..., m'expliquait Luc. Un courage aussi exemplaire face à la maladie est une leçon extraordinaire, pour nous, catholiques. »

– Si tu lisais Léon Bloy, tu saurais qu'un vrai chrétien se doit périodiquement de botter le derrière des cuistres.

– Léon, Léon, mais c'est pas un prénom ça, Léon ! Ça d'vrait être interdit par le Code civil de s'appeler Léon !

– Pour en revenir à *Freakonomics*, a contre-attaqué Luc, tu ne précises pas, bien sûr, que Jane Roe elle-même militait contre l'avortement à la fin de sa vie et que Dubner prend clairement ses distances avec ceux qui voudraient faire de l'avortement un odieux outil de prévention de la criminalité.

Ruszczyk a vacillé, excédé de n'avoir pas le dernier mot. Moi-même Luc me fatiguait : existait-il un sujet sur lequel le prendre en défaut ? Le sens de son objection me restait obscur. Je n'avais jamais entendu parler de ce bouquin ni de Jane Machinchose. Décidément, en cas de réorganisation du service, entre, d'un côté, la tchatche époustouflante de l'ordure et, de l'autre, la culture encyclopédique de Luc, Glazer ne balancerait pas longtemps.

– Ouais, n'empêche que moi je m'suis toujours dit que Tarusha elle aurait mieux fait d'avorter quand elle s'est fait encloquer par un zonard du coin. Une belle orchidée comme elle, finir fanée à vingt-cinq piges, si c'est pas malheureux... Elle avait des chicots plein la bouche la dernière fois que j'l'ai croisée à Orchies. J'ai même pas osé lui parler tellement qu'è f'sait pitié. Si ça se trouve son chiard depuis il a buté une mémère pour lui piquer son portefeuille ?

Il a vérifié si sa bravade portait mais Luc a conservé une impavidité minérale.

– D'allieurs j'y étais à Orchies, ce week-end. J'me suis fait flasher sur l'autoroute en y allant, ça m'a énervé, mais d'une force... Je pensais à aut' chose, j'ai vu le radar au dernier moment, j'ai filé un grand coup de patin, heureusement qu'y avait personne derrière moi sinon c'était le carambolage assuré !

D'allieurs...

Oui, la roulure prononçait bien « d'allieurs ».

Je m'étais imaginé que sa langue avait fourché, les premières fois, mais il n'en était rien. Ce barbarisme trahissait bel et bien sa rustauderie crasse. Un bouton d'acné, que Ruszczyk n'avait pas remarqué, bourgeonnait derrière le lobe de son oreille droite. La pointe blanchâtre de la pustule m'écœurait.

– T'as vu ce qu'ils marquent ces hypocrites sur les panneaux ? POUR VOTRE SÉCURITÉ, CONTRÔLES RADAR AUTOMATIQUES... Sécurité mon cul ! Contrôles radar automatiques pour remplir le tonneau des Danaïdes de l'État en faillite oui !

– Il existe une façon fort simple de ne pas subir ces désagréments, c'est de respecter les limitations de vitesse. Personnellement, je ne tiens pas à mourir sur la route à cause d'un chauffard qui confond la voirie avec un circuit de Formule 1.

La raclure a soupiré, en regardant ostensiblement par la fenêtre, pour marquer son irritation.

– Je vois également d'un très bon œil la généralisation des antidémarreurs éthylométriques qui bloquent le moteur si l'haleine du conducteur est trop chargée d'alcool, comme au Canada.

– Samedi matin, le cauchemar : ma daronne me demande de lui acheter de la litière pour son chat, j'me retrouve au Leclerc Templeuve au milieu des fatmas en tchador, des johnnys et des dégénérés en tout genre, passque faut bien reconnaître que chez les ch'tis l'alcoolisme et le consanguinage réunis font quand même des ravages, et là dans les rayons j'croise...

Consanguinité, pas « consanguinage », ne pus-je m'empêcher de rectifier *in petto* le plouc acéphale et logorrhéique.

– ... un canon, mais un canon, écoute c'est bien simple j'en revenais pas de voir cette rose éclore au milieu du purin.

Cécile avait raison, en fait. Ruszczyk n'usait pas systématiquement de manières aussi rustres. Nulle familiarité, quand Tim Glazer traînait dans le coin. Pas de « salut mon Pakal » ni d'histoire de fesses. Un vocabulaire calibré au mot près au contraire, une urbanité sans afféterie, une réorganisation radicale de sa personnalité ; à se demander s'il ne jouait pas plutôt la comédie avec nous qu'en compagnie du boss. Après tout, accumuler les cuirs, manger comme un verrat et se vautrer dans l'obscénité présentait moins de difficultés que de pratiquer le baisemain dans les salons avec une élégance tellement naturelle qu'elle lui devenait subitement consubstantielle... L'autre jour n'avait-il pas fait allusion à *L'Origine du monde* avec un à-propos confondant, au point qu'il m'avait fallu quelques secondes pour établir le lien ? Avec le recul, j'interprétais cette référence comme un lapsus. Ou bien ne s'agissait-il que de ce vernis culturel dont n'importe quel plébéien se lustre désormais grâce aux magazines de vulgarisation qui se multiplient en kiosques ?

– Bon, j'lui tourne autour discrétos, elle me regardait, mais pas des masses non plus, chavais pas trop à quoi m'en t'nir, j'me débrouille pour passer à une caisse pas loin d'elle, j'la mate, emme mate, trop trop belle, un petit tatouage sensuel sur l'poignet, des talons aiguilles super sex, et surtout un décolleté, mais un décolleté, malheureux, j'en pouvais plus, y a un souci mon Pakal ?

– Mais non ! sursautai-je, arraché à mes cogitations. Pourquoi tu me demandes ça ?

– Bah, je sais pas, y a deux minutes tu nous balances un lieu commun stupéfiant de sottise et là chte r'gardais à l'instant, t'avais l'air allieurs, complètement lost, limite débile mental. Bref, è paye, j'la suis, elle empile ses courses dans l'coffre, je m'approche, bonjour mademoiselle, vous êtes charmante, puis-je me permettre nanana machin, j'te passe les détails, et là elle m'claque son plus beau sourire et è répond : « Ç'aurait été avec plaisir mais non, désolée, j'ai déjà quelqu'un, ça ne se fait pas d'aller boire un verre avec un autre homme. » Et bah tu sais c'que j'ai fait en entendant ça ?

– Non.

– J'ai insisté, comme un bourrin.

Il s'est servi un verre de Badoit.

– Et alors, elle a cédé ? a persévéré Luc.

– Non.

Intérieurement, j'ai félicité de toutes mes forces cette jeune femme pour sa rectitude conjugale.

– Alors j'l'ai regardée, et ni une ni deux jui ai déballé le fond de ma pensée : « Je vous admire, mademoiselle. Vous restez fidèle à vos valeurs, vous vous laissez pas gangrener par la corruption généralisée des mœurs. Chapeau ! » Et j'me suis barré.

Selon son habitude, la raclure a remué la nuque comme un aliéné, pour faire craquer ses vertèbres cervicales.

– Note que j'suis tombé récemment sur une enquête

de l'INSERM affirmant que, dans leur immense majorité, les 18-22 ans pratiquent une sexualité banale à pleurer, avec fidélité en prime et tutti quanti. Et les gars sont encore plus conformistes que les filles, à c'qu'y paraît ! Si c'est pas décourageant de lire des trucs pareils... Trente-cinq ans de révolution sexuelle pour se retrouver avec une génération de coincés du boule sur les bras ! Heureusement qu'les illusions de ces jeunes réacs vont vite s'écrouler face à l'affreuse réalité de la famille en ruine et du mariage en faillite, sans quoi, des keumés comme moi, on aurait du mouron à se faire.

Cette sortie contredisait complètement ses précédents propos. Ce type variait si fréquemment d'opinion qu'on ne savait jamais sur quel pied danser, avec lui.

– Un chiffre m'a bien rassuré l'autre jour : 15 % des divorces concernent des couples mariés depuis moins de cinq ans. Et le score augmente constamment ! C'est formidable, paskeu personne est plus facile à niquer qu'une trentenaire psychiquement détruite après une rupture. J'avoue, j'ai déjà tronché des beautés qui m'auraient même pas regardé si elles avaient possédé leur pleine lucidité... Ça confère au coït un aspect viol légal qui est vraiment pas désagréable quand t'abuses du désespoir d'une meuf. J'me sens tout neuf après, purgé de ma part noire comme de mes peaux mortes quand j'sors du hammam. J'lime à grands coups d'queue méthodiques, j'm'enfonce dans le sordide en même temps qu'dans l'vagin, exprès j'fais durer mon plaisir interminablement, je couine comme un porc en lâchant la purée histoire de bien la dégoûter la nana, d'la marquer au fer rouge comme qui dirait, passkune femme oublie jamais un amant qui réussit à la blesser à cet endroit de la personnalité si fragile et si mystérieux où loge la sexualité, oups, pardon. Jamais, même après vingt ans de psy ou une conversion au bouddhisme.

Il venait, en détachant un quartier de sa clémentine, d'envoyer sur ma manche une giclée de jus.

– Ça peut sembler cruel bien sûr, mais enfin la loi du CAC est dure, c'est pas à vous que j'l'apprendrai.

J'essuyai mon blazer avec une serviette en papier humectée d'eau, ulcéré par la désinvolture de la roulure, qui s'était à peine excusée de sa maladresse.

– À l'autre extrémité de la vie, c'est la même chose, les divorces du troisième âge explosent, les croulants en peuvent plus de s'regarder vieillir entre deux voyages culturels. Enfin, si vous voulez mon avis, ces indicateurs augurent rien de réjouissant quant à l'avenir de l'espèce...

Cécile avait échafaudé une tactique, à notre retour d'Arles : la prochaine fois que Ruszczyk prêterait le flanc au ridicule, je devrais lui river son clou en public. « Allez vas-y, c'est maintenant, c'est là ! » l'entendais-je m'exhorter par transmission de pensée.

« Ne le rate pas ! »

Ma bouche s'est asséchée. Si je revenais bredouille à la maison ce soir, si je manquais l'opportunité que l'enflure m'offrait sur un plateau, Cécile me le pardonnerait difficilement. Mon cœur battait la chamade quand mon missile Tomahawk a fulguré dans la cantine, atteignant Ruszczyk au beau milieu du front.

– Eh bien, mon cher Lionel, nous te remercions pour tes édifiantes prospectives à trois francs six sous.

Ruszczyk est demeuré coi quelques secondes, pour ainsi dire pulvérisé par la violence du choc.

– Trois francs six sous ? T'as de ces expressions j'te jure, mon Pakal... Tu peux pas dire « à deux balles » comme tout l'monde ?

– Je ne m'aligne pas forcément sur l'avis de la majorité si j'estime qu'elle se trompe, répliquai-je d'une voix fluette.

– Pourtant j't'assure ksa t'éviterait d'avoir l'air si souvent teubé. Toute façon j'préfère pas discuter sinon tu vas encore t'fâcher. Chai pas ce que t'as en ce moment toi, mais t'es susceptible de chez susceptible.

Le repas s'est conclu en banalités.

*

Eh bien voilà.

J'avais franchi le cap, depuis le temps que j'en rêvais...

À vrai dire, le passage à l'acte ne m'avait pas coûté tant d'efforts. J'avais accompli ma mission avec cette détermination froide qui me surprenait moi-même, chaque fois que je m'en montrais capable.

Quand Glazer était revenu de déjeuner, j'avais sollicité une entrevue qu'il m'avait accordée sur-le-champ, dans son bureau légèrement surélevé d'où il dominait le plateau. Par souci de transparence, les cloisons en étaient certes totalement vitrées, néanmoins là-dedans, le boss bénéficiait d'une insonorisation impeccable qui l'isolait de la fourmilière grouillante. Vingt minutes environ m'avaient suffi pour vider mon sac, plein à ras bord des « mon Pakal », des « ton balai dans le cul » et des « limite débile mental ».

Limite débile mental...

Non mais.

Ordure, va !

J'ignore où Ruszczyk avait passé l'après-midi, toujours est-il qu'il ne réapparut pas avant 17 heures. Au bout d'un quart d'heure, son téléphone fixe a sonné, il a décroché et, quelques secondes plus tard, pénétré dans le bureau de Glazer où il s'est installé dans un des deux fauteuils en cuir destinés aux visiteurs. Je m'astreignais à ne pas observer ce qui passait dans le bocal, si bien que je ne parvenais plus à me concentrer sur mon travail. J'ai tenu dix minutes avant de craquer. Une conversation animée se déroulait entre les deux protagonistes. Glazer, debout face à la baie vitrée, le dos tourné, regardait les toits de Paris, mains croisées derrière lui. J'avais insisté pourtant, pour m'expliquer loyalement avec Ruszczyk, en la présence d'un supérieur habilité à trancher notre différend, afin d'établir des règles claires de bonne conduite qui pacifieraient l'ambiance de l'*open space*.

Là, en sermonnant seul à seul mon rival, Glazer me plaçait dans la position haïssable du vilain cafteur.

Un quart d'heure après, Ruszczyk a regagné sa place en m'ignorant. Je le surveillais du coin de la prunelle mais il vaquait à ses occupations sans me prêter la moindre attention. Peut-être finalement Glazer l'avait-il convoqué pour un tout autre motif que la clarification que j'escomptais ?

C'est dix minutes plus tard que son visage a pivoté dans ma direction, avec la raideur robotisée d'une tourelle de char d'assaut localisant sa cible. Ses iris minéraux se sont plantés dans les miens. Le regard de déséquilibré qu'il m'a lancé équivalait clairement à une menace de mort. La trouille m'a tordu les tripes. J'ai dégluti péniblement. Ruszczyk n'hésiterait pas à utiliser contre moi l'huile de coude dont il m'avait offert un échantillon gratuit, l'autre jour, à la cantine. Ma main conservait la mémoire cuisante de cette rencontre avec la sienne.

Ou s'il envoyait plutôt un commando de Polonais

pour me punir ? Si on me retrouvait à l'aube, pendu par les pieds à un abribus du Pecq, avec « TOUCHE PAS À RUSZCZYK » scarifié entre les omoplates ? Collée au cordon du clavier, j'ai soudain remarqué une vignette sur laquelle un point d'exclamation fiché au milieu d'un triangle rouge précédait la mention :

PRÉCAUTIONS DE SANTÉ
Voir sous le clavier
NE RETIREZ PAS CETTE ÉTIQUETTE

J'ai retourné le périphérique de saisie.

L'utilisation d'une souris ou d'un clavier peut être à l'origine de certaines douleurs ou lésions physiques graves.

Lorsque vous travaillez sur ordinateur, comme c'est le cas pour de nombreuses autres activités, vous pouvez ressentir une gêne occasionnelle dans les mains, les bras, les épaules, le cou ou ailleurs. Toutefois, si des symptômes persistants ou récurrents de gêne, de douleur, d'élancement, de picotement, d'engourdissement, de sensation de brûlure ou de courbature se faisaient sentir, **NE LES NÉGLIGEZ PAS. CONSULTEZ RAPIDEMENT UN MÉDECIN**, même si ces symptômes apparaissent lorsque vous n'utilisez pas votre ordinateur.

Sur mon moniteur, un appel d'offre à 230 millions avait capté mon attention mais un élancement dans le nerf sciatique m'a forcé à me lever. J'en ai profité pour me rendre aux sanitaires. Pourquoi tant de collègues, après leur miction, ne tiraient-ils pas la chasse ni ne nettoyaient la cuvette après l'avoir aspergée d'urine ?

J'ai soulevé la lunette et posé mes cuisses à même la céramique froide qui me donnait la chair de poule.

De tels signes peuvent en effet être liés à des lésions sévères, parfois définitives ou à des troubles nerveux, musculaires, des tendons ou d'autres parties du corps. Ces troubles musculo-squelettiques incluent entre autres le syndrome du canal carpien, la tendinite et la ténosynovite.

Syndrome du canal carpien.
Ténosynovite.
Inconnus au bataillon.

L'état des recherches actuelles ne permet pas de répondre à toutes les questions soulevées par ces troubles ; toutefois, les spécialistes s'accordent sur les nombreux facteurs liés à leur apparition : condition physique et état de santé général, stress et attitude face au stress, postures et habitudes dans l'environnement de travail, mais également dans d'autres activités (y compris l'utilisation du clavier ou de la souris). Certaines études mettent également en cause la durée d'utilisation du clavier d'un ordinateur. Pour savoir si vos activités, habitudes de travail, votre état de santé ou condition physique peuvent provoquer des troubles musculo-squelettiques, consultez votre médecin.

Retourner voir Truche ?
Encore ?
« Hypocondrie »...
« Trou de la Sécu »...
« Le ridicule ne tue pas »...
Je me suis longuement savonné les mains, après l'ex-

pulsion de ma colique. Un peu d'eau froide sur le front m'a calmé. Non, on ne supprimait pas un homme parce qu'il signalait à son supérieur les agissements aussi indignes qu'inacceptables d'un de ses collègues...

Ruszczyk avait disparu quand je suis revenu à ma place. 18 h 30 approchaient, j'ai éteint mon poste. L'inquiétude me tenaillait de nouveau les intestins quand j'ai pénétré dans l'ascenseur. À la sortie de l'immeuble, lorsque les portes automatiques se sont écartées à mon approche, j'ai vérifié à droite et à gauche si l'ordure ne m'attendait pas sous les arcades pour me régler mon compte. Une voiture de police banalisée fonçait rue de Rivoli, gyrophare sur le toit, sirène hurlante, pour intervenir sur un acte de délinquance qui se produisait à cet instant précis, quelque part dans la capitale. Peut-être un dabiste était-il tombé sous les balles d'un malfrat ? Vendredi dernier, place de la Nation, quatre hommes armés avaient kidnappé deux convoyeurs, le temps de vider six distributeurs automatiques de billets à proximité, pour un préjudice estimé à 300 000 euros.

L'angoisse m'a poursuivi pendant le trajet jusqu'au Pecq. L'information circulait en temps réel, grâce aux moyens de communication modernes. L'enflure avait d'ores et déjà pu ordonner à ses complices de me pousser sous le RER. Je n'ai retrouvé un peu de sérénité qu'en pénétrant dans le jardin de la résidence. Au moins, si cette maudite CNIL n'avait pas retoqué mon projet d'installation de caméras... Je revoyais ce crétin de Jacquier, brandissant triomphalement la notification de l'organisme public.

« *Aux termes de la loi de 1995, les dispositifs de vidéosurveillance ne peuvent être mis en place dans les lieux publics que pour des finalités précises.* »

« En France, la plupart des caméras sont posées illégalement ! » jacassait ce malotru.

Ce n'est qu'en verrouillant la porte blindée que je me suis réellement senti en sécurité. Je me suis retourné. Julien regardait la télévision, les pieds posées sur la table basse, bien que nous le lui eussions mille fois défendu. Nos yeux se sont croisés. Il m'observait bizarrement, pourquoi ? « Violences envers les dépositaires de l'autorité. » En claquant de la langue, il s'est redressé.

Je me suis allongé un quart d'heure sur mon lit sans parvenir à ralentir mon rythme cardiaque. Pour éviter de passer mon week-end à ruminer, j'ai décidé de m'injecter dans l'esprit un antidote puissant. J'ai fouillé dans ma mallette et rejoint Cécile dans la cuisine où elle écoutait, sur la dernière chaîne Bose ultracompacte, les textes engagés d'une nouvelle chanteuse française qui voulait prendre ma douleur.

– Regarde sur quoi je suis tombé en naviguant sur le Web...

Elle mitonnait une de ses délicieuses tartes salées, dont les ingrédients variaient selon son humeur et les saisons. Même si, présentement, elle pleurait en émincant les oignons, l'immanente joie intérieure d'être au monde qui affleurait en permanence sur sa physionomie m'a enfin tranquillisé.

– Attends, renifla-t-elle, je termine.

Elle en profita pour s'épancher la première.

– T'as entendu cette histoire ?

– Laquelle ?

– Ce père de famille, là, dans l'Essonne, qui a tué ses deux enfants à coups de marteau avant de se tirer une balle sous le menton ?

– Oui.

– C'est vraiment horrible non ?

– En effet, c'est horrible.

– On dirait que ça arrive de plus en plus souvent ?

– Mais j'en sais rien moi, Cécile, j'ai pas les statistiques sous la main, là... On est vraiment obligés de parler de ça ? Tu veux pas plutôt lire ce que je t'ai apporté ?

– Tu permets ?

Elle essuya longuement ses mains qu'elle venait d'astiquer au savon de Marseille, puis ramassa les feuilles posées sur la table.

– Tu me sers un Martini, s'il te plaît ?

Oui, Cécile aimait, le vendredi, pour célébrer le début du week-end, siroter un verre en grignotant olives à l'ail et noix de cajou. Elle témoignait dans ces moments-là d'une intransigeance de baronne : sans un zeste de citron et un glaçon dans son verre de cristal Baccarat, elle ne se détendait pas réellement.

– Tu m'accompagnes pas ?

– Non, j'ai pas très envie de boire de l'alcool, je me sens pas très bien.

– Pfff, t'es pas marrant quand même...

Les premières lignes captèrent son attention.

– J'ai trouvé ça sur un site pour ados, c'est effrayant, effrayant !

Machinalement, elle adopta une position plus confortable en s'adossant au plan de travail. Elle souriait involontairement, à mesure qu'elle progressait dans sa lecture.

– Alors, insensé non ?

– Mais laisse-moi finir !

J'ai attrapé dans le réfrigérateur une bouteille de Contrex dont j'ai vidé deux grandes rasades au goulot. Cécile, qui normalement désapprouvait ces façons, car personne n'était obligé de partager mes microbes, n'y prêta en l'occurrence aucune attention. Elle attaquait la dernière page, en trempant à intervalles réguliers ses lèvres dans le vin cuit.

– Alors, tu en penses quoi toi ?

Elle me regarda bizarrement. Un Martini suffisait-il pour que la tête lui tourne ?

– Je me demande quelle génération on est en train de fabriquer !

Elle haussa les épaules.

– Tu t'affoles pour rien.

Je remplis son verre vide, qu'elle me tendait.

– Les mœurs évoluent, quoi de plus normal ? Mai 68 est passé par là, c'est tout. Non moi ce qui m'inquiète surtout c'est l'orthographe, la syntaxe... Ça veut dire quoi lol ?

– C'est de l'anglais, l'acronyme de lots of laugh.

– Comment tu sais ça toi ?

Allait-elle en plus m'obliger à lui narrer dans quelles circonstances Ruszczyk m'avait instruit de la chose ?

– Je le sais, c'est tout.

– Certaines phrases sont tout de même inintelligibles..., se lamenta Cécile en relisant quelques passages. On se demande ce qu'elles apprennent à l'école, non ?

– C'est ce qu'on appelle le langage texto. Elles n'écrivent peut-être pas comme ça dans leurs copies ?

– Quand je reçois les perles du bac dans ma BAL, je ne suis malheureusement pas sûre que le langage texto soit réservé à l'Internet...

– Mais enfin au-delà de la forme, il y a le fond, je me souviens pas d'avoir été aussi renseigné sur ces sujets quand j'avais treize ans.

Cécile frottait sensuellement ses doigts contre les rebords du verre pour faire chanter le cristal.

– Tu te rends compte, dans quelques mois Manon

chattera peut-être sur ce forum avec ses copines ! C'est monstrueux...

– Monstrueux, monstrueux... tout de suite, les grands mots !

Elle descendit son Martini d'un trait.

– Aux grands mots, les grands remèdes !

Elle posa son verre dans l'évier puis s'approcha de moi.

– Dans quelques mois on sait pas où on sera mais à la minute présente, là, tout de suite, je t'assure que ces petites grues m'ont vraiment excitée.

Elle m'envoya de légères bourrades dans les côtes à l'aide de ses deux index pointés, pour me forcer à reculer jusqu'à la chambre, dont elle ferma la porte à clé avant de s'agenouiller devant moi.

XXI

Autant brasser d'immenses quantités de *cash* sur les marchés m'avait toujours amusé, autant le bricolage m'insupportait depuis ma plus tendre enfance, au point que je m'inquiétais de l'éventuelle sénilité précoce de mon père qui confondait pour sa part cette corvée avec un *hobby*, depuis qu'il avait emménagé à Orange. Objectivement, quoi de plus rasoir que de scier une planche, monter un meuble ou installer un écran de baignoire à profil galbé ? Il convient toutefois de nuancer cet avis trop tranché puisqu'en général ces pensums s'agrémentent de joies simples telles que torticolis, doigts écrasés, douleurs dorsales, échardes sous les ongles, etc.

Sombre dimanche que celui-là.

Depuis le temps que Cécile me tannait pour que je fixe au mur l'armoire à chaussures qui se renversait régulièrement, j'avais résolu d'y consacrer ma matinée. Accablé à l'idée de perdre aussi sottement deux heures, je me traînai jusqu'au débarras d'où je déballai les instruments de ma torture : boîte à outils, rallonge, perceuse et le toutim. J'effectuai un numéro de contorsionniste pour atteindre la prise électrique du couloir, cachée derrière le guéridon. Je transpirais en maudissant ma femme qui, non contente de me condamner aux travaux forcés, avait poussé les thermostats à fond, selon son habitude horripilante. À quoi bon acheter des ampoules basse consommation, trier les déchets et manger bio si c'est pour surchauffer son appartement ? Cette incohérence égoïste me portait sur les nerfs. Lorsque deux milliards d'Indiens et de Chinois disposeraient des capacités industrielles pour établir les températures de leurs foyers à 22 °C, comme sous nos latitudes occidentales, la planète n'y survivrait pas.

La fastidieuse prise des mesures à l'aide du niveau de déclivité s'éternisa vingt bonnes minutes pendant lesquelles ma rage intérieure augmenta notoirement. Enfin, je m'emparai de la perceuse et plaçai la mèche sur le premier des quatre repères que j'avais tracés sur le papier peint. Je pressai la gâchette. Entraînée par la rotation du mandrin, la vrille pulvérisa la mince pellicule de plâtre, avant de rencontrer une résistance imprévue. J'insistai une quinzaine de secondes puis arrêtai l'engin, diminuai la vitesse de rotation afin d'augmenter le couple, enclenchai la fonction « percussion » et réitérai mon essai. La seconde tentative se solda également par un échec. Le moteur tournait mais, à mon grand étonnement, demeurait silencieux. Le foret libérait une forte odeur de métal surchauffé sans progresser d'un millimètre.

Toutefois j'avais affronté pas mal de contrariétés cette semaine alors, foi d'Ébodoire, un vulgaire mur ne me résisterait pas. Puisqu'il voulait jouer les malins, il subirait la loi de Perfo.

Oui, il allait payer, le mur ; pour tout le monde.

Je me redressai lentement, sourire sardonique aux lèvres, puis me dirigeai d'une démarche altière vers le débarras, savourant par avance ma vengeance. Sur l'étagère du bas, mon fidèle Perfo m'attendait.

Perfo...

Ma vieille branche, ainsi que je le nommais dans les longs monologues intérieurs que je tenais avec moi-même au cours des séances de martyre bricolien ou bricolagien ou même bricolagesque que m'infligeait Cécile. Ô Perfo, formidable concentré technologique dans lequel j'avais investi récemment, las de m'escrimer inutilement sur des parois machiavéliques et autres plafonds sournois.

Prise en main aisée, ergonomie optimale, lignes racées, tendues...

Puissance ?

1 000 watts.

Force de frappe ?

Supérieure à 3 joules.

Oui, 3 joules, oui.

Moi non plus, je n'y avais pas cru, au début ; pourtant la notice explicative ne ment pas : 3 joules.

Aucun obstacle ne résistait à Perfo, il trouait tout, tout, bois, pierre, brique, métal, béton contraint, revêtement de sol extérieur, tout. Je l'avais soumis à rude épreuve, déjà. Eh bien, chaque fois, Perfo avait répondu présent. Il ne m'avait jamais déçu, contrairement à certains et même certaines, dont je préfère ici m'abstenir de citer les prénoms pour ne froisser personne. Quelque matériau qu'il eût affronté, Perfo l'avait emporté haut la main à chaque fois, s'enfonçant partout avec une aisance déconcertante, comme dans ce clip de musique technoïde dont Julien raffolait. « *Push me, and then just touch me, till I can get my, satisfaction, satisfaction...* »

Au passage, je vérifiai que le chenapan, comme sa mère le lui avait ordonné, nettoyait le cloaque pestilentiel en quoi il avait transformé son repaire. Il avait certes apporté l'aspirateur, mais celui-ci gisait, inemployé, au milieu d'un amoncellement de magazines sur papier glacé, de canettes de soda, de boîtiers de DVD, de bandes dessinées, de fournitures scolaires et de vêtements sales. De rares espaces libres où poser les pieds subsistaient à intervalles réguliers, semblables à des nénuphars facilitant la traversée du marigot.

Voir Julien pianoter sur son clavier, pendant que les trois autres membres de la maisonnée besognaient, me révolta.

– Tu vas faire ton ménage maintenant Julien, oui ou non ?!

– Mmmmh...

– Écoute, si l'aspirateur n'est pas passé quand j'aurai fixé le porte-chaussures, tu vas voir ce que tu vas voir !

Il me toisa.

– Ah ouais ? Ça m'intéresse ça ! Je vais voir quoi ?

Comme je ne précisais pas, il ricana :

– D'temps en temps tu devrais mettre tes menaces à exécution, ça t'éviterait d'avoir l'air si souvent teubé.

Je tournai les talons, en réfléchissant à une riposte appropriée après ce défi insultant.

Si souvent teubé.

Aucun père ne pouvait se laisser apostropher de la sorte par son rejeton. Hier soir à table, il avait déjà tenu des propos très durs à mon encontre, m'accusant, de par mon métier, d'être un « tenant de l'ordre capitaliste à la solde de la globalisation néolibérale ». Seulement il venait de franchir à l'instant une limite qu'il n'avait jamais osé dépasser jusqu'à présent. Nous découvrions l'un comme l'autre une zone inviolée.

Je regagnai le couloir, consolé par la facile victoire que je m'apprêtais à remporter sur le mur. Pour assurer mon triomphe, je glissai dans le mors de Perfo un foret à béton dernière génération, encore plus rapide grâce à sa géométrie Speeder à quadruple hélice et tête optimisée. Je nourrissais d'ailleurs quelques scrupules d'offrir à Perfo ce trop facile succès.

Un gaillard comme Perfo ne goûte guère de vaincre sans péril, car Perfo se révèle dans l'adversité. Perfo aime se bagarrer pour la gagne. Perfo est un *winner*, lui.

Avant d'appliquer la mèche sur l'étroit orifice creusé par la perceuse, je réglai la jauge de profondeur pour tempérer les ardeurs de Perfo qui, dans quelques secondes, s'introduirait là-dedans comme dans du beurre. Pour jouir plus intensément, je fermai les yeux au moment d'appuyer sur la gâchette. La stridence atroce me creva les tympans sans qu'aucun résultat tangible ne se produisît. J'insistai, mais Perfo n'avançait pas, le mur résistait toujours.

Incrédule, les yeux rivés à cette mèche qui, vainement, tournait à 800 tours/minute dans un barouf infernal, je m'arc-boutai contre la cloison opposée, bras tendus, m'acharnant en sueur pour gagner quelques dérisoires millimètres, rempli de haine contre l'architecte qui avait placé le mur porteur à cet endroit, également contre le chef de chantier responsable de la qualité de la construction, contre le maçon qui avait coulé ce béton autour d'une armature ferrée et jusqu'au simple manœuvre qui avait jeté pêle-mêle dans la bétonnière des pelletées de gravier, de sable et de ciment pour couler ce matériau affreusement compact. Oui, de longue date, de nombreuses personnes s'étaient liguées contre moi, dans le projet occulte de me nuire, comme si les membres du conseil d'administration de Credixis, Tim Glazer, Lionel Ruszczyk et un grand nombre de voyageurs du réseau express régional n'y suffisaient pas.

Soudain, je ressentis une douleur épouvantable sur

l'arrière du crâne. Les trente-six chandelles qui s'allumèrent alors tournoyaient encore dans mon champ de vision lorsque je reçus le deuxième coup. Je me retournai au moment où Julien, la face déformée par la fureur, abattait pour la troisième fois le tube métallique de l'aspirateur.

– Alors, monsieur Bricolage, j'l'attends ta punition ! Toujours autant à la masse, hein ?

Je tâchai d'appeler Cécile mais le trop faible gémissement exhalé par mes cordes vocales ne l'alerta pas.

Julien frappa encore, à deux reprises. Je perdis connaissance. J'avalais le sang qui me coulait du nez lorsqu'une nouvelle secousse me réveilla, quelques secondes plus tard. Perfo vrombissait, menaçant, Julien l'empoignait. Il s'agenouilla, appliqua le foret sur le haut de ma tempe et, au moment précis où l'embout de métal biseauté traversait l'os pariétal, l'énergie du désespoir me permit de hurler : « MAMAN ! »

*

Cécile n'avait pas entendu.

Elle ronflait.

Sans doute n'avais-je pas crié très fort. Les cristaux lumineux du réveil indiquaient 2 h 56. Je m'étais endormi sur ma pince à ongles, qui me piquait désagréablement le front. Machinalement je mesurai mon pouls : 85, rien de grave. Je me levai pour me rafraîchir. En me dirigeant vers la salle de bains, je jouai avec les tiroirs de l'armoire à chaussures, certes imparfaitement horizontale, en raison d'une erreur dans mes mesures, mais solidement vissée au mur depuis samedi après-midi. En revenant, j'aperçus de la lumière dans la chambre de Julien. Il jouait sur Internet, son casque stéréophonique sur les oreilles, le volume poussé au maximum. Il s'assourdirait, à la longue. Dans mon rêve au moins, l'odeur putride de la chambre ne m'indisposait pas. Pourquoi n'aérait-il jamais ?

Je soulevai un de ses deux écouteurs. Il sursauta.

– Tu m'as fait peur !

– C'est de la folie, Julien, tu sais l'heure qu'il est ? Couche-toi immédiatement, tu as cours demain. Et puis je ne veux plus que tu écoutes ta musique aussi fort.

Indifférent à mes recommandations, bouche tordue, casque autour du cou, il négociait un virage virtuel serré.

– Julien, quand l'ouïe dit « non », c'est pour toujours. Une cellule ciliée détruite ne se reconstitue pas.

Il soupira longuement mais ne répondit rien, occupé à dépasser un de ses concurrents par l'intérieur de la chicane.

– Le danger débute avant la douleur, dès 90 décibels.

J'avais lu un article terrifiant à ce sujet, la semaine dernière.

– Tu m'soûles, p'pa, il est trois du mat' là, lâche l'affaire !

La bataille à mener me décourageait d'avance, à cette heure de la nuit, surtout après mon cauchemar.

– Non, Julien, non, justement, je ne lâche rien du tout. C'est mon rôle de père de t'empêcher d'entamer irrémédiablement ton capital bruit, plus tard tu me remercieras.

Conscients des risques, certains organisateurs citoyens distribuaient désormais des bouchons en mousse, à l'entrée des salles de concert.

– Je n'ai pas envie que tu te retrouves à vingt-cinq ans avec des acouphènes qui t'empoisonnent la vie. Ils sont de plus en plus fréquents chez les jeunes alors que, de mon temps, le phénomène ne touchait que les personnes âgées !

Il sortit de la route.

– Trop relou...

Julien me dévisagea avec une sorte de compassion, comme s'il s'apercevait seulement de ma présence.

– OK, p'pa, fais pas c'te tête, j'me couche... T'es vraiment trop un flippé de la tête.

Je m'assis dans le salon, pour m'assurer qu'il obtempérait. Mes yeux se fermaient d'eux-mêmes. Au bout de dix minutes, je jetai un œil dans la chambre. Julien avait disparu sous sa couette.

– Bonne nuit, p'pa.

– Bonne nuit.

Je réussis à me rendormir.

*

Je m'éveillai d'excellente humeur.

Je sortais d'un rêve édénique, aux antipodes du premier. Je ne parvenais pas à me le remémorer, mais il distillait ses vertus euphorisantes dans mon psychisme, au point d'aplanir magiquement mes montagnes de problèmes.

Tout n'allait pas si mal, en fait. Je me demandais même comment j'avais pu me mettre martel en tête à ce point-là, ces derniers mois... Dès qu'on échappe à la force centripète de la tornade, on comprend mal comment on a pu s'y laisser happer, et l'on considère sans indulgence l'agitation désordonnée de qui se débat vainement dans la tourmente.

Vendredi, Glazer avait profité de l'audience qu'il m'avait accordée, pour me remonter sévèrement les bretelles à propos de mon plantage sur General Motors.

« Tropp émotif, hmm, Pécekal ? me titillait-il en me raccompagnant, sa main tapotant paternellement mon épaule. Que cela vus serve de leçon pur l'haavenir. Dans nos djobs, dès qu'on se laisse dominer par l'aurgueil, on ent'e dans l'irraaationnol, et tuût est futu ! »

Et alors ?

Que risquais-je, au fond ?

De perdre ma place, dans le pire des cas ?

C'était préoccupant, certes, mais enfin j'empocherais dans ce cas un copieux pactole d'indemnités qui, ajoutées aux allocations chômage versées chaque mois par l'UNEDIC, nous laisseraient amplement de quoi nous retourner. Et puis je me sentais parfaitement à la hauteur pour décrocher un bon poste dans une autre boîte.

Quant à Julien, quoi de plus normal s'il traversait une période de turbulence ? L'adolescence, par définition, n'est-elle pas une période de crise ? Il entrait en convalescence, après son tabassage. La célèbre phrase de François Mitterrand me revint en mémoire : « Il faut laisser du temps au temps. » Toute vie humaine comportait ses épreuves, nous en traversions une, voilà tout... Pourquoi ne pas l'aborder bravement, en attendant l'éclaircie qui surviendrait aussi fatalement que la foudre qui nous avait frappés ? Peut-être profiterions-nous de ce licenciement pour repartir de zéro et, par exemple, nous installer dans une autre région ? Force était de constater que le mode de vie francilien ne me convenait plus du tout. À la vérité, je devenais peu à peu étranger à moi-même. Ces bouffées de haine affreuses, qui me submergeaient de plus en plus régulièrement quand un voyageur empiétait sur ma sphère intime rien qu'en s'asseyant à côté de moi dans le RER, ne correspondaient pas à ma véritable personnalité. Je me raccrochais dans ces cas-là, pour m'interdire de souhaiter la mort subite de l'importun, aux principes humanistes qui avaient gouverné mon éducation mais cette promiscuité me détruirait mentalement, à la longue. Je m'apercevais aussi que je me voûtais, à la manière d'un boxeur perpétuellement en garde. Je manquais d'espace vital, au fond.

Ce matin-là pourtant, ni le RER ni le métro ne gâtèrent mon euphorie. J'entrais dans l'*open space*, en plongeant une nouvelle fois en moi-même pour ramener des limbes quelques bribes de ce songe merveilleux qui m'immunisait contre mes tracas quotidiens ; sans succès. Lionel Ruszczyk furibard m'accosta brutalement.

Tiens, je l'avais oublié celui-là.

Finalement, quand on le considérait de sang-froid, avec son gros tarin et son gel dans les cheveux, on ne percevait plus que son aspect bouffon. Je m'aperçus que son front se dégarnissait ; et qu'à ses tempes, le poil grisonnait, tandis que je conservais pour ma part, malgré mes cinq ans de plus que lui, la crinière dense et brune de mon bel âge.

– Salut Passeukal. T'as passé un bon week-end, Passeukal ?

Calmement, je pris le temps de réunir les divers éléments d'information que renfermait cette peu amène apostrophe : en tançant Ruszczyk en tête-à-tête, Glazer lui avait accordé un traitement de faveur qui prouvait qu'il était le chouchou de la direction. Ruszczyk en était si convaincu qu'immédiatement après cet avertissement, il relançait les hostilités par ce « Passeukal » pas plus hypocoristique que le sobriquet précédent.

Je le fixais, en mûrissant ces analyses.

– Je rajoute le S, j'ai reçu des consignes, se justifia-t-il, déstabilisé par mon mutisme.

– Oui, rajoute le S. Mais pas plus. Tu ne prononces ni Passeukal ni Pakal. Tu prononces Pascal, comme tout le monde.

– Sinon tu vas aller t'plaindre au dirlo ? grogna le roquet.

– Je ne me suis plaint à personne. J'ai demandé à Glazer d'organiser une confrontation pour apaiser nos tensions, rien d'autre. Je ne sais pas ce qu'il t'a raconté et d'ailleurs je m'en fous, mais personnellement je n'ai rien à me reprocher, je ne suis pas un mouchard.

– Je vois pas de quoi tu parles Passeukal. L'incident est clos, Passeukal.

J'ai planté mes yeux au fond des siens. Son regard fuyait. J'ignore d'où m'est venu ce trait de génie, mais j'ai répliqué :

– D'accord, Lihaunel. L'incident est clos, Lihaunel.

À mon grand étonnement, cette moquerie banale, qui m'était spontanément montée aux lèvres, cette moquerie l'a soufflé. Je me suis approché d'un pas, pour m'imposer physiquement à lui, avant de replacer quelques mèches de ma chevelure en regardant entre ses deux yeux.

– Hey tu fais quoi là, qu'est-ce qui t'prend ?

Nos visages se frôlaient, maintenant.

– Bah tu vois, je me recoiffe. Ce matin ton front luit tellement qu'on se voit d'dans, Lihaunel. Tu devrais y aller mollo sur la crème hydratante, Lihaunel.

Il s'est reculé, muet, les lèvres entrouvertes, avec sur le visage une expression stupide. Machinalement, il a passé son index sur sa pommette puis l'a frotté contre son pouce pour en essuyer le gras.

– Méfie-toi, Lihaunel, l'abus des cosmétiques masculins diminue la production de spermatozoïdes. Je crois que c'est un élément de nature à modifier ton hygiène cutanée, Lihaunel.

Ses pupilles bleues ne dégageaient rien, ni ombre, ni mystère, ni pétillement, ni vaillance, ni chaleur humaine ; juste un narcissisme obsessionnel et pitoyable.

Je l'ai planté là.

XXII

Le coup de tonnerre éclata quelques jours plus tard, au début du mois de mai : Credixis ne lancerait pas d'OPA sur les Italiens. Le projet de fusion était enterré. Malgré des tractations poussées, les deux *top management* n'avaient pas réussi à finaliser un accord.

La direction n'ayant pas jugé nécessaire d'en informer directement ses cadres, nous apprîmes la nouvelle sous la forme d'un communiqué, repris par l'AFP. « Les conditions financières d'un développement majeur de Credixis en Italie ne sont pas réunies à ce jour. » Il me fallut plusieurs minutes, lorsque la dépêche s'afficha sur mon moniteur, avant de comprendre que cette décision me concernait personnellement, puis d'assimiler les répercussions concrètes qu'elle allait provoquer dans mon existence.

Je perçus ce procédé pour le moins leste comme une marque de mépris qui m'atteignit en profondeur.

Deux jours plus tard, Lionel Ruszczyk obtenait la mutation pour Londres qu'il briguait depuis de longs mois. Nous nous évitions, lui et moi, depuis notre explication pugnace.

Sur le front des crimes intrafamiliaux, le bilan de ces dernières semaines se révélait particulièrement accablant. Au commencement du mois d'avril, dans le Valde-Marne, un jeune homme d'une vingtaine d'années avait commis l'erreur d'intimer à son petit frère, âgé de douze ans, d'éteindre son jeu vidéo et de réviser ses leçons. Contrarié, l'enfant s'était rendu dans la cuisine d'où il était ressorti armé d'un couteau qu'il avait planté dans la poitrine de son aîné, lequel était resté entre la vie et la mort pendant de longues heures.

Un mois plus tard, durant la nuit du 1er au 2 mai, un basketteur professionnel de vingt-trois ans, psychologiquement instable, s'était violemment disputé avec sa mère qu'il visitait dans son pavillon de la banlieue amiénoise. Submergé par une pulsion meurtrière, il avait saisi une lame et frappé sa génitrice au thorax, à sept reprises, avant d'enterrer son corps au fond du jardin.

C'est cependant la veille, à Chelles, que l'horreur avait atteint son paroxysme quand les habitants du quartier Gambetta, réputé pour sa tranquillité, avaient été réveillés, vers 1 h 30 du matin.

« J'ai un couteau dans le ventre ! hurlait une voix. Il a tué son père ! »

Quelques instants plus tard, un craquement affreux se produisait au pied du bâtiment : un adolescent de dix-sept ans s'était défenestré du dixième étage après avoir poignardé ses parents pendant leur sommeil. Le couple avait adopté cet unique enfant en Amérique latine. Décrits par l'entourage comme des gens discrets, ils se plaisaient beaucoup dans leur nouvel environnement, infiniment plus calme que la cité de Seine-Saint-Denis où ils résidaient précédemment. Le couple menait une vie quiète et réglée. Jean-Claude partait travailler aux aurores. Dans la matinée, son épouse promenait leur chien dans le jardin de la résidence. Même si leur fils Florent, lycéen taciturne, ne se mêlait guère aux autres jeunes, *Le Parisien* affirmait : « Après deux jours d'enquête, aucun élément ne permettait encore de comprendre le geste du garçon. »

Au fil de cette énumération dantesque, un détail avait idiotement attiré mon attention. Les deux femmes, tuées à vingt-quatre heures d'intervalle, portaient le même prénom un peu désuet : Marie-Rose.

*

Le claquement de mes talons résonnait sous la voûte du passage Richelieu. Les rafales qui tourbillonnaient rue de Rivoli m'avaient décoiffé. Dans la galerie du café Marly, Hélène Pellin lisait *Vogue* à une des tables protégées par les vitres incassables, derrière la balustrade ajourée.

« BEAUTÉ : *tout sur* la nouvelle *chirurgie* ».

Le serveur s'est enquis de nos commandes au moment où je m'asseyais.

– J'ai envie d'un fondant au chocolat, pas toi ?

– Pas trop, non... Je vais plutôt prendre un Perrier.

– Allez quoi, il est quatre heures et demie, c'est l'heure du goûter ! Me laisse pas m'empiffrer toute seule, je vais culpabiliser sinon...

Elle leva la tête vers le serveur :

– Donnez-nous deux fondants. Je t'invite, précisa-t-elle en me tapotant le genou.

J'ai cédé, surtout pressé d'apprendre pourquoi elle m'avait téléphoné hier au *desk* et fixé ce rendez-vous saugrenu. Ruszczyk avait raison : Hélène Pellin n'accusait pas ses quarante-huit ans, loin de là. Fidèle à son élégance légendaire, elle portait un magnifique ensemble de lin beige, un chemisier blanc et une paire de Tod's orange neuves. Elle resplendissait, réellement, même si elle n'avait jamais imaginé, avant de monter sa boîte, qu'elle se heurterait à une telle quantité d'obstacles. Les banques rechignaient à investir dans son projet, le quartier ne leur convenait pas, ce segment de marché était saturé, déjà... En plus, l'entrepreneur chargé de retaper le local commercial avait déguerpi sans poser les radiateurs, Hélène ne disposait plus des fonds ni de la force nécessaires pour intenter une action en justice. Du coup, elle comptait recruter à Vitry des clandestins roumains qui offraient des prestations inégalables pour une bouchée de pain.

J'aboutissais à la conclusion logique qu'elle envisageait de me taper de plusieurs milliers d'euros, tandis qu'elle égrenait ses revers de fortune. Elle baissa les paupières, en s'adossant contre le coussin pourpre de son fauteuil.

– Mon Dieu, que c'est agréable ce soleil, murmura-t-elle.

– Il faut en profiter, ils annoncent de la pluie pour demain.

– Toujours aussi optimiste, mmh, Pascal ?

Le serveur déposa avec rudesse nos gâteaux et l'*earl grey* qui les accompagnait.

– Encore heureux qu'il nous ait pas donné une paire de gifles !

Elle remplit précautionneusement nos deux tasses, l'index appuyé sur le couvercle de la théière.

– C'est hallucinant qu'on puisse plus être servi correctement nulle part... C'est pour ça que j'y crois, à mon salon de thé. Les gens en ont marre qu'on les traite comme de la merde quand ils payent trois euros pour un express...

D'un air las, elle passa sensuellement la main dans ses cheveux.

– Tu te demandes pourquoi je t'ai appelé, pas vrai ?

me taquina-t-elle comme je cherchais un prétexte poli pour m'éclipser.

– Pas du tout, qu'est-ce que tu vas chercher ?!

Détachant un morceau de son gâteau, elle affirma d'une voix rauque :

– J'ai toujours eu beaucoup d'affection pour toi, tu sais Pascal...

Une bouffée de chaleur me monta au visage.

– Mais moi aussi, Hélène, moi aussi, mentis-je. C'est moins sympa au desk depuis que tu es partie.

– Tu as de la chance, toi, tout roule dans ta vie. Tu sais, t'es un exemple pour beaucoup de gens, chez Credixis : non seulement on loue ta rigueur professionnelle, mais en plus tu fais figure à la fois de père idéal et de mari modèle.

À mon tour, je goûtai le fondant.

– Hélène, tu te fais des idées sur moi, je t'assure...

Bigre, quel délice, ce chocolat...

– C'est vrai ?

Elle me scrutait, sourcils froncés.

– Non, non, tu te sous-estimes. T'es quelqu'un de foncièrement droit et honnête... Je souffrais beaucoup quand cette frappe de Ruszczyk te harcelait.

J'ai haussé les épaules, surpris qu'Hélène aborde ce sujet.

– C'est passé, tout ça...

Un nombre incalculable de touristes posaient, hilares, devant la pyramide, tandis qu'un acolyte les mitraillait avec son numérique.

Plus que jamais, mon rêve me turlupinait. Quel père pouvait s'imaginer, jusqu'à l'ultime minute, que son fils passerait à l'acte ? Et si Julien me transperçait la boîte crânienne en pleine nuit à l'aide du perforateur ? Si cette torture, que j'avais ressentie avec une prégnance fascinante durant mon sommeil, annonçait une réalité qui prenait chaque jour davantage de consistance ? J'étais tombé l'autre jour sur un vieux numéro de *Psychologies* oublié sous une pile de magazines, dans le salon. Un article y assurait que, même si de tels phénomènes paraissaient chimériques, des milliers de rêves prémonitoires s'avéraient bel et bien, chaque année. Le film *Minority Report*, avec le plus célèbre scientologue du monde, Tom Cruise, m'avait pas mal remué, à l'époque... Je regrettais, maintenant, d'avoir laissé Julien nous accompagner, alors qu'il manquait manifestement de maturité pour l'analyser avec le recul nécessaire.

– Et alors, c'est passé ? Les gens pardonnent trop facilement, je trouve... *La Mariée était en noir*, quel pur chef-d'œuvre ! Moi quand j'ai quitté Credixis, je me suis juré de lui régler son compte, à ce merdeux.

Oui, profondément endormi, je sursauterais, puis tenterais, mais trop tard, d'échapper au foret déchiquetant mon cerveau. Comme le brave retraité de Chelles, j'émergerais de l'inconscience pendant quelques millièmes de seconde qui me laisseraient juste le temps de concevoir que je pénétrais dans le néant éternel. Ainsi se conclurait mon insignifiant passage sur cette planète.

– J'ai claqué 5 000 euros pour m'offrir les services de Paul Pierre, détective privé de son état. Ses bureaux sont dans le 9ᵉ, pas loin des Galeries Lafayette. Il prend cher, d'accord, il porte un nom grotesque, OK, mais alors, mon vieux, quelle pointure ! C'est incroyable ce qu'on peut apprendre sur quelqu'un quand on a décidé d'y mettre le prix...

Ses doigts, soigneusement manucurés, jouaient avec l'anse de sa tasse.

– Ruszczyk n'est pas né à Orchies, mais dans les Landes. Il a grandi dans le Triangle à Bordeaux. Il avait jamais foutu un pied dans le Nord avant de réussir le concours de l'ESC Lille.

Elle conservait perpétuellement un mince sourire aux lèvres, mais son regard exprimait un je-ne-sais-quoi d'irrémédiablement blessé qui suscitait à la fois méfiance et compassion.

– Il n'a plus rien de polonais que le nom. Contrairement à ce qu'il fait croire, ce type est un dégénéré, une fin de race, un zéro en déshérence. Il est issu d'une famille de starostes qui a émigré en France au début du XIXe siècle pour fuir les persécutions russes. Son patronyme s'est perpétué jusqu'à nos jours mais s'éteindra probablement avec lui puisqu'il n'a toujours pas de descendance et que sa femme a quarante-deux ans...

– Sa femme ?!

– Oui sa femme, ça t'épate, hein ? triompha Hélène qui scrutait le moindre de mes tressaillements, comme si elle entendait rentabiliser, à s'en faire péter les mirettes, le fauteuil d'opéra au premier rang de la corbeille pour lequel elle avait cassé sa tirelire. Il vit depuis dix ans avec une riche galeriste japonaise qu'il a épousée en décembre 2000.

Elle attendit quelques secondes avant d'enchaîner, afin d'allonger la durée de la représentation.

– Et d'abord, il a pas trente-quatre ans mais quarante et un. Il profite de son incroyable fraîcheur physique pour tricher sur son âge.

Par un travail de mise au point cérébrale, j'essayais à toute vitesse de corriger l'image de mon ancien tortionnaire, floutée par ces divulgations.

Ruszczyk, un bourgeois bordelais... De quarante et un ans...

Mon aîné !

Et marié, en plus.

Invraisemblable !

Et ses conquêtes féminines, alors ? Du pipeau, elles aussi ? Des détails ne trompaient pas, pourtant : la conversation que j'avais surprise entre deux de mes collègues féminines, par exemple.

– Alice a bien été sa maîtresse, quand même...

– Ah ça oui alors ! Ruszczyk lui a planté si souvent son poteau rose que je me réjouis de lui dévoiler le pot aux roses, à c't'espèce de cruche qui m'emmerdait avec la classification oiseuse de ses amants, ses notions d'amitié sexuelle entre guillemets, et autres foutaises pathétiques...

À nouveau, elle jaugea l'effet de ses révélations sur ma figure décomposée.

– C'est fou, hein ? Mon tourment, c'est que j'arrive pas à savoir si ce mec est un mythomane, un malade en quelque sorte, ou si simplement, il joue, s'il pratique la manipulation et le secret comme des divertissements qui lui évitent de s'ennuyer dans son travail et plus largement dans l'existence. En tout cas, quand je vais balancer le scoop au top management, il pourra dire adieu à Chelsea, le petit père Ruszczyk ! *London is not calling, forget it brother, an' go it alone !*

Elle ricana méchamment. Ses anglicismes ésotériques me ramenèrent à l'esprit la situation matrimoniale de l'enflure.

– Et ils habitent ensemble, avec sa femme ?

– Oui, oui, dans le 15e, vers Cambronne. Son loft au canal Saint-Martin, c'est juste un pied-à-terre pour baiser ses pouffes.

Soudain, ses épaules s'affaissèrent, elle serra frileusement sa tasse entre ses deux mains.

– Tu me diras, lui au moins, il est heureux en ménage, apparemment...

Hélène m'apprit qu'elle se séparait d'Armand, définitivement cette fois, après vingt-deux ans de mariage et d'innombrables tentatives de réconciliation. Elle ne pouvait plus s'empêcher de le haïr. Longtemps, ils avaient tenté d'éviter cette extrémité, des années ils avaient lutté contre l'inéluctable, espéré qu'à force d'efforts mutuels et de concessions réciproques, une accalmie succéderait aux incessantes tempêtes épuisantes. En vain. Maintenant Hélène carburait au Xanax, et Armand au J&B. La rupture se déroulait le moins mal possible, ils divorçaient à l'amiable, Armand payait une pension royale, les enfants verraient leur père sans encombre. Pourtant Hélène Pellin éprouvait un sentiment de gâchis effroyable, d'une absurdité absolue de sa vie. À l'approche de la cinquantaine, sans compagnon et sans travail, même si, au fond d'elle-même, l'absence de l'un comme la perte de l'autre la soulageait indéniablement, l'inconnu qui l'attendait la terrifiait. Elle s'éveillait la nuit, brisée, en sueur, dévastée d'angoisses, se revoyait petite fille sans réussir à comprendre comment son destin lui avait échappé de la sorte. Sur la durée d'une existence humaine, le modèle du couple unique et monogame avait selon elle définitivement fait son temps, comme le prouvait la multiplication des divorces chez les retraités, qui se séparaient parfois après quarante ans de mariage, tant les accablait la cohabitation avec la loque aigrie qui vieillissait à côté d'eux.

– Tu parles, la Bible a été écrite à une époque où l'espérance de vie dépassait pas trente ans, c'était pas dur pour eux d'être fidèles...

En effet, ce détail ne m'avait jamais frappé. Je fus reconnaissant à Hélène Pellin de m'avoir dessillé sur cette supercherie.

– Oui, s'anima-t-elle, la famille traditionnelle est

morte, mais rien ne viendra la remplacer, contrairement à ce que prétendent les bonimenteurs qu'on entend partout dans les médias, là, les experts en ceci et les psychomachintrucs à la con, qui viennent t'expliquer que, pour un enfant, c'est super d'avoir un frère, deux belles-mères et trois demi-sœurs de pères différents, juste parce que le désastre c'est leur fonds de commerce, et un fonds de commerce lucratif, crois-moi... Moi je te dis que, de plus en plus, les rapports sociaux vont se résumer à des affrontements impitoyables d'égoïsmes forcenés. Moi, moi, moi, MOI !

Elle lécha la dernière goutte de sa tasse.

– Et après on s'étonne que les loyers augmentent, on accuse le gouvernement, les spéculateurs, les agents immobiliers ou je sais pas qui encore alors que c'est nous les responsables, *nous*, c'est la prolifération cancéreuse de notre individualisme répugnant qui fait qu'on a besoin de toujours plus d'espace autour de nous, parce que l'autre, ou le prochain on va dire, comme les cathos, celui qui est là, à côté de nous, devient un obstacle à la réalisation maniaque de désirs eux-mêmes de plus en plus misérables. C'est pas compliqué, à la fin avec Armand on s'engueulait même pour choisir le programme télé. Faut dire qu'avec le satellite, y a tellement de choix maintenant...

Je me sentais lessivé lorsque nous quittâmes le café Marly. Le fondant me pesait sur l'estomac. Le désespoir d'Hélène Pellin me répugnait. Pourquoi nous emmerdait-elle ? Qu'elle se ruine avec sa boutique à thé et nous foute la paix. Cette mauvaise joueuse n'acceptait tout simplement pas d'avoir perdu la partie, c'est-à-dire raté sa vie. Maintenant qu'elle se débattait au fond du gouffre, elle ne se consolait qu'en essayant d'y entraîner les autres.

La boîte avait au contraire besoin de stabilité pour affronter la concurrence et assumer sa mue qui surviendrait fatalement. La déplaisante vengeance d'Hélène Pellin allait engendrer au *desk* des turbulences inutiles. Ruszczyk nous avait bernés, et alors ? Il avait gagné, voilà. À lui les mirobolants bonus et les coupés sport tandis que moi je n'achèterais pas au Vésinet. Contrairement aux prévisions de David Borel, la maison dont il m'avait parlé à Noël s'était vendue en deux semaines, au tarif exigé par le propriétaire. Depuis, les prix du mètre carré s'envolaient et, dans le même mouvement, notre rêve domestique.

J'ai serré sans chaleur la main d'Hélène Pellin puis profité de l'occasion pour passer au Virgin du Carrousel, acheter *Huis clos* à Julien, sur la demande de M. Merlot. Il s'agissait de ce qu'on appelle un classique, je crois, car moi aussi je l'avais étudié en seconde. Je m'en rappelais l'une des phrases, même : « L'enfer c'est les autres. » Je gardais un excellent souvenir de cette œuvre, qui demeurait liée dans ma mémoire à mon adolescence insouciante.

Les escaliers mécaniques m'ont descendu sous la terre. Tout de même, songeais-je en déambulant maussade au milieu des larges allées de marbre sous la pyramide, cette... cette... *loser*, comment dire, les mots me manquaient, cette *loseuse* sonne bizarre, question d'habitude sans doute, oui, le langage évolue, il se métisse comme les sangs, cette *loseuse* d'Hélène Pellin avait mis l'accent sur un élément positif : bon an, mal an, mon couple fonctionnait plutôt bien. Ce que j'avais réussi, dans le monde actuel, et particulièrement la mégapole parisienne, prenait presque les allures d'un exploit. Cette entrevue renforçait ma détermination à préserver, coûte que coûte, cet immuable coin de ciel pur vers où lever les yeux lorsque, autour de nous, l'adversité obscurcirait nos âmes.

*

– Tu penses à m'installer Photoshop sur le portable, hein ? a insisté Cécile depuis le vestibule.

– Oui, oui.

Elle souhaitait s'initier à ce complexe logiciel de retouche d'images dont notre fils, je ne sais encore grâce à quel piratage, nous avait fourni la dernière version, numéro de série compris.

– Promis ?

Elle me savait réticent à me servir d'un matériel contrefait.

– Ouuii, promis !

J'ai poussé un soupir de contentement quand le cliquetis caractéristique du pêne s'engageant dans la gâche m'a enfin confirmé que je disposais enfin de l'appartement pour moi seul. Cécile et Manon partaient visiter « Crad'expo, la science impolie du corps humain », à la Cité des sciences. Ensuite, cap sur Saint-Germain-des-Prés pour un après-midi de lèche-vitrine dont je redoutais les retombées financières. Julien quant à lui était au lycée et allait voir *Kingdom of Heaven* avec Heddie, cet après-midi.

Ce samedi de célibataire survenait à point nommé car l'ajournement *sine die* des projets de fusion portait sur mon moral un contrecoup imprévu, assimilable à un *baby blues*, si tant est qu'un homme puisse se figurer ce genre de spleen, féminin par nature.

Du coup, je m'étais préparé un après-midi de « grosse mollesse », pour parler comme Zacharias : sieste réparatrice de 14 à 15, puis branchement sur Canal + pour le

Toulouse-Castres de la 28e journée du Top 16 et enchaînement en douceur à 17 heures avec l'alléchant Nantes-Lille en direct de la Beaujoire. De quoi amadouer la plus virulente mélancolie. Pour que la corvée ne me pollue pas plus longtemps l'esprit, j'ai résolu d'installer immédiatement Photoshop sur le portable de Julien.

« Le portable de Julien »...

Quel abus de langage il avait réussi à présenter comme naturel !

Le contrat stipulait pourtant clairement, dès l'origine, que, même si l'ordinateur était localisé dans sa chambre, chaque membre de la famille en disposait à sa guise. D'emblée, j'avais créé exprès trois sessions « C & P », « Julien » et « Manon ». Il n'empêche, notre fils accaparait notre nouveau matériel avec un sans-gêne exaspérant d'enfant gâté.

L'étourdi avait omis d'éteindre l'ordinateur, avant de partir au lycée. Quoique je le lui eusse formellement défendu, il s'était encore connecté à MSN pour vérifier obsessionnellement s'il n'avait pas reçu de nouveaux messages pendant les maigres heures de sommeil qu'il s'octroyait. Pour ma part, je jugeais ces bribes de dialogue virtuel incompatibles avec l'indispensable plage de concentration préalable à l'étude.

Je dirigeai le curseur vers « Démarrer », cliquai une fois puis remontai sur « Fermer la session Julien » lorsqu'un nom bizarre attira mon attention sur le bureau :

www.zdtodjizzhut.com5

J'hésitai quelques secondes, mais la curiosité l'emportant, je lançai le fichier. J'eus un mouvement de recul quand deux magnifiques Slaves siliconées apparurent à l'écran. D'abord centré sur leur visage, le plan s'élargit rapidement. Complètement nues, dos tourné à leurs partenaires, leur vulve glabre, luisante et rose largement offerte à la concupiscence du spectateur, elles chevauchaient les membres énormes de deux culturistes. La scène se déroulait dans un silence oppressant, seulement rompu par les soupirs de plaisir, les frottements visqueux des organes génitaux et le bourdonnement d'un climatiseur. Hypnotisé, je regardai jusqu'à son terme la séance, qui durait 2 minutes 14 secondes, et s'interrompit au moment où le quatuor changeait de position, les femmes s'installant à quatre pattes sur un banc pour offrir leur anus.

Abasourdi, je balançais pour savoir où se situait mon rôle de père : cesser là mon exploration, afin de ne pas empiéter davantage dans l'intimité de mon fils ? Ou bien me colleter à la réalité des images auxquelles il était confronté, pour mieux le préserver d'une représentation caricaturale tout autant que réductrice de la sexualité, qui ravalait trop souvent le corps de la femme au statut de simple objet ? Sans dénier à des couples le droit d'être filmés en train de s'aimer, ces pratiques devaient nécessairement s'accompagner d'une réflexion sur l'éthique.

J'optai pour la deuxième solution.

Sur eMule, ce fichier était téléchargé à 74 % : « PETITS JEUNOS (VIDEO PERSO) doigtent et lèchent le cul GAY sexe 15'47 rasage minet suceur GAY sexe sket video minet garcon qeue video rugbyman porno ».

Anal, interracial, beurettes, asiates, matures, *gay*, *porn stars*, *trash*, autant de dossiers jaunes que Julien avait classés dans « Mes vidéos », avec un soin dont il ne témoignait guère dans les autres domaines de son existence. Apparemment, le recensement exhaustif et méticuleux des dépravations humaines le passionnait davantage que le rangement de sa chambre.

Pour éviter de vomir, je ne visionnai pas plus de deux fichiers « *trash* ». Je me reportai sur « *porn stars* ». En même temps qu'il gouvernait son yacht, un brun couvert de tatouages pénétrait Pamela Anderson sous un ciel orageux lorsque, de l'autre côté de la porte blindée, le tintement d'un trousseau de clés annonça le retour prématuré de Julien. Je regardai l'heure : 11 h 30. Il quittait à midi, normalement, le samedi. Après un détour par la cuisine où, selon sa déplorable coutume, il arracha le croûton de la baguette aux céréales, il traversa le couloir et sursauta en me découvrant assis à son bureau.

– Qu'est-ce tu fais là ?

– Et toi, qu'est-ce que tu fais là ? Tu as séché ?

– Mais nan, le prof d'histoire était pas là..., expliqua-t-il en mâchonnant. Pourquoi t'es sur mon PC ?

– Qu'est-ce que c'est que ça, Julien ?

Maintenant, le brun aux cheveux longs filmait Pamela tandis qu'elle lui administrait une fellation langoureuse. Horriblement gêné par les grognements extatiques du tatoué, *a fortiori* devant Julien, je quittai le lecteur.

– Mais t'as fouillé dans ma session ? C'est un truc de ouf !

Ne sachant trop si je devais réagir fermement ou temporiser, je choisis un moyen terme :

– Julien, tu ne me parles pas sur ce ton, je suis ton père. Je cherche à te protéger, c'est normal.

– Wesh tu vas m'protéger d'quoi en fouillant dans ma session ?

– J'y ai découvert des images affreuses, qui peuvent te traumatiser pour ta vie entière.

– Quoi traumatiser, y en a plein qui téléchargent des films X au lycée !

– C'est pas une raison pour faire comme eux ! En plus, je trouve ce mélange entre homosexualité et hétérosexualité vraiment inquiétant.

– Quoi, t'aimes pas les gays, c'est ça ? T'es homophobe ?

Homophobe ?

Cette question ne m'avait jamais traversé l'esprit...

Peut-être étais-je affecté de ce vice, sans même le savoir ?

– Il s'agit pas de ça, mais enfin, les hommes, les femmes, les deux en même temps, on dirait qu'y a plus aucune différence pour toi !

– Et la fierté bi ? T'en fais quoi d'la fierté bi ? Tout le monde a l'droit d'être bi !

Depuis le temps que Julien, dans la guérilla qu'il me menait quotidiennement, n'utilisait plus les mots que comme des cocktails Molotov, j'avais appris à esquiver ses projectiles mais celui-ci m'atteignit par surprise.

– N'empêche..., murmurai-je. J'ai eu le vertige en regardant ces copulations qui ne sont qu'un immonde étalage de chair.

– Immonde étalage de chair, répéta-t-il en travestissant ma voix, le petit doigt levé.

– Une autre sexualité est possible Julien. Une sexualité épanouie, dans un climat de tendresse et de respect mutuels, au sein d'un couple uni où les deux partenaires regardent ensemble dans la même direction. Ces films véhiculent une sexualité préfabriquée où il n'y a aucun message d'amour.

Pourquoi mentais-je à mon fils ?

Je n'en savais rien, en réalité.

L'autre jour, sur Arte, les propositions d'une chercheuse du CNRS m'avaient considérablement impressionné. Elle appelait de ses vœux un futur où l'être humain choisirait son sexe selon son humeur ou les moments de la journée : une femme le matin, un homme le soir ; ou *vice versa*. Qui sait si, dans quarante ou cinquante ans, les futurs Français n'appréhenderaient pas nos usages sexuels de ce début de siècle comme un anachronisme quasiment inimaginable, équivalent pour nous à la société d'ordres sous l'Ancien Régime ?

Compte tenu de l'allongement de la durée de la vie et des progrès de la médecine, Julien ne serait pas bien vieux, en 2050. Loin de l'aider à se construire, les conseils d'un père aussi frileux que moi sur le plan des mœurs ne risquaient-ils pas de le handicaper irrémédiablement ? Peut-être Ruszczyk était-il dans le vrai, et moi sclérosé dans des préjugés normatifs, hermétique au libertinage auquel s'adonnaient de plus en plus de couples modernes dans les hammams mutins qui fleurissaient aux quatre coins de Paris ? Sans doute cette ouverture à un hédonisme débridé se révélerait-elle non seulement un atout, mais une condition *sine qua non*, pour s'épanouir dans le monde où évoluerait Julien ?

Grâce aux merveilles de l'évolution, l'humanité générerait probablement des spécimens aptes à s'adapter en un temps record, durant leur bref passage sur la planète, aux mutations technoscientifiques qui se succéderaient à un rythme toujours plus effréné, dans des champs aussi variés que la sexualité, la reproduction, la médecine, la finance, les armements ou les communications. Je n'imaginais pas toutefois que cette *struggle for life* d'un nouveau genre ne produirait pas chez certaines personnalités plus faibles, moins enclines au combat, ou simplement rétives au changement, des dévastations identitaires inédites, sources de violences effroyables dont les attentats du 11 Septembre n'offraient probablement qu'une pâle préfiguration. Oui, Cécile avait raison. Nous entrions décidément dans un monde lourd d'incertitudes.

Dieu merci, proportionnellement à la prolifération des menaces, la cyberprévention se perfectionnait, comme le prouvait l'explosion de la demande en termes de vidéosurveillance comme de biométrie. En Europe, le marché de la sécurité connaîtrait bientôt des courbes de croissance élevées, comme aux États-Unis. Les ringards comme Jacquier ne gagneraient pas toujours.

Le regard dubitatif de Julien, désorienté par ma méditation inopinée, m'a brusquement ramené vers des considérations plus triviales. Allons bon... Moi qui misais sur ce samedi pour me vider l'esprit, voilà que je convoquais Darwin ! Longuement, je me suis passé la main sur le visage.

– Je t'assure, Julien, je vais bientôt avoir quarante ans, pourtant j'ai été choqué de voir un poing s'enfoncer dans un anus ou une Africaine excisée s'introduire un vibromasseur dans le vagin.

La crudité de mes propos a fait mouche, Julien a baissé les yeux et déclaré, *mezza voce* :

– C'est pour rigoler avec Heddie, on s'est lancé un défi à çui qui trouvera la vidéo la plus trash.

– Tu as lu les brochures qu'ils t'ont données au lycée, au moins ?

Il a claqué de la langue, excédé.

– Vas-y, y a que des golmon qui vont les lire leurs brochures...

Golmon.

J'inversai les syllabes pour comprendre la signification du vocable. Devant mes yeux, tout droit sortis de *Michel Strogoff*, de farouches guerriers tartares chevauchèrent leurs fiers pur-sang dans les steppes sibériennes, jusqu'à ce que je comprenne que ce borborygme désignait en fait les personnes en situation de handicap mental provoqué par la trisomie 21.

– Et comment tu t'es débrouillé pour supprimer le contrôle parental ?

– Bah j'ai cracké ton login, voilà.

Il avait craqué mon loguine...

Comme une allumette.

Et la lumière fut !

Il accéda aux infinies ressources de la pornographie planétaire.

Bien...

Quelle conduite adopter, maintenant ? Lui interdire d'aller au cinéma n'aurait servi à rien, d'autant que j'avais besoin de solitude pour me requinquer, plus que jamais. De souhaitable, la sieste était devenue indispensable.

– Pour commencer, tu m'envoies ces cochonneries à la corbeille.

Cette mesure de rétorsion ne portait guère à conséquence, puisque les films X s'échangeaient apparemment partout, mais enfin elle s'imposait. Julien a obéi de bonne grâce puis nous avons partagé un déjeuner morose.

*

Toulouse avait écrasé Castres avec la manière, en inscrivant pas moins de cinq essais. Quant aux Lillois, ils avaient disposé assez facilement des Nantais, dont une descente éventuelle, après trente-neuf années de présence en Ligue 1, m'inquiétait. Les filles par contre cachaient mal leur joie quand elles sont revenues de

Paris, épuisées. La pompe à vomi, le jeu du pipi et la guerre des pets avaient enthousiasmé Manon. Cécile elle-même s'était énormément divertie. Elle n'avait pas uniquement ri d'ailleurs, elle avouait s'être considérablement instruite. Mon épouse ignorait ainsi que les seuls gaz qui puent, quand on pète, sont l'indole, le scatole et le sulfure d'hydrogène. Précisément, c'est le sulfure d'hydrogène qui dégage cette infecte odeur d'œuf pourri.

– Par pitié, Cécile ! la coupai-je. C'est distingué je te jure, surtout dans la bouche d'une femme...

– Ah oui, et pourquoi je pourrais pas parler de ça, autant qu'un homme ? C'est de la misogynie, pure et simple ! Tu es vexé, parce que mes précisions scientifiques volent un peu plus haut que les plaisanteries scato que tu échanges avec ton père, c'est ça, hein ?

Je n'insistai pas, non plus que je lui révélai les horreurs stockées par son fils sur le disque dur de notre portable.

Demain, Luc et Manoela Landreau déjeunaient à la maison. Depuis le temps que nous devions leur rendre leur invitation, nous avions choisi ce 15 mai. À quoi bon assombrir l'humeur de mon épouse, alors qu'une énorme pression pesait déjà sur ses épaules depuis qu'elle avait inscrit au menu un canard à l'orange qu'elle n'avait pourtant jamais cuisiné ?

Cécile rouspéta quand elle me vit m'installer devant l'ordinateur, après le dîner. Elle se plaignait fréquemment que je ne regarde jamais les séries américaines avec elle.

– Je vois pas l'intérêt d'être mariée si c'est pour se retrouver toute seule devant la télé, bougonna-t-elle en lançant le lecteur DVD, enroulée sous la couette du canapé.

Elle avait enregistré hier soir sur M6 trois épisodes de *Sex and the City*.

J'ai passé deux bonnes heures à picorer des informations dans les centaines de pages, référencées par Google, où figuraient « adolescence » et « pornographie ». Avant de me coucher, je suis descendu à la cave chercher le vin pour demain. Au passage, j'ai jeté un coup d'œil dans le salon où Cécile dormait, bouche ouverte, tandis que Samantha Jones narrait sa dernière aventure à ses trois super copines ébaubies.

Je grelottais dans l'escalier du sous-sol. Il avait pas mal plu aujourd'hui, les voûtes avaient conservé l'humidité. Une étude, menée auprès de dix mille élèves scolarisés de la quatrième à la terminale, avait éveillé mon intérêt. Elle révélait que les adolescents qui consommaient des films pornographiques multipliaient les conduites autodestructrices, sans toutefois qu'un lien puisse être scientifiquement établi entre ces deux pratiques. « Cette première enquête ouvre des gouffres d'interrogations et d'inquiétude », assurait simplement une chercheuse de l'INSERM, effarée comme moi par la facilité avec laquelle les jeunes se procuraient des vidéos obscènes. J'avais omis de réenclencher la minuterie, les lampes se sont éteintes, me plongeant dans une obscurité opaque qui m'a furtivement ramené à des frayeurs enfantines. Cette femme avait énoncé la formule adéquate. *Des gouffres d'interrogations et d'inquiétude*, exactement. À l'aveuglette, je tâtonnai dans le noir pour localiser l'interrupteur. J'ai rallumé la lumière, tiré quatre bouteilles de leur casier en terre cuite à structure microcapillaire régulant l'hygrométrie.

Des gouffres qui me donnaient le vertige, l'un comme l'autre.

J'agirais en sorte, dans l'avenir, de n'y pas basculer.

XXIII

En attendant la fondue au chocolat, Manon avait été autorisée à jouer dans sa chambre avec Agathe et Louis, les enfants Landreau. Hier soir par contre, j'avais averti Julien qu'il ne se lèverait pas de table avant la fin du déjeuner, que cette obligation lui plaise ou non. Placé en position d'infériorité par mes découvertes de la matinée, il n'avait pas regimbé trop longtemps. Seul manquait à l'appel le fils aîné de nos invités, qui révisait sa médecine dans leurs cent mètres carrés de l'avenue de Versailles.

– Tu sais, Luc, on n'est pas mal là où on est. Il faut savoir se contenter de ce qu'on a ! On aurait pu se retrouver à la porte.

Il s'était régalé des noix de Saint-Jacques sur leur lit de poireaux confits servies par Cécile en entrée, avait repris deux fois du canard à l'orange et complimenté la maîtresse de maison avec cette courtoisie exquise, patinée par deux siècles d'éducation bourgeoise scrupuleusement transmise d'une génération à l'autre.

Mon épouse triomphait.

Une fois de plus, son pari un peu fou avait payé.

– On serait partis avec un beau pactole d'indemnités !

– Ouais... Enfin le marché de l'emploi est tendu en

ce moment, faut pas trop jouer les malins. Moi j'avoue que le départ de Ruszczyk suffit largement à mon bonheur...

Il a haussé les épaules.

– Je comprends pas ce qui leur a pris de l'envoyer à Londres... Ils devraient mieux sélectionner leurs chasseurs de têtes, les Rosbifs... Ruszczyk a tout simplement pas la carrure, pour assumer un poste pareil. Je t'assure, il est vraiment pas fute-fute, des fois. Je bossais avec lui au début, je l'ai vu faire des conneries, mais des conneries...

Afin de ne pas importuner nos épouses, Luc et moi-même avions jusque-là, au prix d'une concentration de chaque seconde, réussi à ne pas « parler boulot ». Peu à peu pourtant, cette calamité endémique des déjeuners entre collègues menaçait de ravager la conversation car, terrassés par la succulente chère, épuisés par les efforts consentis lors de la première partie du repas, nous relâchions notre vigilance prophylactique.

– C'est quelqu'un comme toi qu'ils auraient dû prendre. T'es dix fois meilleur que lui. Il te manque juste la faconde et le culot, comme à moi d'ailleurs.

– C'est ce que je lui dis toujours..., a confirmé Cécile. Il m'écoute jamais !

– Mais oui, mais ça c'est parce que Pascal et moi on a encore l'esprit embrouillé par des valeurs un peu stupides comme la droiture, le respect du prochain, le goût de la vérité, qui deviennent rédhibitoires dans la société d'hypercompétition permanente dans laquelle on s'enfonce inexorablement. Le pire inconvénient du mariage entre le grand marché planétaire et l'hystérie démocratique, c'est que la concurrence échevelée qu'il induit garantit plus du tout aux meilleurs d'accéder au sommet. Si bien qu'on se retrouve souvent dirigés par des simplets, juste un peu plus matois, plus pervers ou plus déterminés que les autres. Il suffit de regarder les nullards brutaux que les peuples élisent aux quatre coins de la planète...

« L'hystérie démocratique »...

Où pêchait-il des expressions pareilles ? Elles ne rimaient pas à grand-chose pour moi, sans doute parce que j'ignorais la définition précise du mot « hystérie » dans son acception psychanalytique.

– En tout cas, ta décontraction m'a bluffé ces derniers mois..., l'ai-je félicité. Moi, j'ai souffert, crois-moi !

Nous attaquions, en même temps que le somptueux plateau de fromages composé par mes soins, une troisième bouteille de mon imbattable château-papeclément 1990, dont j'avais acheté plusieurs caisses à la propriété, lors de nos vacances en Gironde au printemps 2002. Je gardais de cette tournée dans le vignoble bordelais un merveilleux souvenir, mêlé toutefois de remords, car elle nous avait empêchés de voter le 21 avril.

– Tu sais, je ne suis pas entré chez Credixis par hasard. Je n'aime pas trop en parler mais j'ai quitté la Bourse après un accident de scooter, pas parce que j'en avais marre d'être trader...

– Ah bon ?

À vrai dire, je ne m'étais jamais interrogé sur le parcours professionnel de Luc Landreau.

– Oui, je me suis retrouvé avec un genou en bouillie, j'ai passé douze heures sur le billard. Depuis j'ai une broche dans la jambe droite, t'as peut-être remarqué que je traîne un peu la patte quand je marche...

J'avais relevé en effet cette légère claudication mais je l'avais imputée à une complexion naturelle.

– La lecture des stoïciens m'a beaucoup aidé à traverser cette épreuve.

Les yeux plissés, il a hoché la tête, comme pour se confirmer à lui-même la pertinence de la proposition qu'il venait d'énoncer.

– Après l'opération j'ai fait une septicémie, due à une infection nosocomiale foudroyante. Mon état s'est aggravé en quelques heures, je suis tombé dans le coma. Là, j'ai vécu ce qu'on appelle une EMI.

– Une EMI ?

– Une EMI oui, une expérience de mort imminente, tu sais, le truc qu'on raconte partout, cette plénitude, les souvenirs de ta vie qui défilent, la lumière aveuglante au bout du long couloir et au dernier moment cette voix qui t'avertit que ton tour n'est pas encore venu.

– Ah oui, a confirmé Cécile, je connais un super livre, là-dessus. *La Vie après la vie*, tu devrais le lire Pascal, on l'a dans la bibliothèque.

– Ils montraient un reportage sur ce phénomène l'autre jour au JT. À mon grand étonnement, beaucoup de témoins considéraient, notamment parmi les médecins, que ce voyage aux confins de la vie humaine prouvait que Dieu n'existe pas. Personnellement je ressens exactement l'inverse. Moi j'étais persuadé qu'à l'extrémité de ce tunnel, j'allais me présenter devant Notre-Seigneur pour subir le Jugement.

Qu'un lettré comme Luc Landreau verse dans ces fariboles pour petits enfants m'attristait.

– D'ailleurs quelques mois plus tard, quand je suis entré dans la chapelle Sixtine, le *Christ de colère* de Michel-Ange m'a tiré des larmes, parce que c'est exactement ainsi que je me l'imagine. Hein, Manoela ?

– C'est vrai, c'est vrai, tu pleurais.

– J'en ai un peu marre qu'on présente tout le temps

le Messie que comme un hermaphrodite larvaire qui se laisse crucifier en disant merci. En vérité, ses bourreaux ne perdaient rien pour attendre. Ils doivent errer depuis deux mille ans dans la géhenne, ça leur apprendra !

« Où y a d'la géhenne, y a pas de plaisir. »

Mon grand-père, à peine oyait-il ce substantif hors d'usage, débitait pavloviennement le même calembour médiocre.

– Personnellement, un des arguments qui pourraient m'inciter à voter non au référendum, c'est que le texte ne mentionne pas les racines chrétiennes de l'Europe.

– Ah non, Luc, tu vas pas t'y mettre toi aussi ! Tu sais bien qu'on n'a pas le choix... Si le non gagne, on revient au traité de Nice, qui est une malédiction. Et puis je voudrais pas te faire de peine mon petit vieux, mais enfin la France chrétienne est morte. Faut tourner la page maintenant, regarder devant nous !

– Justement, quand je regarde devant moi, je vois pousser des mosquées en France comme des champignons après la pluie et ça ne m'enchante pas des masses. Je me fatigue plus à lutter contre l'inéluctable puisque apparemment la grande majorité de mes compatriotes s'en accommodent aussi bien que toi mais je revendique quand même le droit de ne pas m'en réjouir. Je suis pas le seul d'ailleurs : la dernière fois qu'elle est venue à Paris, une de mes amies grecques s'est attristée de se trouver de plus en plus souvent dans des endroits où elle ne croise plus un seul Français, pour reprendre son terme...

J'essayai de l'empêcher de s'engager plus avant sur cette pente glissante car s'il continuait à tenir ce genre de propos nauséabonds, Cécile et moi ne pourrions plus le fréquenter.

– Tu t'affoles pour rien, Luc. À mon avis, on se

dirige calmement vers une forme de multiculturalisme moderne, à l'américaine. C'est déjà un peu ce qu'on vit, chez Credixis...

– Peut-être, mais j'arrive pas à comprendre ce qui s'est passé pour que la fille aînée de l'Église accepte sur son sol des millions de musulmans...

– Moi ça me choque pas que des gens dont l'avenir est complètement bouché dans leur pays veuillent s'installer chez nous..., a posément déclaré Cécile. C'est humain, de vouloir améliorer la situation de ses enfants.

– Il ne faudra pas s'étonner de l'immigration tant que les Français voudront plus faire certains boulots..., a renchéri Manoela. Tiens les vieux par exemple, on a l'impression qu'il n'y a plus que les personnes de couleur qui acceptent de s'en occuper ! Je trouve ça honteux, de notre part.

J'essayais de ne pas focaliser mon attention sur la façon dont elle découpait le brie mais cette manie de s'octroyer la pointe du triangle pour laisser la croûte aux autres m'agaçait.

– Je sais bien, a repris Luc, trop obsédé par son sujet pour se formaliser des bévues de sa moitié... Et aussi que nous les Occidentaux nous portons notre part de responsabilité à bien des égards dans ces exils massifs. Je pense également qu'il est indispensable que les croyants disposent de lieux de culte où prier dignement. N'empêche, ça me serre le cœur de voir les querelles de clochers se transformer en querelles de minarets... Même dans un pays laïcard comme le nôtre, je doute que nos anticléricaux patentés boufferont de l'imam avec autant d'appétit qu'ils bouffaient du curé, parce que c'est une dégustation qui peut vite conduire à la morgue. Or chacun sait que l'Occidental moyen ne déteste rien plus que le risque.

Bon.

Luc nous gratifiait à son tour de ses théories sur la marche du monde : il se pellinisait, en quelque sorte. Ces gens cesseraient-ils un jour de me rebattre les oreilles de leurs avis péremptoires dont je me contrefichais comme de l'an 40, à propos des prix de l'immobilier ou du déclin de la France éternelle ? Peut-être qu'à un moment, il allait nous resservir l'impayable « le risque zéro n'existe pas », comme le chirurgien du Chesnay ?

– En ce moment, je prie souvent pour les chrétiens d'Orient, dont le sort m'angoisse beaucoup, parce que la tolérance fonctionne souvent à sens unique, avec l'islam... Trois mille mosquées érigées en Allemagne, aucune église en Turquie. Ni en Égypte ni en Indonésie ni nulle part. En Algérie, Bouteflika supporte péniblement trente mille chrétiens, un millième de la population !

Voilà, elle avait laissé du roquefort plein le couteau ! Luc a dû l'essuyer sur le bord de son assiette avant de se servir en selles-sur-cher.

– Je reconnais que l'islam ne m'intéresse pas beaucoup, pas plus que l'hindouisme ou le bouddhisme... C'est une preuve d'étroitesse d'esprit je sais bien, mais le Christ est ma passion si j'ose m'exprimer ainsi !

– Tu as tort, tu t'enrichirais au contact des autres formes de spiritualité.

– Sans doute, Cécile, sans doute... mais je trouverais un peu bouffon de perdre du temps à me demander si le Coran ordonne ou pas aux femmes de se voiler et qui a raison, des sunnites ou des chiites, alors que je n'ai toujours pas lu saint Augustin, ni écouté tous les *Stabat mater* ni admiré le fameux tableau d'Holbein au Künstmuseum de Bâle...

Un peu las d'écouter ses délires, j'ai dégusté une gorgée de graves, dont la bouche opulente m'émerveillerait toujours, avec sa fraîcheur et ses saveurs épicées en finale.

– Néanmoins, j'éprouve une immense compassion pour le peuple tunisien, qui voit s'échouer à longueur d'année sur ses plages ces bancs d'otaries rougies par les UVA qu'on appelle des touristes. Un pays entier transformé en aire de loisirs ! Ils ont même construit une fausse médina à Hammamet pour faire plus authentique ! Si je travaillais dans ces hôtels clubs hideux qui ont définitivement souillé la côte, je crois que je haïrais ces envahisseurs en tongs. Personnellement, je prône un bombardement humanitaire de l'OTAN pour remédier à cette mise à sac. Et rapidement encore, parce qu'ils s'attaquent au Sahara, maintenant ! Ils y installent des *bivouacs fixes* de sorte qu'on va inventer pour la première fois dans l'histoire de l'humanité le *désert surpeuplé*. Faut les voir ces crétins en train de visiter un bled de Bédouins, leur condescendance envers l'autochtone qu'ils trouvent formidablement *pittoresque* et *différent*... Dans le *Monde diplo*, j'ai lu un article effrayant sur les ravages du tourisme de masse à Tozeur : saccage de l'écosystème, ruine de l'agriculture, traditions séculaires balayées. Une phrase du journaliste m'a amusé, au passage : il parlait d'une région fière de sa culture et de son identité. Pour un Arabe, être fier de sa culture et de son identité, ça coule de source. Pour un Européen, c'est passible des tribunaux.

– Moi, quand quelqu'un me dit qu'il est fier d'être né quelque part, rétorqua Cécile qui ne cédait pas un pouce de terrain, je repense toujours à la rime de Maxime Le Forestier : c'est toujours un hasard. Je vois pas comment on peut être fier de quelque chose qu'on n'a pas décidé soi-même...

– Certes, mais on peut quand même être reconnaissant envers ses ancêtres du patrimoine qu'ils nous ont transmis, comme par exemple des acquis sociaux, la liberté des mœurs ou l'égalité des sexes...

Je ne réussis pas à respecter les cinq minutes d'attente que je m'étais imposées, avant de me délecter à nouveau du déploiement merveilleux des senteurs d'herbes fumées, de cassis et de chocolat...

– L'abbé Morin fustigerait mon égoïsme s'il m'entendait, il me reprocherait de trahir la lettre des Évangiles, mais tant pis... Nous nous accrochons souvent sur ces questions lui et moi. Il est dans son rôle après tout, et ses rappels à l'ordre me sont précieux quand la haine manque m'emporter, parfois. Au moins j'ai la chance, contrairement à lui, de ne traverser que rarement des périodes de sécheresse, comme il les appelle, quand Dieu s'absente, remplacé par l'inlassable martèlement du doute sous le tir nourri des quolibets athées.

En réalité, Luc embarrassait tout le monde avec ses déblatérations : Manoela, plus lucide que son mari malgré les verres de pessac qu'elle descendait elle aussi avec ravissement, le conjurait au silence en lui adressant des regards consternés.

– Je roulais des gros yeux quand cette andouille de Ruszczyk médisait de mon Dieu mais en réalité, je suis tout à fait tranquille sur cette question. On peut insulter devant moi le Christ autant qu'on veut, caricaturer le pape dans les situations les plus scabreuses, *je m'en fous*. Le catholicisme, passé à la moulinette de la Révolution, écrasé dans le pressoir entre Sade et Nietzsche, n'a rien à craindre des mordillements de caniche des athées contemporains. Personnellement, quand j'ai besoin d'un contradicteur musclé pour vérifier la solidité de ma foi, j'ouvre ma Pléiade et je m'enferme dans le boudoir.

Tout en soliloquant, à l'aide de son couteau il s'amusait à former un triangle isocèle avec les miettes éparpillées sur la nappe.

– Au fond, je reste confiant dans la puissance subversive du message chrétien. Seulement évidemment, il faut se retrousser les manches, se livrer au prosélytisme dans les cités, désigner la voie de l'espérance, s'engager sur tous les grands sujets qui tourmentent l'époque : le couple, la sexualité, la justice sociale, l'identité. Je pense que le catholicisme, entendu non comme foi mais comme courant de pensée, sera le grand pourvoyeur d'idées neuves au XXIe siècle, comme il l'a été au XXe, on finira par le redécouvrir. Ils sont un peu fous, ceux qui s'imaginent que nous pouvons vivre sans le Christ.

Comme beaucoup d'inquisiteurs paranoïaques, Luc soupçonnait un malade mental en chaque individu.

– Si le Christ disparaît, vers qui se tourneront les malheureux qui errent dans la forêt profonde ? S'il n'existe plus ni sauveur ni rédemption, quelle espérance restera-t-il à l'homme abandonné, au dernier des derniers, auquel plus personne ne tend la main au fond de sa déréliction ? Mireille Dumas ? Jean-Luc Delarue ? Je n'ai rien contre eux mais enfin, pour ce qui concerne le salut des âmes, *Ça se discute* et *Bas les masques* c'est un peu léger...

– Ça existe plus *Bas les masques*, a rectifié Cécile. C'est *Vie privée, vie publique* maintenant.

Mais aucune objection ne tarirait plus le moulin à paroles, à présent, il fonctionnait en autonomie.

– Tous ces jeunes des quartiers sensibles, le Christ les fera tripper, comme dirait mon fils. Il les fera tripper, comme Il m'a fait tripper moi, à un moment charnière de mon existence ! À trente-trois ans, et tant pis si le symbole paraît grandiloquent, après m'en être longtemps éloigné je suis retourné dans la lumière éblouissante de Son évidence.

– Peut-être que ta métanoïa ne captive pas Cécile et Pascal ? l'a brocardé Manoela, qui tapotait des doigts sur la table, à bout de patience.

Cette pique a réveillé Luc. Il a lâché son couteau et s'est repris, *subito*.

– Pardon, Manoela a raison... Je m'enflamme trop vite, sur le sujet...

– Ça veut dire quoi métanoïa ? a questionné Cécile. J'ai jamais entendu ce mot-là !

Je jalousais, chez ma femme, cette humilité qui l'autorisait à avouer son ignorance en public.

– Une sorte de... de conversion... si tu veux, a bredouillé Manoela, mortifiée de sa pédanterie.

– Bref, sur mon lit de douleur à l'hôpital, j'ai juré de devenir abstème, si j'en réchappais.

– Eh ben, je vais en apprendre du vocabulaire aujourd'hui..., a observé Cécile, sans se laisser démonter. C'est quoi abstème ?

– Est abstème celui qui ne boit pas d'alcool, s'est expliqué Luc avec beaucoup de simplicité.

Il a posé sa main sur mon omoplate.

– C'est pourquoi j'ai refusé ton breuvage de Bacchus, mon cher Pascal.

En effet, il ne s'était pas même autorisé à tremper les lèvres dans la flûte de Pommery qui accompagnait les amuse-bouches préparés hier soir par Cécile, au retour de Crad'expo.

– Au bout du compte, on se remet de tout, tu vois... Il faut donner du temps au temps, comme dit le parfait chrétien don Quichotte. Pardon pour ce lieu commun, mais depuis mon EMI, je vis chaque minute comme un bonus accordé par le Seigneur. Plus rien ne m'atteint vraiment. Non que je sois devenu indifférent aux autres ni insensible à la misère mais j'arrive à profiter pleinement de l'instant présent, même coincé dans un embouteillage, même quand un Ruszczyk m'assomme avec ses histoires de fesses, même quand la mamie du dessus me réveille à 7 heures alors que je l'ai suppliée mille fois de ne pas passer l'aspirateur le dimanche matin...

– Ruszczyk raconte ses histoires de fesses ? s'est étonnée Cécile.

– Pendant un temps c'était quasiment hebdomadaire ! a gloussé Luc. Tout juste si on connaissait pas la marque de ses préservatifs !

Cécile s'est tournée vers moi.

– Pourquoi tu me l'as jamais dit ?

– Il ne me semblait pas que la vie sexuelle de Lionel Ruszczyk était d'une importance capitale.

– *D'une importance capitale...*

Elle remua sur sa chaise.

– Tu veux rire j'espère ?! Ça m'aurait aidée à mieux cerner sa personnalité et à te donner des conseils appropriés.

– Chérie, on en reparle plus tard, tu veux ?

– Cela dit j'émets de sérieux doutes sur la véracité de ses frasques... C'est pour ça que j'aimais le faire parler à la cantine : un baratineur finit toujours par s'emmêler les pinceaux, parce qu'il oublie ses mensonges au fur et à mesure qu'il les invente, Montaigne et Proust ont analysé tout ça mieux que moi...

La clairvoyance de Luc m'a déprimé tant, par contraste, elle soulignait ma naïveté. Il ne sursauterait pas, lui, quand la bombe d'Hélène Pellin exploserait dans l'*open space*. Irritée que je ne m'en charge pas moi-même, Cécile a rempli le verre de Manoela, que j'avais, par inadvertance, laissé vide.

– Tu me diras, un dimanche on l'a croisé au Jardin d'Acclimatation avec une Asiatique qui n'était certainement pas sa sœur... Plus toute jeune, mais sublime. Hein, Manoela ?

– C'est vrai qu'on n'en rencontre pas tous les jours des beautés pareilles... C'est bizarre, mais j'ai eu envie de la dessiner, tellement je la trouvais magnifique, cette femme. Elle a dû être modèle pour des peintres, c'est pas possible autrement...

Par le truchement de quel sixième sens Manoela Landreau avait-elle subodoré que celle qu'elle ignorait être la compagne de Ruszczyk frayait dans le monde de l'Art ?

– Lionel avait l'air bizarre, d'ailleurs, il a fait semblant de ne pas nous voir, visiblement il ne tenait pas à nous la présenter.

– Quand je pense que j'ai passé des heures à réfléchir à la situation sans disposer d'un élément aussi crucial, c'est insupportable !

Luc a enfoncé le clou :

– Ah mais y a pas que le sexe, Cécile ! Y a les parricides qui le passionnent, aussi. Les faits divers en général, d'ailleurs... Ce neuneu est certainement abonné au *Nouveau Détective*.

– Les parricides ? Mais ça non plus tu m'en as pas parlé !

Jamais Cécile n'usait de ce ton acerbe en société. Ses joues s'empourpraient à vue d'œil.

– *Invraisemblable !*

– Y a des spots chanmés en Australie.

L'intervention de Julien a jeté la stupéfaction. Affairé

aux préparatifs du déjeuner, je n'avais guère prêté attention à lui ce matin, ni depuis le début du repas. Je me suis seulement avisé de son air hagard, de ses yeux injectés de sang.

– Qu'est-ce que tu racontes ?

Il dodelinait de la tête.

– Je dis : pour surfer y a des spots chanmés en Australie.

Oui, il fallait signaler, parmi les autres aptitudes innées de mon fils, une aisance stupéfiante sur une planche. À Lacanau, son élégance hors pair dans le tube épatait ses moniteurs.

– Julien, je ne vois pas bien le rapport avec ce dont nous parlions. Et d'abord un enfant n'interrompt pas des adultes qui discutent entre eux sans une bonne raison.

– Oh Pascal, ça suffit tes sermons !

– La capitale de l'Australie c'est Canberra. Tout le monde croit que c'est Sydney ou Melbourne. Mais en vrai c'est Canberra.

Aucun sens de la politesse, ni des convenances sociales les plus élémentaires... Cet entêtement inlassable à répondre dépassait mes capacités de résistance...

– Julien, je t'ai demandé de te taire, maintenant.

Une bonne fois, devant mes invités, j'allais soumettre cette tête de mule.

– Eh bien tu en sais des choses, Julien !

Avec un seul compliment, Luc avait sapé mon accès d'autorité.

– On connaît plus une ville comme Adélaïde à cause du grand prix de F1 mais la capitale c'est Canberra. Je kifferais grave de partir là-bas.

– Un tel voyage t'ouvrirait sur le monde, a approuvé Luc.

– Je voudrais surtout mettre un maximum de distance entre moi et ce pays pourri où tu peux te faire fonceder par des renois sans qu'personne vienne t'aider.

– Tu préférerais peut-être vivre au Darfour, imbécile ! l'ai-je rembarré, ulcéré par cette énième et outrageante injure déguisée contre ses parents.

– C'est pas facile de partir tafer là-bas. C'est une tuerie pour avoir un visa. Ils sélectionnent que des jeunes diplômés costauds qui en veulent en Australie, pas comme ici en France où on laisse rentrer n'importe quel manouche qui veut toucher les allocs.

– Mais tu vas t'arrêter oui, tu vas la fermer abruti ?

– Enfin Pascal, qu'est-ce qui t'arrive, calme-toi !

– Ah c'est à moi de me calmer ? Vas-y, prends sa défense pendant que tu y es !

– Moi au moins, quand je raconte une histoire, je la raconte *complètement* ! Je n'omets pas les éléments *essentiels* !

– Fouler ces merveilleux espaces à perte de vue, sentir ses pas s'enfoncer dans la terre vierge, comme les pionniers partant à la conquête du Far West...

Ce lyrisme puéril, qui tombait comme un cheveu sur la soupe... Un malade, un dingue !

Charmante ripaille dominicale, décidément : l'érudit pondéré que je fréquentais chez Credixis se métamorphosait devant mes yeux en fanatique religieux, mon épouse me cherchait des poux dans la tête et mon fils basculait pour de bon dans la démence.

– Mais tu l'as vu ce crétin, il est encore drogué, camé à zéro ! J'en ai marre de lui, ras-le-bol !

Julien pouffa incongrûment.

– Camé à zéro, c'te pauvre expression d'vieux !

D'un bond je jaillis de ma chaise et lui décochai une calotte. Une mèche se détacha du bandana D&G qui enserrait continuellement sa tignasse, selon sa dernière lubie en date. Je renversai mon verre tandis que je portai la main à mes reins en grimaçant...

– File dans ta chambre maintenant, on s'expliquera ce soir !

– Mais ça va pas non Pascal, de frapper ton fils !

Julien se leva mécaniquement, saisi d'un discret mais inextinguible fou rire. À peine me rassis-je, en maudissant conjointement ma sciatique et le château-pape-clément, que je mesurai l'immensité de mon erreur. J'avais glissé le doigt dans l'engrenage de la maltraitance qui, ces derniers mois, avait entraîné l'exécution sommaire de plusieurs parents par leurs enfants. Comment Julien se justifierait-il auprès des enquêteurs, après le carnage ? Expliquerait-il que je l'avais battu sous l'empire d'un état alcoolique quand il avait verbalisé pour la première fois son désir d'avenir au pays des kangourous ?

– Les enfants ne sont pas faciles, de nos jours, a murmuré Manoela, très pâle.

– Oh non, oh non, pas faciles du tout ! l'a appuyée Luc. Il ne faut rien lâcher, rien !

Cécile a empilé nos assiettes à fromage, avec des gestes maladroits. J'ai remarqué qu'elle tremblait.

– Je vais chercher la fondue, a-t-elle annoncé d'une voix blanche.

Luc et Manoela filèrent au premier prétexte, sans même déguster un café, malgré les protestations d'Agathe et de Louis, qui se plaignaient de ne pouvoir tremper encore quelques quartiers de pomme, de banane et de kiwi dans le chocolat noir onctueux. Une demi-heure plus tard, les Landreau nous remerciaient chaleureusement, sur notre palier, en promettant de nous convier bientôt avenue de Versailles.

Mais personne n'y croyait.

*

Cécile et moi n'échangeâmes pas un mot pendant les jours qui suivirent. N'étant pas un « boudeur » – à l'inverse de mon père, capable de ne plus décrocher la mâchoire pendant trois semaines après une dispute avec ma mère –, cette guerre froide me pompait une énergie telle que mes performances au *desk* en pâtissaient. Je maudissais Julien d'instiller, à force d'irascibilité, cette tension permanente, si délétère qu'elle semait l'anarchie dans mes vies professionnelle et affective. Pourtant, m'inspirant de l'efficace fermeté dont Luc Landreau témoignait envers ses rejetons, je ne cédai rien cette fois, mais donnai au contraire un tour de vis supplémentaire qui provoqua l'ultime crise, le dimanche 22 mai.

Ce jour-là, Julien s'absenta la journée entière, alors qu'il m'avait donné sa parole qu'il consacrerait cet après-midi à l'assainissement de l'écurie qui lui tenait lieu de chambre. À 17 heures, il n'avait toujours pas répondu à l'ultimatum que j'avais posé sur sa messagerie. Comme je l'en avais explicitement averti, je procédai alors à un nettoyage par le vide. Je jetai à la poubelle chaque objet qui encombrait la moquette, du moment qu'il ne me paraissait pas revêtir une importance particulière. La méthode, qui m'obligea à une incursion dans l'intimité de mon fils, m'incommoda fort. Quand il rentra, vers 19 heures, j'ouvris théâtralement la porte de son antre.

– Voilà, il te reste à passer l'aspirateur !

Quand il découvrit le spectacle, sa réaction dépassa tout ce que nous aurions pu craindre. Ce garçon ne disposait apparemment plus de l'ensemble de ses facultés. Selon l'expression consacrée, il sentait la *beuh* à plein nez et dardait sur moi des œillades fiévreuses. Je crus bien qu'il allait me frapper.

Il se contenta de cogner sur son armoire, qu'il fendit sur plusieurs centimètres. « Violence envers les dépositaires de l'autorité », pensai-je lorsque le poing de Julien frôla mon visage.

Huit jours plus tôt, le mystère de son engouement subit pour Tobe Hooper s'était éclairé d'une lumière trop crue. À Orléans, un adolescent avait attaqué son frère à l'aide d'une tronçonneuse. La victime avait perdu un bras et un œil. Elle en avait réchappé mais le pronostic vital était resté longtemps réservé. L'agresseur avait erré vingt-quatre heures durant, avant d'être interpellé non loin de son domicile, hagard, incapable de fournir le moindre début d'explication à son geste. Il n'avait pas agi sous l'emprise de l'alcool ou d'une drogue quelconque. Jusqu'à ce jour, l'harmonie régnait entre ces deux frères issus d'une famille soudée.

« C'est un véritable coup de folie que l'on ne comprend pas », assuraient leurs camarades de classe. Le proviseur de leur lycée évoquait pour sa part « une affaire incompréhensible », autant d'expressions lues et entendues *ad nauseam*, escortées de la cohorte morbide des adjectifs qualificatifs : « affreux », « inexplicable », « horrible ».

Pourquoi ces gens se voilaient-ils aussi obstinément la face ? Pourquoi s'épuisaient-ils à détecter d'hypothétiques motivations sous ces comportements aberrants, au lieu d'admettre simplement l'évidence ? Désormais, il fallait s'habituer à mourir sous les coups de son enfant ou à découvrir sa famille décimée en rentrant chez soi.

Personnellement, j'en avais pris mon parti.

La plaisanterie de Ruszczyk, après le triple meurtre de l'adolescent normand, en novembre dernier, demeurait vivace à mon esprit. *C'est parce que je tiens à ma vie.* Une fois de plus, la crevure avait usé de son cynisme odieux à bon compte en insistant sur ce risque ô, minime certes, mais bien réel. Quel dilemme ces boucheries à répétition soulevaient-elles, pour lui et sa splendide épouse ?

Aucun.

Tandis que moi, je me retrouvais confronté à une effroyable réalité, devant laquelle je me refusais à pratiquer plus longtemps la politique de l'autruche. Comment ne pas soupçonner, dans les débordements à répétition de mon fils, les prodromes d'une psychose dont les effets dévastateurs pouvaient se déclencher à n'importe quel moment ? Selon toute vraisemblance, nous vivions tous les trois sous la menace perpétuelle d'une crise de Julien, qui perdait chaque jour un peu plus les pédales, bien davantage encore que ces adolescents qui défrayaient depuis plusieurs mois la rubrique des faits divers.

Pour quel *modus operandi* opterait-il ? Le couteau ou la batte ? Le fusil ou la tronçonneuse ? Il frapperait en plein jour ou attendrait la nuit ? Qui éliminerait-il en premier, sa sœur ou sa mère ? Sectionnerait-il *d'abord* un bras ou une jambe ?

Je pousserais la porte blindée, comme tous les soirs. Un silence inhabituel régnerait dans le foyer. Exceptionnellement, Cécile ne m'accueillerait pas avec son coutumier « coucou ». Inquiet, je poserais ma mallette avant d'avancer dans le couloir à pas feutrés. Dans la cuisine, le corps décapité de Cécile baignerait dans une flaque de sang avec, planté entre ses omoplates, le long couteau tranchant qu'elle utilisait pour découper la volaille. Pétrifié sur le canapé en cuir du salon maculé d'hémoglobine, la tronçonneuse encore en main, Julien ne détacherait pas son regard vitreux de la télévision éteinte, sur laquelle trônait la tête de sa maman. Dieu merci, sa sœur gravement mutilée respirait encore. Elle geignait dans son lit, terrée sous sa couette, muette d'effroi.

Non, personne ne souhaitait vivre ces scènes d'horreur.

Ce soir-là, je traitai par le mépris la hargne du cinglé. Mon flegme le dérouta, d'ailleurs. Sa bestialité avait simplement renforcé en moi une détermination déjà présente à l'état latent depuis pas mal de temps.

En me brossant les dents, et pour le bien de nous tous, j'arrêtai ma décision.

Irrévocablement.

XXIV

Glazer m'a accordé une demi-journée de RTT pour le jeudi suivant, seul jour de la semaine où Julien rentrait le premier. À 13 heures, au lieu d'accompagner Zacharias et Landreau à la cantine, j'ai quitté le *desk*. Dans le RER, on comptait plus de places libres que de sièges occupés, ce qui ne se produisait jamais aux heures de pointe où je l'empruntais normalement. La rame désertée conférait à ce début d'après-midi des allures d'école buissonnière. J'ai trouvé le trajet presque reposant. Passé Nanterre, le train sort du tunnel. Un éclatant soleil de printemps scintillait sur la banlieue désolée.

Bercé par le cahotement du train, je songeais à ma promenade d'hier autour des statues de Maillol. Mon précédent entretien avec Hélène Pellin m'avait échaudé, aussi avais-je dans un premier temps décliné sa proposition de balade aux Tuileries mais, à force de persuasion, elle avait vaincu mes résistances. Près du grand bassin, elle m'avait offert un cornet de glace au citron vert pour se faire pardonner son humeur acariâtre du café Marly, due à l'anxiété irrépressible qui l'envahissait, à mesure qu'approchait l'heure de son rendez-vous galant avec Renaud Saint-Géry, l'architecte de son salon de thé. Elle plaçait beaucoup d'espoirs dans cette relation naissante et inattendue, espoirs qui, pour une fois, n'avaient pas été déçus.

« Coup de foudre. » Sincèrement, elle ne voyait que cette métaphore éculée pour désigner ce feu qui s'était d'abord allumé au fond de son ventre avant de l'embraser tout entière, corps et âme. Une tendre et chaleureuse camaraderie mêlée à une osmose charnelle la hissaient vers des béatitudes dont elle ne se souvenait plus d'avoir rêvé, même au temps de sa romantique adolescence. Elle ne dévoilerait finalement rien des falsifications ruszczykiennes. La semaine dernière, comme elle s'apprêtait à envoyer le courriel collectif qu'elle peaufinait depuis trois semaines, au dernier moment, une force mystérieuse l'en avait empêchée.

– Je saurais pas trop t'expliquer... Une sorte d'interdit, gravé en moi à mon insu. Vraiment bizarre... Tu sais ce que j'ai fait à la place ?

– Non.

– J'ai démarré mon Scenic, je suis partie m'isoler dans le bois de Vincennes et j'ai brûlé le putain de dossier préparé par Pierre Paul, les photos, les preuves, l'extrait de naissance de Ruszczyk, tout ! Je rejoignais Renaud après. Dans la bagnole je me suis passé Piaf en boucle. « *Non, rien de rien, nooon je ne regrette rien, car ma vie, car mes joies aujourd'hui, ça commence avec touaaaa !* » C'est kitsch hein ?

J'avais haussé les épaules, en suivant des yeux un voilier miniature qui tanguait dans la vasque, éclaboussé par le puissant jet d'eau de la fontaine.

– Quelle importance, du moment que tu es heureuse...

– Ton indulgence t'honore, Pascal ! J'ai toujours su que tu étais quelqu'un de foncièrement gentil...

Elle avait éclaté de rire, en offrant son décolleté au soleil.

– Si on m'avait dit que je vivrais les plus beaux jours de ma vie à quarante-huit ans, chômeuse et divorcée !

J'étais content de la voir aussi radieuse. Intérieurement, j'admirais son redressement spectaculaire. Bientôt, notre foyer aurait recouvré sa sérénité. Afin d'élargir notre cercle d'amis, ainsi que Cécile en formulait fréquemment le souhait, nous pourrions de nouveau lancer des invitations sans plus craindre de scandale. Hélène et Renaud figureraient en première position sur ma liste.

Entre les deux fusils et la carabine hérités de mon aïeul, j'avais choisi le Beretta semi-automatique à trois coups. Grand-père entretenait si scrupuleusement son matériel de chasse qu'une révision chez l'armurier ne s'imposa même pas. Je retrouvai sans peine les munitions, rangées avec soin dans une antique boîte à chaussures. Lui aussi ne portait que des Weston.

Installé dans le canapé j'attendis, le Beretta en travers de mes genoux. J'avais mal dormi cette nuit-là mais au moment où la clé de Julien trifouilla dans la serrure, un calme inouï m'envahit. Je remplissais mon devoir, voilà. Dès que la silhouette de mon fils se dessina dans l'encadrement de la porte, je le couchai en joue. Pour la première fois depuis une éternité, son visage exprima une émotion humaine, mélange de panique et d'incrédulité. Seulement, après les mois qu'il avait passé à débloquer, comment prendre au sérieux cette preuve tardive de bonne volonté, purement conditionnée par une peur bestiale du châtiment ?

– Qu'est-ce tu fais papa ?

À l'énoncé de ces deux syllabes bouleversantes qui me ramenaient brutalement à un passé lumineux et pas si lointain, je faillis baisser mon arme. Nous allions aux sports d'hiver chaque mois de février, avant que je me déchire les ligaments croisés du genou. En rentrant des pistes, le soir, devant le chalet, Julien et moi montions sur la luge, nous emmitouflions l'un dans l'autre et dévalions la pente à une vitesse extraordinaire. Le vent sifflait dans mes oreilles, je serrais dans mes bras la chair de ma chair, les os fragiles de sa cage thoracique secouée de rires, et je me demandais quel acte magnifique j'avais jamais accompli pour mériter un tel bonheur. Ensuite, un goûter chaud préparé par une Cécile aux anges nous attendait, puis Julien et moi passions sous une douche brûlante, exténués de fatigue et de joie. Manon apprenait à lire sur des cahiers de vacances. J'ai pressé par deux fois la détente.

Julien s'est effondré lourdement. Je me méfiais du baroud d'honneur de cet élément incontrôlable mais lorsque je me suis approché, j'ai constaté qu'un coup de grâce ne s'imposait pas du tout. Julien avait probablement très peu souffert. « En octobre 64, attestait grand-père en me montrant une cartouche verte qu'il tenait entre le pouce et l'index, avec ça j'ai stoppé net un sanglier en pleine course ! » C'est non sans une tendresse émue que je me rappelais sa frivole vantardise, tandis que j'observais les dégâts causés par les décharges de chevrotine, qui avaient littéralement détaché la tête du tronc gracile et encore quasiment impubère de mon fils. On imagine mal à quel point le corps humain est principalement composé de canaux. La scène m'inspirait une peine indéniable, toutefois mon cœur ne palpitait pas trop vite.

J'ai vérifié l'heure sur la pendule de la cuisine. J'aimais autant que les filles n'assistent pas à l'évacuation de la dépouille, moment réputé délicat pour les proches. Je mesurais l'ampleur de la tâche qui m'attendait, dans les prochaines semaines, entre les tracasseries policières, les ergoteries qu'un juge d'instruction procédurier ne manquerait pas de m'opposer et les trésors de pédagogie qu'il me faudrait déployer pour convaincre Cécile du bien-fondé de mon acte de prévention volontariste. J'insisterais sur la lucidité, l'abnégation et même le courage héroïque dont j'avais fait preuve en procédant sans trembler à ce que j'entendais d'ici cette raclure de Ruszczyk qualifier d'« avortement postnatal », quand le vent porterait la nouvelle jusqu'à Chelsea. Au bout du compte, je savais que je rallierais ma femme à mon opinion.

Objectivement d'ailleurs, hormis sa mère, qui regretterait longtemps ce jeune drogué raciste et obsédé sexuel ? Même Manon l'oublierait. C'est si long, la vie.

J'ai posé le Beretta sur la table basse. Je me sentais apaisé maintenant, enfin soulagé de cette angoisse diffuse qui m'habitait depuis des mois. À ma grande surprise, j'ai constaté que ma lombalgie avait disparu. Un immense relâchement se manifestait au niveau de ma nuque, au point que je conservais difficilement la tête droite. Le long de ma colonne vertébrale également, les muscles se détendaient, me procurant une extraordinaire sensation de bien-être. J'ai joint les pieds et réussi à toucher le sol avec mes doigts sans plier les jambes, exploit que je n'effectuais plus depuis des années.

Bientôt, je pourrais retourner au parcours de santé.

Pendant trois ou quatre minutes encore, j'ai ainsi procédé à des exercices d'assouplissement.

Puis, calmement, je me suis approché du téléphone.

Sur le clavier numérique, j'ai composé le 17.

Paris, août 2008

Du même auteur :

LA VAGUE À L'ÂME, Scali, 2007.

Composition réalisée par NORD COMPO

Achevé d'imprimer en août 2010 en Espagne par
LITOGRAFIA ROSÉS S.A.
08850 Gavá
Dépôt légal 1re publication : août 2010
LIBRAIRIE GÉNÉRALE FRANÇAISE – 31, rue de Fleurus – 75278 Paris Cedex 06

31/2980/6